民国诗学论著丛刊

叶嘉莹 主编
陈斐 执行主编

宋詩派別論

梁昆 著
陈斐 整理

文化藝術出版社
Culture and Art Publishing House

图书在版编目（CIP）数据

宋诗派别论 / 梁昆著；陈斐整理 . — 北京：
文化艺术出版社，2017.11
（民国诗学论著丛刊 / 叶嘉莹主编，陈斐执行主编）
ISBN 978-7-5039-6389-6

Ⅰ.①宋… Ⅱ.①梁…②陈… Ⅲ.①宋诗—文学流派—研究 Ⅳ.①I207.22

中国版本图书馆CIP数据核字（2017）第281037号

宋诗派别论
（民国诗学论著丛刊）

主　　编	叶嘉莹
执行主编	陈　斐
著　　者	梁　昆
整理者	陈　斐
丛书统筹	陶　玮
责任编辑	左灿丽
版式设计	顾　紫
出版发行	文化藝術出版社
地　　址	北京市东城区东四八条52号　（100700）
网　　址	www.caaph.com
电子邮箱	s@caaph.com
电　　话	（010）84057666（总编室）84057667（办公室） （010）84057696—84057699（发行部）
传　　真	（010）84057660（总编室）84057670（办公室） （010）84057690（发行部）
经　　销	新华书店
印　　刷	国英印务有限公司
版　　次	2018年8月第1版
印　　次	2018年8月第1次印刷
印　　张	9
字　　数	200千字
开　　本	880毫米×1230毫米　1/32
书　　号	ISBN 978-7-5039-6389-6
定　　价	45.00元

本丛刊个别作者未能取得联系，请相关人士尽快与我社联系办理版权事宜。

联系电话：（010）84057672　（010）84057604

整理说明

一、本丛刊抱着"发潜德之幽光,启来哲以通途"的宗旨,主要选刊民国时期(1912—1949)成书的、学术价值或普及价值较高的、与诗词曲等广义的古典诗歌相关的论著。少数与诗歌密切相关的文学理论、文学批评、文学史著作,或成书于晚清的有价值的此类著作,以及同时期相关的汉学著作,亦适当收录。诗话、词话及新诗研究论著等,因为已有相关大型文献资料集出版或列入出版计划,故暂且不予收录。

二、本丛刊秉持开放包容的态度,期望较为全面地呈现民国诗学研究的多元气象;按照撰著内容和体例,大致分为"史论编""法度编""选注编"等编,分辑滚动推出,每编每辑十种左右;优先选刊1949年以后没有整理出版过的著作,以节约出版资源。

三、每部拟刊论著,我们都约请相关专家进行整理,并在前面撰写一篇"导读",介绍该著的作者生平、成书经过、学术背景、主要观点、诗学价值、社会影响等,以引导读者更好地理解原著。

四、整理时,以原著内容最全、文字最精的版本为底本,参校其他版本（如手稿本、期刊连载版等）和相关书籍，修订原版讹误，参照古籍整理规范出校勘记。校勘一般只校是非，不校异同。凡底本"误脱衍倒"者，皆据他本或他书订正，并出校记。引文与所引著作之通行本文字不同者，只要文意顺畅，亦读得通，一般不改动原文、不出校记。显著的版刻错误，如笔画讹误、不见字书者，或"日曰""末未""己已巳""戊戌戍"混同之类，如果根据上下文足以断定是非，一律径改，不出校记。注文中的魏妥玛注音，统一改为现代汉语拼音，但不出校记。为避烦琐，校记中征引他书，仅注明书名及页码，卷末另附"本次整理征引文献"，详列作者、书名、出版社、出版年等信息。

五、原版为繁体竖排，现统一改为简体横排，并参照最新版国标《标点符号用法》及古籍整理规范加以新式标点。繁体字、异体字一般改为规范的简体字；容易引起误解的人名、地名用字，通假字或民国时期特有的虚词（如"底"）等，则保留原貌。因版式改动，原版行文中提到的"右文""如左""左表"等，统改为"上文""如下""下表"等。

六、一些论著提到的外国人名、地名、书名等，译法与今日或有不同，为保存原貌，不作改动。个别论著的极少数提法，或有一定时代局限性，为保存原貌，亦不作删改，望读者鉴之。

七、我们的整理目标是争取形成可以传世的、雅俗共赏的"新定本"，但古人云："校书如扫落叶，旋扫旋生。"尽管我们僶勉从事，或疏漏在所难免，恳请方家赐正。

总序

1912年清帝逊位至1949年中华人民共和国成立，一般称为民国时期。这一时期，虽然政局不稳、战乱频仍、民生凋敝，但思想、学术、文化却自由活跃、异彩纷呈。主编过"中国现代学术经典"丛书的刘梦溪先生认为："中国现代学术在后'五四'时期所创造的实绩，使我们相信，那是清中叶乾嘉之后中国学术的又一个繁盛期和高峰期。而当时的一批大师巨子……得之于时代的赐予，在学术观念上有机会吸收西方的新方法，这是乾嘉诸老所不具备的，所以可说是空前。而在传统学问的累积方面，也就是家学渊源和国学根底，后来者怕是无法与他们相比肩了。"[1]

的确，民国学人撰写的学术论著，虽然限于物质条件和学科发展水平，有些知识需要更新，有些观点有待商榷，有些论述还要深化……但仍然接续、充盈着中国固有学术的人文义脉和精魂，更具有为国家民族谋求出路、积极参与当前文化建设的现实关怀，更具有贯通古今、融会中西、打通文史哲、将创

---

[1] 刘梦溪：《中国现代学术要略》，生活·读书·新知三联书店2008年版，第123—124页。

作和研究相结合的开阔视野和博通气象，更具有"文章千古事，得失寸心知"（杜甫《偶题》）的传世期许和实事求是、惜墨如金的朴茂之风。这在人文学术研究显现出"技术化""边缘化""碎片化""泡沫化"等不良倾向的今天，颇有借鉴意义。而且，那时的不少论著奠定了后续研究的基本框架，不管就论析之精辟还是与史实之契合而言，都具有较高的学术价值。《中国诗学》主编蒋寅先生即深有感触地说："最近为撰写关于本世纪中国诗学研究史的论文，我读了一批民国年间的学术著作。我很惊异，在半个世纪前，我们的前辈已将某些领域（比如汉魏六朝诗歌）的研究做到那么深的境地。虽然著作不太多，却很充实。相比之下，80年代以来的研究，实际的成果积累与文献的数量远不成比例。满目充斥的商业性写作和哗众取宠的、投机取巧的著作，就不必谈了，即使是真诚的研究——姑且称之研究吧，也存在着极其庸滥的情形。从浅的层次说，是无规则操作，无视他人的研究，自说自话，造成大量的低层次重复。从深层次说，是完全缺乏知识积累的基本学术理念……许多论著不是要研究问题，增加知识，而是没有问题，卖弄常识。"[1]

陈寅恪先生曾将佛学刺激、影响下新儒学之产生、传衍看作秦以后思想史上的一"大事因缘"[2]。近代以来的大事因缘，

---

[1] 蒋寅：《热闹过后的审视》，载《文学评论》1996年第5期。
[2] 参见陈寅恪《冯友兰中国哲学史下册审查报告》，《金明馆丛稿二编》，生活·读书·新知三联书店2015年版，第282页。

无疑是在西学的刺激、影响下发展本土学术。中国传统学术需要外来学说、理论的刺激与拓展，既是谁也阻挡不了的必然趋势，也是时代惠赐的绝佳良机。中华民族一向不善于推理思辨，更看重文学的实用价值、追求纵情直观的欣赏。中国语文亦单体独文、组词成句时颇富颠倒错综之美。而且，古代书写、版刻相对比较困难，文人往往集评论者、研究者、作者、读者等多重身份于一体，彼此间具有"共同的阅读背景、表达习惯、思维方式、感受联想"[1]等等。凡此种种，决定了"中国文学批评的特色乃是印象的而不是思辨的，是直觉的而不是理论的，是诗歌的而不是散文的，是重点式的而不是整体式的"[2]。反映在著述形态上，便是多从经验、印象出发，以诗话、序跋、评点、笔记、札记等相对零碎的形式呈现，带有笼统性和随意性，缺乏实证性和系统性。近代以来，不少有识之士如梁启超、王国维等先生，在西学的熏沐、刺激下幡然而醒，积极汲取西方理论和方法，为中国传统学术研究开辟出一片崭新的天地。胡适、傅斯年等民国学人沿着他们的足迹，在"救亡图存"的时代旋律鼓动下，掀起蓬蓬勃勃的"新文化运动"，更加全面地引入西方理论、观念、方法、话语等，按照各自的理解和方式应用在"整理国故"实践中，在西学的参照下重建起现代学术。此后中国学术的发展，大体是在他们奠定的基础上拓展、深化。

---

[1] 叶嘉莹：《王国维及其文学批评》，北京大学出版社2014年版，第118页。
[2] 同上书，第111页。

民国学人的开辟、奠基之功,可谓大矣!

中华民族素来以"承百代之流而会乎当今之变"(郭象注《庄子·天运》语)的观点看待历史和当下的关系。[1]我们生逢今日之世,接续传统、回应西学,实为需要承担的一体两面之重任,缺一不可:对自己的文化传统没有继承,就没有东西和别人交流,永远趴在地上拾人遗穗,甚或没有鉴别力,将"洋垃圾"当"珍宝"供奉;而故步自封、无视西学,又会错失时代赋予我们的创新良机,治学难以"预流"。[2]相对而言,经历了百余年欧风美雨的冲刷和众所周知的劫难之后,如何接续传统越来越成了问题。特别是改革开放以来,学术界和出版界携手,大量译介西方人文社会科学理论著作和海外汉学研究论著,如影响颇大的"汉译世界学术名著"和"海外中国研究"丛书等,皆有数百种之多。这些论著的译介,于本土人文学术研究开拓视域、更新方法等功不可没,但同时,学界也仿佛患了"失语症",出现一味模仿海外汉学风格的不良倾向。"只要西方思想

---

[1] 参见刘家和《史学在中国传统学术中的地位》,《史学、经学与思想:在世界史背景下对于中国古代历史文化的思考》,北京师范大学出版社2005年版,第88页。
[2] 这里借用陈寅恪先生的说法。陈先生治学,有强烈的"预流"意识,在《陈垣敦煌劫余录序》一文中他说:"一时代之学术,必有其新材料与新问题。取用此材料,以研求问题,则为此时代学术之新潮流。治学之士,得预于此潮流者,谓之预流(借用佛教初果之名)。其未得预者,谓之未入流。此古今学术史之通义,非彼闭门造车之徒,所能同喻者也。"(陈寅恪:《金明馆丛稿二编》,第266页。)

稍有风吹草动（主要还是从美国转贩的）"，便有人"兴风作浪一番，而且立即用之于中国书的解读上面"[1]。这种模仿或套用，不仅体现在研究方法和论题选择上，有时甚或反映在价值取向和情感认同中。有学者将这称为"汉学心态"，提到文化上的"自我殖民化"的高度予以批判。[2] 在此背景下，自言"一生受的教育都是西方文化影响下的'新学'教育"的费孝通先生，晚年阅读陈寅恪、梁漱溟、钱穆等前辈的著作，敏锐思考和回应信息交流愈来愈便捷的全球化时代民族文化转型的挑战，提出了"文化自觉"这个获得广泛共鸣的议题，呼吁当下最紧迫的是培养"能够把有深厚中国文化根底的老一代学者的学术遗产继承下来的队伍"[3]。学术是文化的核心，"学术自觉"是"文化自觉"的应有之义和关键所在。近年哲学界"中国哲学合法性"、文学界"传统文论的现代转化"、美术界"构建中国美术观"等讨论炽热的话题，皆可看作本土"学术自觉"的表征，共同汇聚成"构建中国特色哲学社会科学"这一时代命题。[4] 站在这样的角度考虑问题，民国学人的论著无疑可以给我们带来三

---

[1] 余英时：《怎样读中国书》，《余英时文集》第8卷，广西师范大学出版社2014年版，第395页。
[2] 参见包伟民《走出"汉学心态"：中国古代历史研究方法论刍议》（载《中国社会科学评价》2015年第3期）、顾明栋《汉学与汉学主义：中国研究之批判》（载《南京大学学报》2010年第1期）等文。
[3] 费孝通：《关于"文化自觉"的一些自白》，载《学术研究》2003年第7期。
[4] 参见习近平《在哲学社会科学工作座谈会上的讲话》，载《人民日报》2016年5月19日。

富的启示。

民国时期是中国社会从传统到现代的转型期，中西思想文化、旧学新知碰撞、交融发生的"化合"反应，远比我们想象的要复杂得多：既有固守传统观念、家数者，也有采用新观念、新方法者，还有似新却旧、似旧还新、新旧间杂者……只不过长期以来，在"西学东渐"的大背景下，我们对这段学术史的梳理、回顾往往彰显、肯定的是那些和西学类似的论著及面相。然而，在构建中国特色哲学社会科学、提升理论创新能力成为时代命题的崭新历史条件下，恰恰是那些被遮蔽的论著及面相，更具有参考价值。因为治学如积薪，以对西学的理解、借用而言，我们已后来居上，倒是这些论著在古今中西的通观视域中，坚守民族文化本位立场，汲取西方学术优长，进而促进优秀传统文化创造性转化和创新性发展的尝试和努力，长期以来被以"保守""落后"的判词给予了冷眼、否定，今天值得换一种眼光、花点工夫好好提炼、总结，因为这正是我们构建中华自身学术体系的可能萌蘗。诗学研究因为与创作体验、母语特性、民族心理、文化基因等关系更为密切，这方面的借鉴意义显得尤其迫切、突出。

我们欣喜地看到，最近几年，喜欢欣赏、创作诗词的朋友在逐渐增多，中小学加大了诗词教学比重，《中共中央关于繁荣发展社会主义文艺的意见（2015年10月3日）》亦强调"做好古籍整理、经典出版、义理阐释、社会普及工作"，加强对中华诗词上版物的扶持。[1] 全社会越来越意识到诗词之于陶冶情操、净化风气、传承中华优秀文化基因的重要性。不过，我们也要清醒地认识诗词传承面临的严峻形势。毋庸讳言，当下诗词氛围已十分稀薄，能够切理餍心、鞭辟入里地解说诗词或将诗词写得地道的人非常罕见。大多数从事诗学研究的学者已不再创作，现行评价、考核体系要求于他们的，不过是从外部审视、抽绎出种种文学史知识，这很难说能触及中华诗词的真血脉、真精魂。在此情势下，与其组织人马"炮制"一些隔靴搔痒、搬来搬去的"新著"，不如将传统文化氛围还很浓郁、诗词仍以"活态"传承着的民国时期诞生的有价值的论著重新整理出版：一方面，使饱含着先辈心血的精金美玉不至于湮没在历史的尘埃中；另一方面，也使当下喜欢诗词的朋友得识门径，由此解悟。这里特别需要说明的是，任何艺术都有一定的规则、法度，中华诗词的欣赏、创作亦然。初学者尤其需要通过深入浅出、简明扼要的入门书籍指引，掌握规则、法度。然而，又没有万能之法，"在丰富生动的创作实践中，任何'法'都会有失灵的时候；面对浩如烟海的作品，任何'法'都会有反例存在"[2]。由"法"达到对"法"的超越，迸而"以无法为法"（纪昀《唐人试律说·序》），"行乎其所不得不行，止乎其所不得不止。

---

[1] 参见《中共中央关于繁荣发展社会主义文艺的意见（2015年10月3日）》，载《人民日报》2015年10月20日。
[2] 陈斐：《南宋唐诗选本与诗学考论》，大象出版社2013年版，第208页。

无用法之迹，而法自行乎其中"（李锳《诗法易简录》)，才是中华诗词欣赏、创作的向上之路，希望大家于此措意焉。

近年来，随着逐渐升温的"国学热""民国热"，诸家出版社纷纷重版民国国学研究著作，陆续推出了不少丛书，如东方出版社的"民国学术经典文库"、江苏文艺出版社的"北斗丛书"、吉林人民出版社的"大师国学馆"、岳麓书社的"民国学术文化名著"、知识产权出版社的"民国文丛"、中国社会科学出版社的"民国学术经典丛书"等。这些丛书虽然也涉及了诗学论著，但往往是王国维《人间词话》、龙榆生《中国韵文史》、吴梅《词学通论》等少数几部。其实，还有很多具有较高学术价值或普及价值的民国诗学论著，1949年以后从来没有点校重版过。最近几年出版的"民国时期文学研究丛书""民国诗歌史著集成""民国诗词作法丛书""民国诗词学文献珍本整理与研究"等丛刊，虽然较为集中地收录了民国诗学研究某一体式或某一领域的论著，但或影印或繁体重排，都没有校勘记，且大多不零售，定价普遍较高，虽有功学界，然不便普及。有鉴于此，我们拟选编整理一套兼顾学术性和普及性的诗学专题文献库——"民国诗学论著丛刊"，以推动中华诗词的研究、创作和普及。

我们这次整理"民国诗学论著丛刊"，抱着"发潜德之幽光，启来哲以通途"的宗旨，在扎实、详细的书目调查的基础上，主要选刊民国时期成书的与诗、词、曲等广义的古典诗歌相关的论著。在理论、观念、方法、话语乃至撰著形态、体例等方面,则秉持开放包容的态度,古今中西兼收并蓄,以较为全面地呈现民国诗学研究的多元气象和立体景观。在实际操作中,大致按照撰著内容和体例,分为"史论编""法度编""选注编"等编,分辑滚动推出。"史论编"主要选刊诗学史论著作,如梁崑《宋诗派别论》、宛敏灏《二晏及其词》等;"法度编"主要选刊谈论、介绍诗词创作法度、门径的书籍,如顾佛影《填词百法》、顾实《诗法捷要》等;"选注编"重刊有价值的诗歌选本或注本,重要者加以校注、赏析。当然,这只是大致的分类。民国学人往往能够将创作和研究相结合,他们撰写的不少史论著作亦有介绍作法的内容,不少讲解法度的书籍亦会涉及史论,我们不过根据内容偏重及著作题名权宜区分罢了。诗话、词话及新诗研究论著等,因为已有"民国诗话丛编""中国新文学大系""民国文学珍稀文献集成"等大型文献资料集出版或列入出版计划,故暂且不予收录。

每部拟刊的论著,我们都约请在该领域有专门研究的功底扎实、学风谨严的中青年学者进行整理,并在前面撰写"导读",以引导读者更好地理解原著。整理时,我们征询专家意见,制定了详密的工作细则,既改繁体竖排为简体横排,又参照古籍整理规范出严格的校勘记,争取形成可以传世的、雅俗共赏的"新定本"。版式、用纸、装帧等方面,则发扬讲究细节、精益求精的"工匠精神",以提高阅读率为标的,处处流露着为读者考虑的温情。这些看似小事，实则关乎民族文化的传承和国民素养的提升。资深出版人、中华书局原副总编辑程毅中先生就曾指出，在商业利益的驱动下，现在很多出版社和书店都喜欢出版、销售大部头、豪华版的书，这些书定价高，消耗的纸浆和能源也多，但手里拿不动，不便于阅读和随身携带，对阅读率有负面影响。[1] 我们充分考虑到了读者朋友在节奏紧张、时间零碎的现代社会里的阅读需求，所收论著都是内容精到、装帧便携的"贵金属"，人们在地铁上、候车时、临睡前、旅途之中、工作之余、休闲之刻……都可以顺手翻上几页，随时接受中华诗词的浸润，从而切切实实地提高国民的图书阅读率，为接续诗词命脉、传承中华优秀文化基因、营建"书香社会"略尽绵薄。

总之，精到稀见的选目、中肯解颐的导读、专业严谨的整理、美观大方的装帧，是我们的"民国诗学论著丛刊"为坊间类似丛书不可替代的鲜明特色及核心竞争力所在。感谢文化艺术出版社杨斌、郝庆军、陶玮等领导与编辑们的大力支持，让我们酝酿多年的设想从内容到形式都能得到近乎理想的实现。从会议结束后的偶遇交谈到正式签订出版合同，不到一周时间，这种一拍即合的灵犀相通亦堪称一段佳话。感谢众多专家、学者的耐心指导和辛勤耕耘！正是共同的发扬、传承中华诗词的

---

[1] 参见李小龙《丹铅绚烂焕文章——程毅中编审访谈录》，载《文艺研究》2017年第1期。

责任感和使命感让我们走到了一起,"正其谊不谋其利,明其道不计其功"(《汉书·董仲舒传》)。希望越来越多的读者喜欢这套丛书,由此领略中华诗词之美;希望越来越多的学者为我们出谋划策或加入我们的整理团队,一起呵护好这项功德无量的出版工程,让千载不磨之诗心在我们和后辈的生命中得到生生不已的感发!

叶嘉莹 陈斐

2016年10月28日草稿

2016年11月1日修订

导读

民国时期,旧学、新知交汇。这一时期的古代文学研究者,往往既有深厚的旧学根底,同时又浸受了西学濡染,不少人具有诗、词等古典文学体式的创作经验,能够将研究和创作相结合。他们的研究既促进了传统学术的现代转型,也奠定了现代学术生长发育的基础。不少论著不论是从其与史实的契合度,还是从所论的精辟性等方面评判,都具有较高的学术价值。

梁昆《宋诗派别论》就是民国时期诞生的唯一一部专门从派别视角研究古代文学的现代意义上的系统论著。该著不仅奠定了此后宋诗体派研究的基本框架[1],而且其对某些具体派别特征、源流等等的分析以及分析时引证的前人论说、诗例等也在后人著作中频繁重述、出现。梁昆的生平现已难以考索。《宋诗派别论》出版后,颇有影响的《图书季刊》1939年第2期曾将其和杨雪桥《历代五言诗评选》、马叙伦《读书续记》等放

---

[1] 如陈子展《唐宋文学史》(上海作家书屋1947年版)基本沿袭了梁昆的分派。当今台湾成功大学正在编纂中的《全宋诗》也采纳了梁昆的分法,只是多了"其他"一类。(张高评:《全宋诗编纂记》,载《大华晚报·读书人版》1988年5月8日。)其他宋代文学史、诗歌史、宋诗体派研究的论著亦多受梁著影响,在梁著划定的框架上略有调整而已。

在一起推介。20世纪80年代，程千帆先生又将其指定为研究生的必读书[1]。此后，对于这部专著的学术价值，也有一些研究者有所注意。如刘扬忠认为它是中国诗史撰著开辟创造期（1927—1948）"开创价值更大、体例更新的断代诗史著作"[2]，王友胜将其与钱钟书的《谈艺录》并称为民国间学术价值最大的宋诗研究著作[3]。然由于论题所限，他们不过三言两语地提及，且因为观念分歧，对于该著用现代实证的、系统的研究法析论中国固有的"体派"观念，进而撰写宋代诗歌史的作法也充满了误解。这里笔者拟结合当时的学术背景，从立场、方法、观念等方面探讨其学术意义，以引导读者更深入地理解这本论著及其价值，并以此为个案抛砖引玉，呼吁学界换副眼光重看民国学术史，从那些长期以来被忽视的论著及其面相中寻求构建中华自身学术体系（中国特色哲学社会科学）的有益启示。

---

[1] 张三夕先生告诉笔者，1979年他考入南京大学中文系师从程千帆先生攻读古典文学专业硕士学位时，程先生曾指定研究生读范况《中国诗学通论》和梁昆《宋诗派别论》。徐有富先生1980年7月撰写的《学年总结》亦云："一年来，在文学方面，我根据程先生的意见，循序渐近地阅读了范况的《中国诗学通论》、杨启高的《唐代诗学》、梁昆的《宋诗派别论》和《文选》《唐宋诗举要》《古诗今选》《宋诗选》《李太白全集》，并且把朱东润的《中国文学批评史大纲》一书摘录完毕，在此基础上写出了读书报告，参加了八〇年五·二〇科学报告会。"（参见徐有富《程千帆沈祖棻年谱长编》，南京大学出版社2013年版，第324页。）

[2] 刘扬忠：《中国诗史研究与撰著的世纪回顾》，载《淮阴师范学院学报》2002年第3期。

[3] 王友胜等：《民国间古代文学研究名著导读》，岳麓书社2010年版，第275页。

一、立场：站在诗史高度肯定宋诗拓境之功

宋诗是中国诗歌史上继唐诗之后的又一高峰，开辟了不同于唐诗的另一诗歌范式。此后的诗歌创作，不是宗唐即是宗宋，很难摆脱唐音、宋调的笼罩。然而，与唐诗相比，宋诗的遭际比较坎坷。唐诗的经典地位甚至唐人就已自信地宣示，宋人更是予以肯定，此后基本无异词。宋诗特点、价值的被认识及文学史地位的被确立，却经历了一个漫长、曲折的过程。

自宋以后，"唐宋诗之争"就是历朝诗论聚讼纷纭的话题，"诗盛于唐坏于宋"[1]可以说代表了占主流地位的偏见。直到清代中叶，随着"宋诗运动"的兴起，这个偏见才被抛弃，宋诗的特点和价值逐渐得到肯定、认可。近代以来，在何绍基、魏源、曾国藩等重臣、文宗的倡导下，宋诗风颇为流行。发展至清末民初，"同光体"风靡一时，为诗者竞尚宋诗。该派著名诗人陈衍论诗"不专宗盛唐"，他在和沈曾植谈诗时提出了"三元"说。《石遗室诗话》云："盖余谓诗莫盛于'三元'：上元开元，中元元和，下元元祐也。君（沈曾植）谓三元皆外国探险家觅新世界，殖民政策开埠头本领，故有'开天启疆域'云云。余言今人强分唐诗、宋诗，宋人皆推本唐人诗法，力破余地耳……故开元、元和者，世所分唐、宋人之枢幹也。"又云：

---

[1] 都穆《南濠诗话》："昔人谓诗盛于唐坏于宋，近亦有谓元诗过宋诗者，陋哉见也。"（丁福保辑：《历代诗话续编》，中华书局1983年版，第1344页。）

"自咸、同以来,言诗者喜分唐、宋,每谓某也学唐诗,某也学宋诗。余谓唐诗至杜、韩而下,现诸变相,苏、王、黄、陈、杨、陆诸家,沿其波而参互错综,变本加厉耳。"[1] 这里,沈曾植赞赏的是包括宋代元祐诗在内的"三元"诗开天辟地的独创精神,而陈衍则从通变的文学史观着眼,指出宋诗是唐诗(特别是出现新变的元和诗)的合理发展,宋人不过在继承唐人诗法的基础上力破余地、变本加厉罢了。在《自镜斋诗集叙》中,陈衍进一步强调:"诗至唐而后极盛,至宋而益盛。"[2] 这些观点,均有助于提升、还原宋诗的价值和文学史地位。另外,陈衍标榜"合学人诗人之诗二而一之"[3],认为诗"有别才而又关学者也"(《瘿庵诗叙》)[4],赞赏宋人能以学问、义理入诗,章法、句法富变化,这也道出了宋诗的特质所在。

同光体诗论对宋诗的言说、评论,虽掺杂着标榜门户的动机,但也包含着很多卓见。可惜的是,这些卓见在随后并没有得到很好的继承。随着"新文化运动"的全面开展,"同光体"被视为贵族古典文学,成了被打倒的对象,其诗论也被弃如敝屣。出于为白话文学、平民文学寻求合法性和精神资源的考虑,"代有偏胜"的文学进化史观在胡适、鲁迅等领袖人物的鼓吹下

---

[1] 陈衍著,郑朝宗、石文英点校:《石遗室诗话》 人民文学出版社2004年版,第7、226页。
[2] 钱仲联编校:《陈衍诗论合集》,福建人民出版社1999年版,第1066页。
[3] 陈衍编,冯永军等点校:《近代诗钞》,华东师范大学出版社2016年版,第1页。
[4] 《陈衍诗论合集》,第1058页。

受到普遍推崇，而被排除在"一代之文学"之外的宋诗，价值和文学史地位都遭到质疑甚至否定。

每种文体或学术都伴随着历史的演进兴衰起落。古人已时将那些在某一时代处于兴盛阶段的文体或学术放在一起欣赏、强调，看作各个时代的代表。元代孔齐《至正直记》引虞集语即云："一代之兴，必有一代之绝艺足称于后世者：汉之文章，唐之律诗，宋之道学。国朝之今乐府，亦开于气数音律之盛。"[1] 此后茅一相、沈宠绥等人都有类似言论，晚清焦循更是提出了"一代有一代之所胜"[2]的观点[3]。不过，在传统文学批评语境中，这些言说往往从文学通变或气数转移的视角着眼，还没有文体进化的意味。受西学影响颇深的王国维则不仅提出了"一代有一代之文学"的著名论点，还对其进行了带有进化论色彩的解读。就诗体而言，王国维认为：

> 四言弊而有《楚辞》，《楚辞》敝而有五言，五言敝而有七言，古诗敝而有律、绝，律、绝敝而有词。盖文体通行既久，染指遂多，自成习套，豪杰之士，亦难于其中自出新意，故遁而作他体，以自解脱。一切文体所以始盛中衰者，皆

---

[1] 孔齐著，庄敏、顾新点校：《至正直记》，上海古籍出版社1987年版，第96页。
[2] 焦循：《易余籥录》卷一五，清光绪戊子（1888）李盛铎辑刊《木樨轩丛书》本。
[3] 参见蒋寅《一代有一代之文学——关于文学繁荣问题的思考》，载《文学遗产》1994年第5期；张宏生《宋诗：融通与开拓》附录二"晚清学宋之风与汪辟疆的近代诗观"，上海古籍出版社2001年版，第286—287页。

由于此。故谓文学后不如前，余不敢信；但就一体论，则此说固无以易也。[1]

在王国维看来，诸种诗体之间是前一体弊、后一体兴的更迭关系，新兴的诗体自然要比"通行既久……自成习套"的诗体可贵。

新文化运动兴起后，出于为白话替代古文的文学革命张本的现实诉求，王国维带有进化论意味的"一代有一代之文学"的文学史观，受到胡适等领袖人物的青睐。而且，他们接过话头继续阐说时，愈加为其注入、强化了进化的观念。胡适认为，"文学也随时代变迁，故一代有一代的文学"[2]。"一部中国文学史只是一部文字形式（工具）新陈代射的历史，只是'活文学'随时起来替代了'死文学'的历史。文学的生命全靠能用一个时代的活的工具来表现一个时代的情感与思想。工具僵化了，必须另换新的、活的，这就是'文学革命'"[3]。"唐朝的诗一变而为宋词，再变而为元明的曲，都是进步"[4]。而这种文字形式、文学体式的变革，最终是朝着白话的价值目标迈进的，所以，

---

[1] 王国维：《人间词话》，周锡山编校《王国维集》第1册，中国社会科学出版社2008年版，第222页。
[2] 胡适：《文学进化观念与戏剧改良》，《新青年》第5卷第4号，1918年10月15日。
[3] 胡适：《逼上梁山——文学革命的开始》，《胡适古典文学研究论集》，上海古籍出版社1988年版，第207页。
[4] 中国社会科学院近代史研究所中华民国史研究室编：《胡适的日记》，中华书局1985年版，第124页。

有时胡适干脆宣称:"我到此时才把中国文学史看明白了,才认清了中国俗话文学(从宋儒的白话语录到元朝、明朝的白话戏曲和白话小说)是中国的正统文学,是代表中国文学革命自然发展的趋势的"[1];"一千多年中国文学史是古文文学的末路史,是白话文学的发达史"[2]。胡适所看到的宋诗之好处,也不过是与"白话"相关的"近于作文""近于说话"罢了[3]。鲁迅则斩钉截铁地宣布:"一切好诗到唐已被做完。"[4]

平心而论,"代有偏胜"的文学进化史观,带有很大偏颇性。这种预设了某种决定论或必然性的线性、进步、取代式的发展观,对文学演化的复杂性考虑不周,不一定符合文学发展的客观史实。早在1932年,汪辟疆就在《编述中国诗歌史的重要问题》一文中指出,编撰诗歌史,要"通观中国诗歌数千年在历史上的演变,顺着他自然的分野,寻出他来源去路,本客观的态度,作公正的判断,使过去的诗家,各还他一个本来面目,推之某一时代的风气,也是如此"。针对有些文学史叙述中宋元以后只谈词曲不谈诗的作法,汪辟疆除指出这是研究

---

[1] 胡适:《逼上梁山——文学革命的开始》,《胡适古典文学研究论集》,上海古籍出版社1988年版,第208页。
[2] 胡适:《〈白话文学史〉引子》,《胡适古典文学研究论集》,第189—190页。
[3] 胡适:《逼上梁山——文学革命的开始》,《胡适古典文学研究论集》,第204页。
[4] 鲁迅:《致杨霁云》,《鲁迅全集》第12卷,人民文学出版社1981年版,第612页。

者诗歌定义外延上的混乱外，还指出此乃"喧宾夺主"，"非自己承认无了解欣赏宋人诗的能力，就是震于偶像人物的谬论"。在汪辟疆看来，"文艺批评和诠述史实，是截然两件事"，"现在不少的编文学史和诗史的人，他们以国语文学的观点，来衡量过去的文学和作家"，是"没有把批评家和史家的责任认清"[1]。后来，钱钟书亦谈道："夫文体递变，非必如物体之有新陈代谢，后继则须前仆。"[2]清诗、清词的复兴便是旧文体未遽死亡的例证，该领域的研究专家严迪昌也指出："简单化地从纵向发展上割断某一文体沿革因变的持续性，又在横向网络中无视同一时代各类文学样式之间的不可替代性，终于导致原本丰富多彩、无与伦比的中国文学史变成一部若干断代文体史的异体凑合缝接之著。于是，秦汉以下无文，三唐之后无诗，两宋以还无词云云，被引为权威定论……其本身不符合文学发展的史程实际。"[3]

然而，随着新文化运动的蓬勃开展，在胡适等人的提倡鼓吹下，"代有偏胜"的文学进化史观得到广泛传播，成为民国时期大多数学者进行中国古代文学史书写或研究的圭臬。文学史上，那些被认为是"一代之文学"或与白话文学、平民文学相关的研究对象（如唐诗、宋词、元曲、明清小说等），受到

---

[1] 汪辟疆：《编述中国诗歌史的重要问题》，载《国风半月刊》1932年第7期。
[2] 钱钟书：《谈艺录》，中华书局1984年版，第27页。
[3] 严迪昌：《清诗史》，人民文学出版社2011年版，第2页。

推崇、关注，反之（如唐以后的诗、宋以后的词、元以后的曲等），则被否定、冷落。

单就诗歌一体而言，很多诗歌通史或文学史往往写到唐代为止，或认为唐以后诗势已尽，或站在唐诗的立场评判宋诗。"中国第一部现代形态的诗歌通史"[1]——1928年出版的李维《诗史》，虽然用三分之一的篇幅论述唐以后的诗歌，但又认为："诗至晚唐，其势已尽，此后承袭诗统者，在词而不在诗，词再传为曲。故五代两宋之词，金元之曲，在其当时之风尚，一如有唐之诗，灿然为一代之花，至同时之所谓诗者，竟莫与焉。此后之诗……历宋、金、元、明、清，未有能出汉、魏、六朝、唐人之外者。"[2]随后（1931年）出版的陆侃如、冯沅君夫妇合著的《中国诗史》，干脆在唐诗之后紧接宋词、元曲，"词盛行以后的诗及散曲盛行以后的词，则概在劣作之列而删却了"[3]。在这样的眼光审视下，宋诗的价值和文学史地位自然不被认可，相关研究也薄弱得近乎空白。

1930年胡云翼撰写《宋诗研究》时，在"跋"中感慨道："摆在历史上七百年了的宋诗，除了诗话家照例加以一些支离破碎的所谓批评，和文学史家照例在他们的大著里面搁这么一

---

[1] 蒋寅：《中国诗学的百年历程》，《学术的年轮》，凤凰出版社2010年版，第135页。
[2] 李维：《中国诗史》，江苏文艺出版社2008年版，第155页。
[3] 陆侃如、冯沅君：《中国诗史》，商务印书馆1931年版，第7页。

章人云亦云的宋诗外,关于宋诗的系统的整个的研究著作,据我所知,似乎还没有。"[1]情况大致如此。此前虽有庄蔚心的同名专著付梓[2],但系用白话写就的诗话,只大致描述了宋诗及历朝学宋之诗的发展轮廓。胡云翼的《宋诗研究》虽然算是一部系统的专著,然受"代有偏胜"文学进化史观影响,开宗明义第一章先谈"唐诗和宋诗",站在唐诗的立场诋諆宋诗,认为"宋代已经不是诗的时代了","宋人偏要在这种发展力已尽的诗体里面讨生活,自然很容易堕落前人的窠臼,难能有新的贡献";"唐诗里面许多伟大的独具特色,在宋诗里面却消灭掉了'。[3]这种讨论问题的立场和方法,很难说能切中宋诗的特点,客观评判其价值和文学史地位。

相比而言,1938年初版的梁昆的《宋诗派别论》,是民国时期目前可见唯一一部站在数千年诗史流变的高度,较为客观地疏理宋诗派别、研究宋诗特点及文学史地位的现代意义上的系统论著。当然,在新文化运动如日中天的环境中,作者的诗学观念及对诗歌史的认识也不可避免地受到时论影响。[4]如在论述欧阳修、梅尧臣等"昌黎派"时,指出:"昌黎诗似非正法,即在唐朝,亦无一人学其诗体,而欧公辈所以取之者,岂非

---

[1] 胡云翼:《宋诗研究》"跋",商务印书馆1930年版,第1页。
[2] 庄蔚心:《宋诗研究》,大东书局1925年版。
[3] 胡云翼:《宋诗研究》,商务印书馆1930年版,第12、11、7页。
[4] 如作者论杨万里,言及"或名之曰白话诗人,甚宜";论陆游,云"或称之曰爱国诗人"。

古文家气味相合故耶？"主张"诗主情与趣"、要"其味隽永"、"兼比兴，贵含蓄"等等。这些观点，虽是针对该派以文为诗、"几乎句句议论，而意浮于外""好尽而无余音"等弊病而发，但也反映了作者的诗歌趣尚还没有完全摆脱传统及时贤以唐诗为典范的束缚。不过，整体而言，作者虽有这种偏好，但又能兼容、肯定异量之美，且因为采取了科学的研究方法，故能够较为客观、全面地呈现宋诗的派别及其特点等等。

特别值得称道的是，作者一以贯之的通达的诗史意识：他不仅将诸派置于宋诗发展的脉络中予以审视，详谈其兴衰的时间、势力、影响等等，也能在数千年诗史流变的大背景下掘发、评估这些诗派的特点、价值。作者指出，孙觉和王安石一样，"不悦宋体诗，而喜唐人风"；认为宋初诗风沿袭唐人，在论述香山、晚唐、西昆三派之后，总结道："《瀛奎律髓》曰：'宋诗之有唐味者，皆在真庙以前三朝。'盖即上所论太祖时之香山诗、太宗时之晚唐诗与夫真宗时之西昆诗派。此后诸体，则多与唐味离矣。"这说明作者已对宋调与唐风两种诗美范式的差异有所认知，并尝试在对有宋一代诗派流变的梳理、分析中探求、呈现诗美范式的嬗变脉络。作者论黄庭坚为诗"尚硬"之习尚，云："韩昌黎诗以'横空盘硬语，妥贴力排奡'为主。永叔援其法，以矫西昆繁缛之弊。东坡继之，另辟途径，以宏阔雄厚为主，而有疏弱之患。山谷继又欲另辟途径，反而参诸昌黎之法，于篇中使无闲句，句中使无闲字，嫌写景之失弱也，而多写情,嫌写情之微失弱也,而更多写意,此皆山谷诗求硬之法也。""尚硬"是宋调的显著特质,作者寥寥数语即勾勒了这一特质在不同诗派间的衍生过程。再如,作者论杨万里、范成大等"南宋五大家",云其"虽出自江西体,反同趋明畅平熟之径,乃时代使然也。自山谷倡拗建,其弊流于粗杂,及吕、曾、陈三公渐转向圆活。降至此时,譬如顺流直下,无意中而同趋明畅平熟之径矣"。"上饶二泉"则"革五子畅达平熟之习,稍反江西峭健初规",方回、刘辰翁亦"复反归奇硬"。这又描画了宋调"拗健""奇硬"特质的衰变、复振过程。王水照言及梁氏此书,对其倡导分派别具体论列宋诗的理念颇为赞扬,但又说作者"似不了解,宋诗作为中国古代诗歌的一种独立类型与范式,确具有其自身的特点;但这种特点不是凝固不变的几个艺术要素的叠加混合,而是动态地存在于宋诗的发展、变化过程之中,存在于宋诗不同诗派和诗体的推衍、嬗变之中"[1],不太确切。

还有,作者将昌黎派看作"宋诗最赋权威者之一体",认为其长处之一在于"诗体解放",乃欧阳修等人革西昆流弊,"继昌黎遗意,一出而振之,世人始如醉方醒,不复顾声律而迁其意、拘俪偶而移其情,所谓诗人之原情本意,得以尽兴淋漓,形诸纸上,为宋诗辟一新境也"。作者指出,江西派风行

---

[1] 王水照:《序》,吕肖奂《宋诗体派论》,四川民族出版社2002年版,第2页。

宋世，乃宋诗势力之最久长、盛大者，其宗主黄庭坚"为集宋诗大成者"，虽学杜但实不似杜、终不为杜，其长处正在于"开拓诗境"，自为一家，特别是"律诗独辟精到、神意飞扬而以才力倔强"，"盖最足代表山谷诗者，惟其七律也"。前面已经谈到，作者对诗歌的趣尚还没有摆脱以唐诗为典范的束缚，但在具体研究过程中，却又对最能体现宋诗特征的昌黎派、江西派及其代表作家欧阳修、黄庭坚等人开拓的异量之美颇多肯定、赞美。这展现了主观偏好和客观研究之间的张力，使这本专著和程千帆的《读〈宋诗精华录〉》、缪钺的《论宋诗》、钱钟书的《谈艺录》等少数论著一样，具备了较为恒久的学术生命。

二、方法：采用实证的和系统的研究法

在中国古代，文学作品的评论者、研究者同时也是作者与读者，常常集多重身份于一体，彼此间具有"共同的阅读背景、表达习惯、思维方式、感受联想"[1]等等，再加上古代书写、版刻相对比较困难，所以古人进行文学批评和研究时，不图面面俱到地论证、架构，而是仅将一己之得或认为最重要、印象最深刻的地方书写、表达出来。虽然这些重点式的论述、品评本身就昭示着整个评论体系、话语场的存在，就像国画中的一鳞

---

[1] 叶嘉莹：《王国维及其文学批评》，北京大学出版社2014年版，第118页。

半爪昭示着龙和云雾的存在一样，但就整体的研究方法和撰述方式而言，往往从经验、印象出发，带有笼统性和随意性，缺乏实证性和系统性。胡云翼《宋诗研究》曾指出历来对宋诗的评论，不论褒贬，在批评方法上都犯了两个很大的错误：一是"批评的支离破碎"，一是"批评的笼统武断"[1]，可谓切中了传统文学批评和研究的短板。

近代以来，在"西学东渐"的大背景下，不少有识之士借用西方优良的理论和方法改造传统学术。特别是"五四"新文化运动以来，胡适等领袖人物主张用科学方法"整理国故"，促进了传统学术的现代转型。传统学术以人文学术为主，眷注的重心在于价值和意义。科学精神和方法虽不能解决人文学术的所有问题，但对于克服中国传统学术支离破碎、笼统武断、影响模糊等缺陷，却有很大效力。职是之故，民国时期的很多学者，都自觉地接受了科学精神和方法，特别是实证的和系统的研究法。正如梁启超所云："有系统之真智识，叫做科学，可以教人求得有系统之真智识的方法，叫做科学精神。"[2] 所谓"真智识"，指经过了怀疑、论证后组织起来的有系统的知识，而科学精神和方法即是求得这种知识的必由之路。受时代风会影响，梁昆的《宋诗派别论》亦采用了实证的和系统的研究法。

---

[1] 胡云翼：《宋诗研究》，商务印书馆1930年版，第4—6页。
[2] 梁启超：《科学精神与东西文化》，刘东、翟奎凤选编《梁启超文存》，江苏人民出版社2012年版，第282页。

近代以来，梁启超、胡适等人从传统学术特别是乾嘉朴学中寻找胚胎，积极培植实证主义理念。[1] 胡适主张科学研究要"大胆的假设"，"小心的求证"[2]，对于没有充分证据的一切思想、成见，都要敢于怀疑，在此基础上，小心地搜集、审定、研究材料以证明自己的怀疑和假设，求得结论。梁昆接受了这种思想，一开篇即指出，历代批评宋诗议论、说理、浅薄、不讲音韵、拗曲不明等等的言论，皆未考虑宋诗的丰富性，"徒执其一，以概其余"，失于笼统、空泛，研究宋诗须先明派别，具体分析各派为诗之源流、长短、宗主、弃舍、方法、习尚等等。这就为客观全面、具体实在地认识宋诗及其派别奠定了一个科学的思路。细读全书，可以体会到，《宋诗派别论》不论是对宋诗诸派的划分、认定，还是对各派宗主、长短……的分析，都渗透着爰酌前说、"考其实际"的实证精神。对于前人聚讼纷纭的问题，作者没有择取自己认同的一方说法了事，而是细致分析各家所言的合理之处与偏颇之处，综合判断，在认同、阐发、辩驳之中提出自己的看法。作者谈道："自来论荆公诗者，不一其辞，而各有所得，必汇集观之，庶得其全。"联系诗歌创作的实际汇集而观，正是梁昆博引并参考前人论说的

---

[1] 乾嘉朴学虽然体现出一定的实证精神，但这种精神与科学意义上的实证主义理念有别，且主要渗透在经、史研究领域。文学批评、研究领域实证方法的自觉运用，约始于清、民之际，是在西学影响下的产物。
[2] 胡适：《清代学者的治学方法》，《胡适文存》第2卷，《民国丛书》本，上海书店出版社1989年版，第242页。

原则。比如，关于谢逸的诗风及其渊源，诸家说法不一。作者通观谢诗，认为《寄隐士》等诗"乃山谷拗体而颇健者，无怪山谷称赏之";《社日》等诗"乃学老杜而工夫稍浅者，无怪后村谓其轻快有余";《晚春》等诗"音节和叶，风情富裕，则又无怪吕本中谓其似康乐也"。经过这样一番全面而具体的考察，作者指出,《四库提要》曰,"逸诗稍近寒瘦，然风格隽拔，时露清新；上方黄、陈则不足，下比江湖诗派则泂泂乎雅音矣","所论最周到而确实也"。对于诗人的自述，作者也不迷信，而是结合创作实践予以辨析。如徐俯虽为黄庭坚之甥，得诗法于山谷，但少年性格即不肯下人，听说吕本中将其列入江西诗派，颇有不平之意，昌言学诗当不止于苏、黄。梁昆细察其诗，认为《梅花》等诗"疏拙、卑陋，去山谷甚远，即视同时派中诸人，犹有歉色，何得便言《选》诗？且师川所谓《选》诗，亦不出渊明一派……惟山谷晚年亦喜陶作，师川究未能脱越山谷范围"。往往寥寥数语便能切中肯綮，颇见见识之高卓和感悟力之敏锐。这应该与当时书词还以"活态"传承着，作者有一定的创作经验密不可分吧。

《宋诗派别论》一书的实证研究法，还体现在作者的存疑精神和考据功夫上。方回认为尤袤与范成大"冠冕佩玉，端庄婉雅"，刘克庄认为萧德藻虽"才悭于诚斋，而思加苦……真诚斋敌手也"。面对两人的评论，梁昆老老实实地说："惜尤、萧二公诗传世者寡，无由断定方、刘二氏之论是抑非也。"对于证据不太充分的推断,梁昆则以疑问口吻言之。如他发现江西派初期,曾学诗于山谷者不止吕本中《宗派图》所列的二十五人,如秦少章、张彦实、范元实"三子皆未得入派"。对此,他推断道:"岂非本中作图,自有裁夺,而以此二十五人诗品为最高耶?"而在得出江西派诸人皆曾"尝为拗格"的结论时,他却自信地声明:"诗篇具在,可以案考也!"有几分材料说几分话,不论是存疑、推断还是自信,因为皆经过了仔细的研究,故都是实证精神的体现。作者的考据功夫亦颇精深,依据的材料基本经过了审查、消化,而且时有新的发明。如赵师秀卒年史籍无载,作者"考《刘后村集》有《悼紫芝》及《哭紫芝》二诗,皆在己卯(嘉定十二年一二一九)奉南岳祠后所作稿内;更据薛师石《寄题紫芝墓》曰:'辛未联诗别,九年成恍惚。大星坠地旋无光,君身入土名不没。'辛未乃嘉定四年(一二一一),逾九岁,恰为嘉定十二年(一二一九),可知紫芝卒于此岁"。这个结论已为今日研究者普遍接受。

中国传统的文学批评和研究,多通过诗话、序跋、评点等相对随意、零碎的形式进行或呈现。近代以来,研究者开始接受西方系统的研究方法,撰著体系完整、结构谨严的论著,系统性成了学术研究的重要追求之一。胡适在《中国古代哲学史》"导言"中谈到理想中可靠的中国哲学史的做法时说:

> 第一步须搜集史料,第二步须审定史料的真假,第三

步须把一切不可信的史料全行除去不用，第四步须把可靠的史料仔细整理一番：先把本子校勘完好，次把字句解释明白，最后又把各家的书贯串领会，使一家一家的学说，都成有条理有统系的哲学。做到这个地位，方才做到"述学"两个字。然后还须把各家的学说，笼统研究一番，依时代的先后看他们传授的渊源、交互的影响、变迁的次序：这便叫做"明变"。然后研究各家学派兴废沿革变迁的原故：这便叫做"求因"。然后用完全中立的眼光，历史的观念，一一寻求各家学说的效果影响，再用这种种影响效果来批评各家学说的价值，这便叫做"评判"。[1]

胡适此言道出了"整理国故"的一般方法：史料的搜集、审定、去伪、整理可以看作研究的前期准备，主要是实证方法和精神的体现；"述学""明变""求因""评判"等等则进入了正式的研究程序，皆指涉着系统性的学术目标。可以说，系统性是传统学术和现代学术的显著区别之一。正如郭绍虞所云："当时人的治学态度，大都受西学影响，懂得一些科学方法，能把旧学讲得系统化，这对我治学就有很多帮助。"[2]

以往的文学史、诗歌史论著虽然已有涉及体派者，但除了

---

[1] 胡适：《中国古代哲学史》，上海古籍出版社2014年版，第20页。
[2] 郭绍虞：《我怎样研究中国文学批评史的》，《照隅室杂著》，上海古籍出版社1986年版，第435页。

论述过于简略外，往往缺乏系统性，大抵胪列主要诗人小传及其代表作品，对于体派内部的演变脉络及体派间的相互关系关注不够。相比之下，梁昆的《宋诗派别论》在研究方法和撰述方式上都显示出别具匠心的系统性，通过严谨的组织架构较为成功地展现了宋诗主要派别横向影响和纵向演进的历史图景。全书由十三篇构成，开篇《分派法之商榷》和末篇《各派之源流表》可以看作绪论和小结，中间十一篇是主体，每篇依照时序先后论述一个诗派，结构谨严完整。

第一篇开宗明义，即指出宋诗派别纷呈，历来对于宋诗的评论，多因不分派别而失于笼统、片面。这就交代了选题缘起和意义。接着，详细胪列严羽《沧浪诗话》、袁桷《书汤西楼诗后》、全祖望《宋诗纪事序》等八篇论及宋诗派别的重要文献，具体分析了各家对宋诗派别的划分及其得失。如指出方回《罗寿可诗序》分宋诗为"白体、昆体、晚唐、欧阳、梅尧臣、苏轼、王安石、江西、道学、四灵"十体，"就中于白体、昆体、晚唐体序述最为分明，而将吕、陈、曾三公，尤、杨、范、陆、萧五公及二赵、二泉之脉络，隐约析为江西之三期，尤属可取；惟以欧、梅别为二体，未为允当"。最后斟酌前人论说，结合自己对宋诗发展的考察，将宋诗划分为如下十一个重要派别：香山派、晚唐派、西昆派、昌黎派、荆公派、东坡派、江西派、四灵派、江湖派、理学派、晚宋派，于此后诸篇逐一论列。

为了全面呈现每一派别的构成、特征及源流、嬗变的立体景观，作者煞费苦心，于每篇开列"小传""宗主""习尚""批评"等部分予以论述。"小传"是该派主要作家的简介，逐一介绍其生平、覆历、著作存佚情况、诗学（诗法）渊源、论诗主张、诗歌风貌及其长短得失等等，并附代表作加以说明。如"韩淲"条，先言其诗渊源家学，得自江西，再论"其诗刊落浮华，以瘦硬见长，与章泉大同小异……近体具体陆游，而力量尚不及尔"，最后拈出其《风雨中诵潘邠老诗》以为例证："满城风雨近重阳，独上吴山看大江。老眼昏花忘远近，壮心轩豁任行藏。从来矜色供吟兴，是处秋光合断肠。今古骚人乃如许，暮潮声卷入苍茫。"足见论述之精要及选篇之独具只眼，仅就此而言，此书亦可当作一部很有特色的"宋代分派诗选"来品读。

"宗主"部分探究该派的诗学渊源，弄清该派主要师法哪些前代诗人。如"四灵派"，作者指出其号召虽为"唐诗"，而"宗主实晚唐时最流行之姚贾体。姚，姚合也；贾，贾岛也。姚亦学贾者，而四灵尤阴重姚合"。姚合"官武功主簿，有诗名，人称武功体。专为律格诗，意平语诡，多有伧气，主清切，镂小景，刻画天甚，间流纤仄，其体本于贾岛，而流行于晚唐。四灵学之，以贾为祖，以姚为宗，以晚唐效姚、贾者为亲族"。这里，作者对"四灵"诗学渊源的分析十分精辟，笔者对"四灵"之一的赵师秀所编、某种意义上可以看作该派创作典范的两部唐诗选本《众妙集》《二妙集》的研究亦证明了此点。而且，正是这两部选本完成了唐诗研究史上"姚贾诗派"的首次确认。[1]

"习尚"分析该派为诗之理论和创作的突出特色，一般将其宗主之习尚当作该派之习尚。如认为白居易诗的特点在于"平与易矣。平者，众人所共欲言，谓诗之意平；易者，众人所共能知，谓诗之辞易。意既平，辞既易，则其为诗必非艰深幽奥，故乐天诗不押险韵、不用奇字、不加琢饰、不作矫情、不苦思虑"，而宗尚白居易的乐天诗派之习尚也正在于此。除呈现所论派别及代表诗人向"宗主"师法而得的"同"外，作者也注意挖掘他们的殊异之处。如论王安石诗，认为他除了受欧阳修、杜甫、谢灵运影响而有他们的习尚外，"亦自有其习尚焉"。具体而言，好古体、重炼意、好纪事三习尚，皆来自欧阳修；而好集句之习，"宋初无有，唐人亦尟，荆公始喜为之"；杜甫虽已好窜改古人诗句以为己诗，但未若荆公之甚；好用联绵字，"盖得于大谢"。讨论好古体、重炼意之习尚时，还比较了王、欧的异同："惟欧公一派专尚古体，荆公则既好古体，亦不轻近体，是以荆公近体之妙，不让古体，近体之篇数，亦不减于古体也。""惟欧公一派重炼意而轻修辞，多刊落情景、流于议论，荆公则既重炼意又重修辞，虽有流于议论者，究不为多……公诗于对俪、用事、造语、炼字等工夫，煞费心力。"这样同异兼顾的分析，既理清了渊流脉络，也彰显了各自的特色，无疑

---

[1] 参见拙著《南宋唐诗选本与诗学考论》第二章第四节"《众妙集》《二妙集》与姚贾诗派之确认"，大象出版社2013年版，第85—104页。

更为全面、深刻。

"批评"针对该派习尚而发，平心论其长短得失，颇具辩证思维。如作者指出，对偶、用事、丽字、近体为西昆之风尚，四者既为西昆之长所由生，又为西昆之短所由生也。西昆之长在于文辞密丽，气象安雅；西昆之弊在于太雕琢、不自然和太堆砌、无意味。对于一些相关的派别，作者在此和"习尚"部分还加以比较辨析，阐发相互之间的联系和异同。如论四灵派习尚时，指出："晚唐与四灵二派宗主同属姚、贾，惟四灵偏于姚，晚唐偏于贾。姚贾之体一也，所异者，搜求雕琢之程度姚深于贾，故四灵习尚，虽与晚唐派同，而其程度固较为深矣。"再如，评论王安石诗具有下字工、用事切、对偶精的长处后，谈道："凡此三长，多在公暮年近体诸作中，若初年古体则甚寡。盖公初年古体虽亦不恶，终不过如欧阳一派能道人所不及道，章法开合、笔意纵横而已，谓之绝妙，似有未可，故匙此三长。此三长者，颇类西昆，然西昆拘刻，时伤死板，荆公活跃，时伤薄弱，西昆用之过甚，荆公用之较适也。"这种通过比较以彰显不同派别特点、异同的作法，亦显示了作者的系统思维。

"小传""宗主""习尚""批评"是主体部分论列诗派的基本架构，有时还会根据各派差异做一些调整。如对于延续时期长、阵容强大的江西派，则先分为始祖、初期、二期、三期、四期、余响等几个阶段，再分别按需要撷取以上部分加以论证。

对于论述比较简略的理学派和晚宋派,虽然亦按上述架构行文,但未明确标目。再如,论江湖派时,增列"恶习"分析江湖诗人毁谤要挟、乞金求玉的干谒公卿之风,认为这导致了诗道的衰靡和诗人的愈众。论西昆派时,增列"起因"探究其兴起的缘由,认为约有三故:一曰国家富康;二曰《文选》盛行;三曰诸公皆官居馆阁,草制颂、作笺启、著史纪皆期宏丽典雅,类以四六为文,而四六之文,又必以对偶、谐律、用事、丽字为高。诸公"耳目所接,心手所造,浸以成习,当然不自意以对偶、谐律、用事、丽字移之于诗;况官居清要,体处禁阙,品物之见,悉极瑰宝,又何怪有体裁缛丽之西昆诗乎"?从"恶习""起因"的探析,亦可看出作者联系政治背景、经济水平、社会风气、创作潮流等等,将诗歌置于文学、文化乃至人生存境遇的大背景中加以审视的系统眼光。

末篇《各派之源流表》对前面所论诸派之间的渊源关系做一总结,并附图表说明。主体诸篇引言和末尾部分,已对所论诗派兴起的背景、流行时间及其与他派相互消长、影响的关系有所论述。如论四灵派,开篇即云:"江西诗自五大家后,其势遂衰,其法亦趋可厌,于是四灵诗派乃排烟突雾而出,与宋初之晚唐诗派遥相应和。物极必反,理之然也……余响及于江湖。"其"占有之时间,大氐自绍熙元年(一一九〇)至淳祐三年(一二四三)约五十三年。四灵既殁,江湖派中固亦有作四灵体者,然不仅有四灵体,且有江西体,混自称派,故不以之计入四灵诗体占有时间之中"。"小传"考索代表诗人的诗学（诗法）渊源，亦时或谈及该人与同派或他派诗人的关系，言及诗风有时也比较而观。"宗主""习尚""批评"部分，更是贯穿着与相关派别比较的意识。凡此种种，皆与末篇互相呼应，在纵横交织的历史时空中系统呈现了有宋一代主要诗派彼此影响、更迭演进的立体图景。

付梓70多年后，笔者捧读梁昆的《宋诗派别论》，仍然为其高屋建瓴而又鞭辟入里的论述叹服！其在学术上达到的高度，与作者紧跟时代风会、弥补传统学术短板，自觉采用爰酌前说、"考其实际"的实证研究法和笼圈条贯、通盘考虑的系统研究法有很大关系。

三、观念：当"体派"遇到"流派"

今日论者谈到梁昆《宋诗派别论》的不足或局限时，多指责其诗派概念的笼统和诗派划分的不合理，认为该书论列的某些诗派是否成立值得怀疑，某些诗人纳入某个诗派是否妥当也有待商榷。如刘扬忠指出："此书划分诗派亦间有生硬牵强处。如苏轼诗本来没有发展成派，东坡作诗，纯任天才，纵情挥洒，有如唐之李白天马行空无辙可循，未易模仿学习，故虽崇仰者甚多却无法衍成流派。此书却硬立一个'东坡派'，将诗风与东坡多有不同的苏门文人等强拉入此'派'，这就很不合理。

又如南宋陆游、杨万里、范成大、尤袤诸家,都属跳出江西派而自树一体者,却被此书列为江西派'三期'的作家。"[1]王友胜认为,此书"因为专门以派别立论,显然有泛流派的倾向,且流派的标准也不一致,有些名目、提法明显失当……难免出现牵强附会之处"。[2]刘曙初也谈到,本书"最大的不足就是对诗派缺乏明确的定义,尤其没有区分诗歌流派和诗人群体,因此有些诗派能否称得上诗歌流派还要存疑,如东坡派……重要成员风格各异,他们又如何能形成一个诗歌流派呢"[3]。这些论者都具有现代文学理论的知识背景,显然都是以西方传入的"流派"观念审视宋代诗史并评判梁著的。梁昆的《宋诗派别论》撰于现代学术奠基时期的1938年,那时学界还没有普遍接受西方现代意义上的"流派"观念,虽然从国外引入了章节体文学史,但大多撰著者所持的仍然是传统的"体派"观念。1936年出版的权威辞书《辞海》所收"流派"辞条还是传统的解释,直到1961年始修订为现代文学理论的观点[4]。细查梁著,

---

[1] 刘扬忠:《中国诗史研究与撰著的世纪回顾》。
[2] 王友胜等:《民国间古代文学研究名著导读》,第282—283页。
[3] 刘曙初整理:《唐宋诗学三种》"前言",河南文艺出版社2015年版,第5页。
[4] 中国古典诗学中虽有"流派"一词,但意同"派别"。如陈廷焯《白雨斋诗话》卷八云:"唐宋名家,流派不同,本原则一。论其派别,大约温飞卿为一体……张玉田为一体。"(唐圭璋编:《词话丛编》,中华书局1986年版,第3962页)《辞海》1936年版"流派"条云:"水之支流曰流派……今谓一种学术因徒众传授互相歧异而各成派别者亦曰流派。"(舒新成等主编:《辞海》,中华书局1981年缩印1936年版,第1710页)1961年版"文学流(转下页)

全书没有提到"流派"一词,梁昆用的是中国古典诗学常见的"体""派""派别""宗派"等概念。前面已经谈到,博引前说、断以己意是梁氏此书的显著特点。事实上,梁昆对诗派的认识、界定和划分,亦继承和集成了传统的"体派"观念。

派别是人类文学发展过程中必然出现的现象。刘永济对派别"党同伐异,崇己抑人"的习气颇多批评,但又对其产生的必然性有所洞察:"文非一趣,道有多门。其间如天资之禀赋,学术之陶镕,师友之薰习,时境之影响,亦有较然相异者。"[1]这诸多的"相异"体现在文学中就会形成不同的派别,揆诸中、西文学史,莫不如此。不过,中、西文学派别的衍生机制、特点及对派别的认识有所差异。今日中国文学史研究者,所持的基本上是西方传入的"流派"观念,以《中国大百科全书》的解释最具代表性,该书将"文学流派"定义为:"文学发展过程中,一定历史时期内出现的一批作家,由于审美观点一致和创作风格类似,自觉或不自觉地形成的文学集团和派别,通常是有一定数量和代表人物的作家群。"[2]并按是否有明确的文学主张和

(接上页)派"条修订为:"在一定历史时期里,文学见解和艺术风格近似的作家自觉或不自觉的结合。"(中华书局辞海编辑所修订:《辞海试行本》第10分册《文学·语言文字》,中华书局辞海编辑所1961年版,第6页)已是现代文学理论的解释。权威辞书是一个时期人们观念最鲜明、集中的呈现或凝结,相关词条释义的变迁亦有微型观念史的意味。

[1] 刘永济:《十四朝文学要略》,中华书局2010年版,第16—18页。
[2] 中国大百科全书总编辑委员会编:《中国大百科全书·中国文学Ⅱ》,中国大百科全书出版社1988年版,第952页。

组织形式,且在创作上形成共同的风格,分为自觉的、半自觉或不自觉的流派。研究者所持观点与此类似,大都将一定数量和代表人物的作家群在创作中体现出一致的群体风格,当作鉴定文学流派的标准。正如谢桃坊所指出的:"本世纪以来,关于宋词流派的专题论文发表了60余篇,但大都难以经受史实与理论的检验,往往将群体风格与流派概念等同,或者将'流派'概念简单地扩大化。"[1]陈文新认为,流派的成立包括流派统系、流派盟主(或代表作家)和流派风格三个基本要素。其中,"流派风格是文学流派的基本标志。无论是统系的选择,还是代表作家的产生,其指向都是独特的流派风格。没有独特的流派风格,就没有流派"[2]。这种以群体风格为核心的界定,显然和中国古典诗学对派别的认识存在较大差异。

　　风格和派别皆是中国古典诗学研讨比较集中的话题,二者有一定联系,但并不互为必要条件。辨析风格,可以从作家、体裁、身份、地域、时代、民族等众多视角着眼,派别只是视角之一。析论派别,亦可从师承、交游、题材、地域等众多维度出发,结合理论主张和创作倾向进行,风格只是体现在创作倾向中的一个因素罢了。古代中国没有职业的文学家,士人多兼文人、学者、官员等多重身份于一体。人们对文学也持一种

---

[1] 谢桃坊:《唐宋词研究遗存难题述略》,载《社会科学研究》1999年第2期。
[2] 陈文新:《中国文学流派意识的发生和发展》,武汉大学出版社2003年版,第14页。

"大文学""杂文学"的观念,更强调它的社会教化功能,而非单纯由审美性或纯文学的眼光观照。因此,尽管中国很早就有"诗可以群"的传统,文学在社会交往中扮演着重要角色,文人以群居切磋为乐,更易因声气相投形成不同的文学派别,但对派别的认识,也是比较多元的,呈现为以文学为核心的多维辐辏态,而非单纯由审美性或纯文学的视角着眼,更不是把来自于这种视角的风格之有无作为划分、判定派别的唯一标准。中国古代文学派别的衍生亦有这种特点。即使在宗派观念自觉、强化的宋以后,人们对派别的看法也是如此。如晚清蔡小石《拜月词序》论及宋词派别,依然云:"词胜于宋,自姜、张以格胜,苏、辛以气胜,秦、柳以情胜,而其派乃分。"[1]所谓"格""气""情",显然不是只就风格而论,亦非单纯审美性或纯文学的评所,而是从多维文化视角出发,联系作者的为人、性格、气质、性情、遭际等等,总结其创作中呈现的特色,进而区分派别。当然,古人对派别认识的包容性和宽泛性,并不意味着他们界定派别时杂乱无章、混乱无据。细致寻绎、概括相关话语,可以发现,能被视为派别的文学集团,一般需要具备以下两个条件:一是须有一定数量的作家群,不管是否经过自觉还是半自觉、不自觉的结盟、师承、交游或唱和等等,都客观上形成了群体,大多数还有领袖或核心。二是须在理论主

---

[1] 江顺诒:《词学集成》卷五,《词话丛编》,第3272页。

张或创作倾向上具有某种共性，这种共性可以呈现为关于文学功用、师法对象等等的理论主张，也可以体现在题材、技法、修辞等创作倾向方面，不一定是风格。换句话说，古代文人缔结、析论文学派别，虽然有时也会考虑群体风格，但不将之当作必要条件，同一派别内部的代表作家，风格亦可以差异很大。如明"前七子"因为同倡"文必秦汉，诗必盛唐"[1]，一般被看作自觉的文学派别，但其领袖李梦阳、何景明，因为生活环境、学养、才性等差异，为诗风格相去悬殊。明人李维桢即已指出："李由北地家大梁，多北方之音，以气骨称雄；何家申阳，近江汉，多南方之音，以才情致胜。"[2]

这里还需辨析一下与风格、派别都相关的概念——"体"。虽然中国古代"析派"意识发端甚早，《诗经》风、雅、颂的区分表明那时已有类似感觉，但只有到了宋代，随着文人结盟、结社意识的进一步强化，人们在对江西诗派的评论、梳理中，才参照禅宗的法嗣传承正式提出"派"的称谓，并确立和强化了自觉的宗派观念。以此为界限，此前的文学派别多呈半自觉或不自觉状态，时人多以"体"称之，后人呼之为"派"乃其接受观念积极作用的结果；此后宗派观念逐渐深入人心，自觉的

---

[1]《明史·李梦阳传》，中华书局1974年版，第7348页。
[2] 李维桢：《彭伯子诗跋》，《大泌山房集》卷一三一，四库全书存目丛书编纂委员会编《四库全书存目丛书·集部》第153册，齐鲁书社1997年版，第672页。

文学派别增多,人们指称时"体""派"兼用。[1]这种带有派别意味的"体",研究者在现代"流派"观念的影响下,往往将其诠释为风格。如祝尚书《从宋代台阁体的繁衍看文学体派的形成机制》谈及"西昆体",即云"'体'则指风格"[2]。其实,"体"的本义指身体,引申之,可训为"物质存在的形态"[3],涵蕴甚广。借用到文艺批评领域后,"体"亦统摄性极强,可能指涉体用、体貌、体式、体势、体裁、体类、体制、体法、体性、体律、体度、体要、体格、体气、体致、体理、体统、体韵、体意、体样等等,其内涵远非风格所能囊括。以唐代体派为例,上官仪"以词彩自达,工于五言诗,好以绮错婉媚为本……既贵显,故当时多有效其体者,时人谓为上官体"[4];富嘉谟与吴少微友善,"属词,皆以经典为本,时人钦慕之,文体一变,称为富吴体"[5];白居易、元稹"擅名一时,天下称为元白"[6],

---

[1] 参见许总《唐宋诗体派论》第一章"唐诗体派的性质与特征"、第二章"宋诗体派的确立与演进",江西人民出版社2008年版,第3—43页;吴承学《中国古典文学风格学》第十三章"风格类型与文学流派",北京大学出版社2011年版,第201—215页。
[2] 祝尚书:《从宋代台阁体的繁衍看文学体派的形成机制》,载《北京大学学报》2013年第2期。
[3] 李旦初:《中国古代文学流派理论发展梗概》,载《山西大学学报》1988年第4期。
[4]《旧唐书·上官仪传》,中华书局1975年版,第2743页。
[5]《旧唐书·富嘉谟传》,中华书局1975年版,第5013页。
[6] 顾陶:《唐诗类选后序》,周绍良主编《全唐文新编》,吉林文史出版社2000年版,第3109页。

"当时轻薄之徒,摘章绘句,聱牙崛奇,讥讽时事,尔后鼓扇名声,谓之'元和体'"[1]。这里的"体",包含了体式、内容、修辞、语言、技法、风格、动机等内涵。可见,中国古典诗学中带有派别意味的"体",可能指称该派在理论主张或创作倾向上呈现的某种共性,基本与上文提出的界定派别的第二个条件重合。这是我们"辨体""析派"时需要特别留意的。

笔者通过调查民国文学史著书目发现,梁昆的《宋诗派别论》竟是民国时期唯一一部专门从派别视角研究古代文学的现代意义上的系统论著。一开篇,作者即指出:

> 诗之有派别始于宋。欲论宋诗,不可不知其派别:盖一派有一派之方法,一派有一派之习尚,一派有一派之长短,一派有一派之宗主。凡派别同者,其诗之方法同、习尚同、长短同、宗主同。苟不知其派别之异,徒执其一,以概其余,曰宋诗云云,宋诗云乎哉?元明以来,论宋诗者,多失于不分派别。

这段文字,原稿为:

> 诗之分体派始于宋。欲研究宋诗,则不可不先知其体

---

[1] 王谠著,周勋初校证:《唐语林校证》,中华书局1987年版,第150页。

派。体者,无意共成一体而竟共成一体者也。派者,有意共成一体而终共成一体者也。各体派有各体派诗之方法,各体派有各体派诗之气味,各体派有各体派诗之长,各体派有各体派诗之短,各体派有各体派诗之宗主,各体派有各体派诗之弃舍。凡体派同者,则其诗之方法相同,气味相同,长处相同,短处相同,宗主相同,弃舍相同。苟不知其体派之互异,徒执其一,以概其余,曰宋诗宋诗,宋诗云乎哉?元明以来,论宋诗者,多失于此[1]。

全书其他地方言"派别",原稿亦多作"体派",付梓前经过了编辑或审稿者的修订(笔迹与原稿不同)。由此足见,梁昆对宋代诗派的析论,乃继承、集成了传统的"体派"观念。他按是否有自觉的派别意识,对"体""派"做了大致区分,这符合中国古代文学派别由"体"到"派"、由不自觉到自觉演进的总趋势。梁昆指出,"诗之分体派始于宋",说明他已意识到宋诗体派不同于以往的自觉性——宋代自觉的诗歌派别开始涌现、增多。这是对王夫之宋人"始争疆垒"[2]等论断的进一步发展。由此出发,梁昆展开了他的研究。在第一篇末尾,他集中阐述划

---

[1] 梁昆:《宋诗派别论》,国家图书馆古籍馆普通古籍阅览室藏青格稿本,索书号为:149964。
[2] 王夫之:《姜斋诗话》,丁福保辑《清诗话》,上海古籍出版社1978年版,第15页。

分诗派的依据道:

  爰酌八说,考其实际,取学白乐天者谓之香山体;取宋初学姚、贾者,谓之晚唐体;取与欧阳修诗气味同者,谓之昌黎体;取与王安石诗气味同者,谓之荆公体;取与苏轼诗气味同者,谓之东坡体;取以李商隐诗为准者,谓之西昆派;取以杜、黄诗为准者,谓之江西派;取南宋时以姚、贾诗为准者,谓之四灵派;取在《江湖小集》中者,谓之江湖派,共九体。而取道学家者,谓之道学体;取宋亡节士者,谓之晚宋体,附后。盖以道学诗体非诗家正统,晚宋诗家非纯宋时人也。更次以时代,而详论其各派之源流、长短、宗主、弃舍、方法、习尚等,庶几有裨于研究宋诗者。

所谓"爰酌八说",指充分参酌了宋荦、全祖望、汪槐堂、《四库提要》、戴表元、袁桷、方回、严羽等中国古典诗学对宋诗体派有集中论说的八家成果;"考其实际",指结合自己对宋诗流变的认识。"学白乐天者""以李商隐诗为准者"……是说这些体派由一定数量的诗人构成,他们具有共同的师法对象。任何创造必须在继承传统的基础上进行,在有着浓厚"尚古"传统的中国古代,人们对当前创作中出现的某种不良倾向不满,企图反拨、改造,也往往以标举新的师法对象的方式进行,借此表达理论主张、指导创作实践。与欧阳修或王安石、苏轼"诗气味同者",是说围绕这些诗人形成了一个具有明确理论主张或创作倾向的群体。如昌黎派中,欧阳修"直以主人翁自居而不让焉",一时文士俱与之为友,及其位高望重,"群推附之,遂振起五代颓风、西昆靡习,而为宋代诗文之大宗"。梁昆这里所说的"气味",包含着风格的意思,但不止于此,而是和后文"嗜好"、合"脾胃"、"习尚""风尚""风味""气息""气象"等语词近似,皆用来泛指理论或创作上体现出的某种一致性。"风格"一词,在梁著中共出现了9次,2次出现在引文中,7次直接行文,意思大致与今人理解相同,如云西昆体"风格典丽","景熙风格未遒,文山遒而未化"等等。但梁昆阐述划分诗派的依据时,却没有使用"风格",而是用统摄性更强、包蕴性更广的"气味",这说明其对派别的认识,并非今日以风格为核心的"流派"观念。

"在《江湖小集》中者""道学家者""宋亡节士者",仅简单介绍了这些诗派成员的构成,结合后面相关章节的论述,可知他们为诗,在理论或创作上亦呈现出某种鲜明的共性,故被梁昆析为诗派。如理学家"独有其理学诗体","自具其习尚","其长在不作无病呻吟,而去拘涩之习;其失则在无格调,寡性灵,刊落诗之情趣,而移殖以理道"。再如,梁昆云:"取在《江湖小集》中者,谓之江湖派。"此乃就该派得名缘由笼统言之。后面他在列陈江湖派成员时,又指出《江湖小集》所收百〇九人中,"如洪迈、吴渊,爵位既皆通显,诗体又复不类……

实不当列入江湖诗派",说明梁昆体认江湖派并不拘泥于《江湖小集》所载,而是着眼于诸人"诗体"之相类。他指出,江湖诗人"非隐士、布衣即不得志之末宦","以家国不宁、进退无据,乃结友招群,游谒江湖,推盟首,主宗主,唱和酬咏,消磨岁月,无形中成为一种风气",当时有书商陈起与江湖诸人相友善,于是刊《江湖》诸集以售,"后人以《江湖集》内诗气味皆相似,故称之曰江湖诗派"。这就更明确地交待了江湖派兴起的背景、划分依据、成员构成等等。对于江湖派共同的"气味",梁昆亦有论述,如云其弃江西之繁浓、直肆、重浊、实晦而为简淡、微婉、轻清、虚明之体,"大氐近体之作多而高,古体之作寡而劣,窘于篇幅,浅于情意,其高者风辞警隽、音调浏亮,其下者骨趣猥俚、气象孱弱,甚至于有蔬笋气,有衰飒气,为山林枯槁之调,为纤琐粗犷之习,千人一篇,千篇一律,诗道至此,可谓一劫"!下文论列具体诗派,每篇按"小传""宗主""习尚""批评"的架构行文。"小传"可以看作对诗派成员及疆域范围的划定,有时还点明领袖或核心,"宗主""习尚""批评"则是对诗派师法对象、理论主张、创作倾向、长短得失等等的评析。可见,梁昆正是继承了中国古典诗学的"体派"观念,并尝试用现代实证的、系统的研究法分疏之、论证之。正是基于这个原因,梁著提及某个诗派,常常"体""派"互用,如"香山体"又被称为"乐天诗派""香山派"等等。

香山派、晚唐派、西昆派、昌黎派、四灵派、理学派、晚宋派等因为通过交游酬唱、师友结盟、学术相承等方式形成了大致确定的诗派成员，且在理论或创作上有着较为明显的共性，故争议不大。这里重点谈谈梁昆对东坡派和"南宋五大家"的析论，这是他为今日研究者诟病的地方。关于东坡派，作者首先留意到，欧阳修去世后，东坡继之而为诗文盟主，门下有"四学士""六君子"诸称。"李方叔以文名而不以诗名，鲁直、履常之诗又别成一体"，可置之不论。其余诸人为诗，皆受东坡指点与影响耳。此外，学东坡或受东坡影响者，有文同、唐庚、"三孔"、苏辙、苏过、张舜民、李之仪等人，实际上围绕东坡形成了一个诗人群体，势力在宋代仅次于江西派。而东坡主诗盟，"不专宗某一古人，乃兼重才气"，"使学者得以任才呈意，学其所近"。故苏派诸人各具面目、不拘一格也，唯其皆受东坡指点与影响，"大率各得东坡之一偏"。这无疑也是一种共同的理论主张和创作倾向，在梁昆看来，"此其所以成为苏派也"。可见，尽管东坡派没有呈现出共同的群体风格，但完全符合古典诗学的"本派"标准，故梁昆将其析为一派论述。

　　关于"南宋五大家"杨万里、陆游、范成大、尤袤、萧德藻，梁昆也看到了他们诗风"明畅平熟"的一面，也看到了他们承江西"诸家遗绪，扩大而融化之，变通而神明之，自成其体格，成绩超异，几掩山谷"的卓越建树，但他依然将其当作"江西派三期作家"论列，主要是着眼于"五大家"学诗皆自江西入，且终身未脱离江西诗风的影响。梁昆曾陈述析论江西诗派的依据道："初期既已定名江西诗派，继则凡学此体，或出自此体者，皆亦谓之江西诗派也。"所谓"出自此体"，是说带有江西体之"胎记"——理论或创作上具有某种共同的倾向，而不局限于风格之同异。对于"五大家"的江西"胎记"，梁昆在其小传中有详细阐述。如云杨万里为诗"始学江西诸君子"，通过对其学诗自述的分析指出："计模仿期内学江西者三十年，学唐人者七年，凡三十七年，而创造期仅二十八年，盖受江西之影响重，受唐人之影响轻。而所谓创造者，亦惟因学江西、学唐人之学力而创造耳，故诚斋诗终不能脱去江西气息。"范成大"诗学渊源不甚可考，然观其所作，于律则时有拗格，于古则每用奇字，诚山谷之遗绪，特气象不似，盖融通山谷之法而阴用之"。最后，梁昆总结道："就其守江西遗法言，则萧东夫固持最甚，陆放翁次之，范、杨、尤又次之。"可见，江西诗学对"五大家"的影响是伴随终身的，即其创造也与江西诗学之沾溉密不可分，乃"因学江西""之学力而创造耳"。此点后来钱钟书、莫砺锋[1]、郑永晓等人有进一步论述。如钱钟书认为，范成大"像在杨万里的诗里一样，没有断根的江西派习气时常要还魂作怪"[2]。郑永晓云："对于陆游而言，即使在其晚年，

---

[1] 莫砺锋:《论杨万里诗风的转变过程》,《唐宋诗歌论集》, 凤凰出版社2007年版, 第476—492页。
[2] 钱钟书:《宋诗选注》, 人民文学出版社1982年版, 第218页。

他也没有抛弃曾几传授给他的江西诗法……江西诗派对陆游的影响根深蒂固。"[1] 特别是郑永晓，通过详实的爬梳、论证指出，尤、杨、范、陆皆受江西诗学之哺育，是"在汲取江西诗学遗产的基础上，又结合各自的生活阅历和艺术实践"卓然自立的，那种认为他们摆脱江西诗风不良影响后才取得各自成就的观点，实建基于"先打倒才有建立"这样一种思维定式，颇为中肯、深刻！如果我们留意到不甘随人作计、强调自成一家本来就是江西诗学的真精神[2]，且不要静止、凝固地看待问题，而是把江西诗派看作一个理论和创作都在不断嬗变、更新的动态过程，则梁昆根据"五大家"身上的江西"胎记"，将其看作江西诗派发展中的重要一环，实在与古典诗学的"体派"观念没有什么扞格。正是基于这种共同的"体派"观念，古往今来，不少论者一直将"五大家"看作江西诗派之苗裔。如刘克庄《茶山诚斋诗选序》云："余既以吕紫微诗附宗派之后，或曰：'派诗止此乎？'余曰：非也。曾茶山赣人，杨诚斋吉人，皆中兴大家数。比之禅学，山谷初祖也，吕、曾南北二宗也，诚斋稍后出，临济德山也。"[3] 谢无量《诗学指南》、梁乙真《中国文学史

---

[1] 郑永晓：《南宋诗坛四大家与江西诗派之关系》，载《南都学坛》2005年第1期。
[2] 黄庭坚《以右军书数种赠邱十四》："随人作计终后人，自成一家始逼真。"（傅璇琮等主编：《全宋诗》，北京大学出版社1991—1998年版，第11637页。）
[3] 曾枣庄、刘琳主编：《全宋文》第329册，上海辞书出版社、安徽教育出版社2006年版，第157页。

话》亦将"四大家"看作江西"余绪"或"苗裔"[1]。

总之,梁昆《宋诗派别论》虽然采用了现代实证的、系统的研究法,但其对宋诗派别的析论,依然继承了传统的"体派"观念。今天,我们抱着西方传入的现代文学理论的"流派"观念,的确可以指责其"生硬牵强""不合理""有泛流派的倾向"等等。不过,这种以风格为核心的流派观念在中国古代诗史、文学史研究领域经过近百年的充分实践、应用之后,其局限和扞格也越来越突出。择要而论,约有两端:首先,古代不少被称为"派"或自身即以"派"相号召的文学集团,丧失了"派"的身份,不能被界定为流派。在中国古典诗学语境中,不论是谈论派别,还是发起派别,群体风格都不是措意的关键,现在以此为核心标准去鉴定流派,必然有方凿圆枘之感。某些文学集团能否被界定为流派,也一直存在争议,如江湖诗派、阳羡词派等等。"派"是文学史的骨骼,是连接文学家之"点"和文学史之"线"之间的桥梁。"派"的界定出现了问题,文学家的个案研究和文学史的梳理书写也会面临困境,进而影响文学史研究全局的可行性与合法性。其次,从流派视角审视,可能会屏蔽中国古代文学派别乃至文学家理论或创作的丰富面相。流派视角隐含着探求群体风格的诉求,而古代的文学派别,共同性存在的维度远非风格所能范围,而且,即使是风格,不少文

---

[1] 参见《谢无量文集》第7卷,中国人民大学出版社2011年版,第25页;梁乙真《中国文学史话》,上海元新书局1934年版,第355页。

学派别或其内部成员都是多样的,流派视角往往只看到共同的群体风格,而对其他风格乃至理论或创作上存在的特色有所遮蔽。以阳羡词派为例,正如沈松勤所指出的,"飞扬跋扈"的"变调"固然是该派最醒目的特征,但他们在共同的词学主张和实践中"取裁非一体,造就非一诣"。"正""变"兼善并举,展示了多元成就与宏大气象。"因陈维崧及其群从非独尊一体而否认其作为一个词派存在,或因视之为词派而专注其单一的创作风格,均不可取,也都有碍于对阳羡词派创作成就及其历史地位的认识。"[1]

既然西方传入的"流派"观念和中国古典诗学的语境存在很大扞格,那么,我们又该如何审视并重构传统,如何书写古代诗歌史、文学史呢?沿着这样的思路考虑问题,梁昆《宋诗派引论》无疑可以带来丰富的启示。梁昆用现代实证的、系统的研究法分疏、论证中国固有的"体派"观念,进而撰写宋代诗歌史的尝试,和一千多年前刘勰受佛典论理思辨方式影响撰成"体大思精"[2]的巨著《文心雕龙》有点相像,都不失为观照传统,撰写诗歌史、文学史的一种方式。随着西方思想观念、治学方法的全面引进,这种方式被视为明日黄花轻轻抛弃了,以故其可能蕴含的活力和能量没有机会发挥出来。今天,在以

---

[1] 沈松勤:《陈维崧与阳羡词派新论》,载《文艺研究》2016年第12期。
[2] 章学诚《文史通义·诗话》云:"《文心》体大而思精","笼罩群言"。(章学诚著,叶瑛校注:《文史通义校注》,中华书局1985年版,第559页。)

西学为范本的现代学术建立、完善之际，越来越多的研究者意识到用西方理论审视、研究中国学术存在问题，从而呼吁"构建中国特色哲学社会科学"[1]、提高理论创新能力的大背景下，我们有必要回到现代学术奠基的"起点"——民国时期，重新审视和寻觅中国学术另一种可能发育的萌蘖。这是本土"学术自觉"的必由之路。

民国时期，中西思想文化、旧学新知碰撞、交融发生的"化合"反应，远比我们想象的要复杂得多。只不过长期以来，因为急于和国际接轨，我们的学术研究也唯西学之马首是瞻，对民国学术史的梳理、回顾往往彰显、肯定的是那些和西学类似的论著及其面相。比如，有些学者即将新的历史观、文学观、方法论看作民国诗歌史著的特点[2]。然而，在构建中国特色哲学社会科学成为时代命题的崭新历史条件下，恰恰是那些被遮蔽的论著及其面相，更具有参考价值。尽管由于时代条件限制，这些论著存在种种不足。如梁昆《宋诗派别论》，即有些知识需要更新，如其云"《二妙集》已佚，无可稽考"，实际上

---

[1] 近年来，哲学界"中国哲学合法性"、文学界"传统文论的现代转化"、美术界"构建中国美术观"等等，都是讨论的热门议题。习近平同志《在哲学社会科学工作座谈会上的讲话》（载《人民日报》2016年5月19日）正式提出并倡导"构建中国特色哲学社会科学"这一时代命题。
[2] 陈引驰、周兴陆主编：《民国诗歌史著集成》"总序"，南开大学出版社2015年版，第1页。

此书尚有清汲古阁影宋抄本传世,藏于国家图书馆[1];论析有些派别如香山派、晚唐派时,过于强调其对宗主的师法,而对师法过程中出现的新变关注不够,后来论者指出,宋诗体派"表象上承袭唐诗范式,实质上却是力图革新创变",这"决定了宋诗推陈出新的基本品格,又使自身表现出一种递相新变的特点"[2],就更为深刻;有些派别论述得过于简略,如晚宋派,在胪列文天祥、郑思肖、真山民等八人小传之后,仅用数语概括、比较了该派宋时、元时诗风的差异,讨论了其对元诗的影响及纪事诗等等。不过,这些不足大多已为后来的研究所弥补,反而是其站在民族文化本位立场嫁接、融会、转化古今中西理论、观念、方法、话语的尝试和努力,可以为我们构建中华自身学术体系(中国特色哲学社会科学)带来更多切实的启示。

梁昆《宋诗派别论》,1938年7月由商务印书馆作为"国学小丛书"之一种初版,1939年5月再版。1980年,(台北)东升出版事业有限公司"东升要籍选刊"重排收录,未交待所用底本信息。2015年,河南文艺出版社"民国诗词学文献珍本整理与研究"丛书之《唐宋诗学三种》,亦收录了梁著,然云以"商务印书馆1941年版为底本",未知何据? 上述两种重排本,

---

[1] 参见拙著《南宋唐诗选本与诗学考论》第二章第二节"《众妙集》、《二妙集》版本考",第71—76页。
[2] 许总:《唐宋诗体派论》,第36页。

皆为繁体，没有出校勘记。2011年，（台中）文听阁图书有限公司张高评主编"民国时期文学研究丛书"第一编据1939年再版影印收录。2015年，南开大学出版社"民国诗歌史著集成"丛书据1938年初版影印收录。不少民国书，版权页所谓"再版"，相当于现在的"重印"，内容实际上没有变化，梁著即属于这种情况。故本次整理梁著，即以1938年初版为底本，对于整理过程中发现的讹误，皆参照他书等加以订正，并出校勘记说明。

除刊本外，国家图书馆古籍馆普通古籍阅览室还藏有青格稿本一册（索书号为：149964）。卷首、卷尾各钤"梁崑"朱文方印一枚。封面贴笺头印有"出版科工务股通知单"字样的小笺一枚，笺云："兹奉上宋诗派别论原稿162页（计一册），请尊处将其标点改为新式后，掷下，为荷，此上汪叔年先生，晚心吾。27/9/15。"按，汪叔年民国间曾任商务印书馆总管理处负责人[1]，心吾或为工务股职员。原稿标点皆用小黑点，卷中有墨笔添加的新式标点或删改，笔迹、墨色和原稿不同，显然非作者本人亲为。删改文字者另在扉页右侧空白处加一"方"字，或为其姓氏。第一篇《分派法之商榷》删改较多，除上文已提到的那段外，还删掉了清代冯武《西昆酬唱集序》论宋诗派别的"自宋以来……谓之西昆体"一段文字和作者的按语：

---

[1] 朱联保编：《近现代上海出版业印象记》，学林出版社1993年版，第338页。

"案冯氏所论,虽未尽当,而所分江西、西昆、四灵、九僧四派之名,实可存也。"这段文字原在所引"宋荦《漫堂说诗》"一段之前。全书删改后文字与刊本相同,由此推断,删改者或为商务印书馆方姓编辑或外聘之审稿人,当然也有可能是作者梁昆的师友。删改后是否经过作者确认,已不可知。稿本破损严重,已为散页,工作人员破例提供阅览,但不允许逐句对勘。从翻阅的整体印象看,删改既对作者原意的表达、呈现有一定影响,但同时也避免了一些作者表述不太严谨、周密的地方。这提醒我们,对于民国以及现当代著述,也要有版本意识,留意不同版本之间的差异。

为便于读者和研究者参阅,书末附录了陈延杰《宋诗之派别》一文。陈氏生于1888年8月22日,卒于1970年8月24日。字仲英、什子,笔名晞阳,江苏南京人。曾从清道人李瑞清受小学及经学,光绪三十四年(1908)毕业于两江师范学堂文科,先后执教于武昌大学、中央大学、金陵大学等校,新中国成立后任江苏省文史研究馆馆员等。主要从事经学、古代文学研究,著有《诗品注》《经学概论》《诗序解》《贾岛诗注》等。生平等可参见史笔《陈延杰生平述略》《陈延杰著作简表》(皆载《文教资料》1986年第6期)。陈氏《宋诗之派别》为20世纪早期研究宋诗派别的专题论文,载于郑振铎编《中国文学研究》,1927年由商务印书馆初版。1981年,上海书店据初版影印了郑编。1969年,(香港)龙门书店将《宋诗之派别》据郑编初刊影印，与陈氏另一篇论文《魏晋诗研究》合刊为单行本，收入"中国文学研究丛编"第一辑。这里整理陈文，即以1981年影印版郑编初刊为底本，亦参考他书加以订正云。

陈　斐

2016年11月

目录

一　分派法之商榷 | 1
二　香山派 | 7
三　晚唐派 | 14
四　西昆派 | 23
五　昌黎派 | 37
六　荆公派 | 50
七　东坡派 | 62
八　江西派 | 75
九　四灵派 | 131
一〇　江湖派 | 139
一一　理学派 | 150
一二　晚宋派 | 158
一三　各派之源流表 | 166

附录

宋诗之派别 | 169

本次整理征引文献 | 225

一　分派法之商榷

诗之有派别始于宋。欲论宋诗，不可不知其派别：盖一派有一派之方法，一派有一派之习尚，一派有一派之长短，一派有一派之宗主。凡派别同者，其诗之方法同、习尚同、长短同、宗主同；苟不知其派别之异，徒执其一，以概其余，曰宋诗云云，宋诗云乎哉？元明以来，论宋诗者，多失于不分派别。如《匹溟诗话》曰："或涉议论，而失于宋体。"《艺圃撷余》曰："议论高处，逼宋诗之径。"皆以议论为宋诗之病，殊不知宋诗中，惟昌黎体、东坡体、荆公体始有是病，若西昆派、四灵派、江湖派皆不得概谓之病于议论。《沧浪诗话》曰："本朝尚理而病于意。"何大复《汉魏诗序》曰："宋诗言理。"皆以说理为宋诗之病，殊不知宋诗中，亦惟道学体、昌黎体、荆公体始有是病，若西昆派、四灵派、江湖派亦皆不得概谓之病于说理。《围炉诗话》曰："宋人来诗多伤浅薄。"然若西昆派者，得谓之浅薄乎？《白华诗说》曰："宋人多不讲音韵，所以大逊于唐。"然若西昆派、江西派、荆公体，是宋诗中讲音韵之尤者，得谓宋人多不讲音韵耶？《载酒园诗话》曰："宋初诗人全学晚唐。"然宋初固有学白居易、学李玉溪者也。《养一斋诗话》曰："宋人炼字之法，力求峭健，多拗曲不明。"然江西派外，其作法如此者，亦惟昌黎体耳。由此观之，欲研究宋诗，而不先明其派别者，未可也。

宋诗之派别如何？历来论者或详或略，或是或否。若合考参取，刊其冗赘，一其称谓，则庶乎有当！

（一）清宋荦《漫堂说诗》："宋初晏殊、钱惟演、杨亿号'西昆体'。仁宗时，欧阳修、梅尧臣、苏舜钦诸君，多学杜、韩；王安石稍后，亦学杜、韩。神宗时，苏轼、黄庭坚谓之'苏黄'，又黄与晁补之、张耒、陈师道、秦观、李廌称'苏门六君子'。庭坚别开江西诗派，为江西初祖。南渡后，陆游学杜、苏，号为大宗。又有范成大、尤袤、陈与义、刘克庄诸人，大概杜、苏之支分派别。其后有江湖、四灵徐照、翁卷等，专攻晚唐五言。"案宋氏所分，计：（一）西昆，（二）杜、韩，（三）苏氏，（四）江西，（五）杜、苏，（六）江湖，（七）四灵，七体。而杜韩体、杜苏体之名，嫌于含混，不可用也。

（二）清全祖望《宋诗纪事序》："宋诗之始也，杨、刘诸公最著，所谓'西昆体'者也。庆历以后，欧、苏、梅、王数公出，而宋诗一变。涪翁以崛奇之调，力追草堂，所谓'江西诗派'者，而宋诗又一变。建炎以后，东夫之瘦硬、诚斋之生涩、放翁之轻圆、石湖之精致，四壁俱开。乃永嘉徐、赵诸公，以清虚、便利之调行之，则四灵派也，而宋诗又一变。嘉定以降，江湖小集盛行，多四灵之徒也。及宋亡，而方、谢之徒，相率为迫苦之音,而宋诗又一变。"案全氏所论宋诗共四变,而为派者凡六,即:(一)西昆,(二)庆历,(三)江西,(四)建炎,(五)四灵,(六)方、谢之徒。虽言及江湖小集盛行,而断以"多四灵之徒",似尚无派之之意。

(三)清汪槐堂《题宋百家诗存后》:"西昆沿五季,遗俗尚忕怄。能事王黄州,训辞亦深厚。继之梅欧阳,灿耀光列宿。髯苏一代豪,落笔巨鲸叩。同时濂洛贤,风雅振先后。纷纷递述作,南渡格变又。渭南富天才,崇台九成构。杨监与萧尤,下视匹篷溜。石湖颇排奡,简斋剧孤秀。汐社多变坏,噍杀出泉窦。独爱睎发人,九歌可驰骤。变体双井翁,造语独矫揉。江西诗派图,几辈尚墨守。九僧格律粗,四灵篇幅瘦。江湖诸小集,肴核分饤饾。"案汪氏分宋诗为:(一)西昆,(二)王黄州,(三)梅、欧,(四)髯苏,(五)濂、洛,(六)陆、杨、萧、尤、范、陈,(七)汐社,(八)九僧,(九)江西,(十)四灵,(十一)江湖,十一体。而以陆、杨、萧、尤、范、陈合为一体,最庞杂不可从。

(四)《四库提要》:"王禹偁初学白居易,杨亿等倡西昆体。欧阳修、梅尧臣始变旧格,苏轼、黄庭坚益出新意。南渡以后,击壤一派参错流行。至于四灵、江湖二派,遂弊极不复。"案《提要》分宋诗为:(一)白体,(二)西昆,(三)欧、梅,(四)苏、黄,(五)击壤,(六)四灵,(七)江湖,七体。然以苏、黄同体者,非也。

（五）元戴表元序《洪潜甫诗集》："汴梁诸公，其博赡者谓之义山，豁达者谓之乐天。宣城梅圣俞出，一变而为冲淡。豫章黄鲁直出，又一变而为雄厚。迩来百年间，永嘉叶正则倡四灵之目，一变而为清圆。"案戴氏分宋诗为：（一）义山，（二）乐天，（三）圣俞，（四）鲁直，（五）四灵，五体。

（六）元袁桷《书汤西楼诗后》："自西昆体盛，襞绩组错，梅、欧诸公发为自然之声，穷极幽隐，而诗有三宗焉：夫律正不拘、语腴意赡者，为临川之宗；气盛而力夸、穷抉变化、浩浩焉沧海之碣石也，为眉山之宗；神清骨爽、声振金石，有穿云裂石之势，为江西之宗。二宗为盛，惟临川莫有继者，于是唐声绝矣。至乾淳间，诸老以道德性命为宗，其发为声诗，不过若释氏辈条达明朗，而眉山、江西之宗亦绝。永嘉叶正则始取徐、翁、赵氏为四灵，而唐声渐复。"案袁氏分宋诗为七派：（一）西昆，（二）梅、欧，（三）临川，（四）眉山，（五）江西，（六）道学，（七）四灵。而别临川为一体，乃其特见。

（七）元方回序《罗寿可诗》："宋划五代旧习，诗有白体、昆体、晚唐体。白体如李昉、徐铉、徐锴、王禹偁、王汉谋；昆体则杨亿、刘筠，《西昆集》传世，宋郊、宋祁、张咏、钱惟演、丁谓皆是；晚唐体则九僧最逼真，寇准、鲁三交、林和靖、魏野、魏闲、潘阆、赵湘之徒。欧阳修出焉，一变为太白、昌黎之诗，苏子美二难相为颉颃，梅尧臣则唐体之出类者也。苏轼踵欧阳公而起。王安石备众体，精绝句，五言或三谢。独黄双井专尚少陵,惟吕居仁克肖,天下诗人北面矣,立为江西派。陈简斋、曾文清为渡江之巨擘。乾淳以来,尤、范、杨、陆、萧其尤也。道学宗师,于文无所不能,诗其余事,而高古、清劲尽扫余子,又有一朱熹。嘉定而降,稍厌江西,永嘉四灵复为九僧旧晚唐体,日浅日下。然有余杭二赵,复为上饶二泉,典型未泯。"案方氏分宋诗为十体:(一)白体,(二)昆体,(三)晚唐,(四)欧阳,(五)梅尧臣,(六)苏轼,(七)王安石,(八)江西,(九)道学,(十)四灵。就中白体、昆体、晚唐体序述最为分明,而将吕、陈、曾三公,尤、杨、范、陆、萧五公及二赵、二泉之脉络,隐约析为江西之三期,尤属可取;惟以欧、梅别为二体,未为允当。

(八)《沧浪诗话》:"国初之诗,王黄州学白乐天,杨文公、刘中山学李商隐,盛文肃学韦苏州,欧阳公学韩退之,梅圣俞学唐人平淡处。至东坡、山谷始以己意为诗,山谷用功尤为深刻,其后法席盛行,称为江西派。近世赵紫芝、翁灵舒辈独喜贾岛、姚合之诗,江湖诗人多效其体。"案严氏分宋诗共八派:(一)王黄州,(二)西昆,(三)盛文肃,(四)欧阳公,(五)梅圣俞,(六)东坡,(七)江西,(八)四灵。就中盛文肃学韦苏州说,为其他论者所无,然盛公作品不传矣;而欧、梅之别为二体,则与方回同病。

爰酌八说,考其实际,取学白乐天者谓之香山体;取宋初学姚、贾者,谓之晚唐体;取与欧阳修诗气味同者,谓之昌黎体；取与王安石诗气味同者，谓之荆公体；取与苏轼诗气味同者，谓之东坡体；取以李商隐诗为准者，谓之西昆派；取以杜、黄诗为准者，谓之江西派；取南宋时以姚、贾诗为准者，谓之四灵派；取在《江湖小集》中者，谓之江湖派，共九体。而取道学家者，谓之道学体；取宋亡节士者，谓之晚宋体，附后。盖以道学诗体非诗家正统，晚宋诗家非纯宋时人也。更次以时代，而详论其各派之源流、长短、宗主、弃舍、方法、习尚等，庶几有裨于研究宋诗者。

二 香山派

五代扰攘五十余年,诗道零落,作者只沿袭唐人,不遑改创。虽西蜀、南唐,堪称晏定,然偏处一方,无能为力。及宋告一统,息戈修文,而仓卒之间,号称诗家者,不过五代旧臣,惟直接沿袭五代旧习,间接沿袭唐人而已。《沧浪诗话》谓:"国初之诗,尚沿袭唐人。"叶燮《原诗》谓:"宋初袭唐人之旧,如徐铉、王禹偁辈纯是唐音。"是也。

【小传】

(一)徐铉,字鼎臣,广陵人。仕南唐为翰林学士,归宋官散骑常侍,世称徐骑省,有《骑省集》。在江东时与韩熙载齐名,号"韩徐",以文章议论称。铉及弟锴又俱精小学。铉诗皆率意而成,自造精极,具有元和风律,故流易有余、深警不足。《香祖笔记》曰:"徐常侍诗文都雅,有唐仁承平之风。"其诗如《寒食成判官垂访》曰:"常年寒食在京华,今岁清明在海涯。远巷踏歌深夜月,隔墙吹管数枝花。鸳鸯得路音尘阔,鸿雁分飞道里赊。不是多情成二十,断无人解访贫家。"卒年七十五(梁贞

明元年九一六 — 淳化二年九九一）。

（二）李昉，字明远，深州饶阳人。汉乾祐中进士，周显德中仕至翰林。宋太祖在周朝，已知其名，及即位，用以为相。太宗遇昉亦厚，数知贡举，卒谥文正。晚年尝与参政李公至为唱和友，有《二李唱和集》，诗格相类。昉诗甚平夷雅正，不求奇险瑰丽，为得香山之体。如《禁林春值》曰："疏帘摇曳日辉辉，直阁深严半掩扉。一院有花春昼永，八方无事诏书稀。树头百啭莺莺语，梁上新来燕燕飞。岂合此身居此地，妨贤尸禄自知非。"台阁之作，最易典丽富赡，而公独不然。享年七十二（后唐同光三年九二五 — 至道二年九九六）。

（三）王禹偁，字元之，巨野人。太平兴国八年进士，官至知制诰，贬黄州，徙蕲州卒。著述颇富，今惟存《小畜集》三十卷，外集七卷。其诗古雅淡简，如其为人。太宗尝称为当日文章独步，盛名之下，可以想见。《彦周诗话》曰："本朝王元之诗可重，大氐语迫切而意雍容。"《艺概》曰："王元之诗，五代以来，未有其安雅。"《载酒园诗话》曰："王禹偁秀韵天成，虽学白乐天，得其清不得其俗。"皆美元之者。《石洲诗话》曰："《小畜集》五言学杜，七言学白，皆一望平弱。"此不足于元之者。《宋诗啜醨集》雪帆曰："元之诗长篇，于欧、苏间似伯仲，其七律则清深警秀，神韵当在元和、大历间，非元祐诸人所能及也。"此则分体而论赞元之诗者。称心而言：平弱固是元之一短，而清雅实亦元之一长，古体虽未能媲美欧、苏，然律体风趣高长，诚或在元祐诸人之上。如《游虎丘寺》诗曰："寺墙围着碧屏颜，曾是当年海涌山。尽把好峰藏院里，不教幽景落人间。剑池草色经冬在，石座苔花自古斑。珍重晋朝吾祖宅，一回来此便忘还。"享年四十八（周显德元年九五四—咸平四年一〇〇一）。

（四）三奇，字汉谋，赣县人。为县掾吏，后游京师，真宗闻其名，特许殿试，官至殿中侍御史。大约太宗、真宗时（九七六—一〇二二）人。方虚谷称其诗学乐天。《江西诗征》中辑存奇诗数首，如《旅中有感》曰："泽国来游岂厌重，羁孤怀感自无穷。雁声不到歌楼上，秋色偏欺客路中。宿寺梦回莲叶雨，渡江衣冷荻花风。谁怜未得青云志，琴剑年年西复东！"

（五）徐锴，字楚金，铉之弟。仕江左，至中书舍人。亦能诗，方虚谷谓其学白乐天，惜所作皆不存，无由断其是否。惟宽夫《诗灵》云："徐锴年十余岁，骈从游宴，赋诗，令为秋词，援笔立成。其诗曰：'井梧纷堕砌，塞雁远横空。雨久苔莓紫，霜浓薜荔红。'"可见其幼年敏捷。享年五十五（梁贞明六年九二〇—开宝七年九七四）。

【宗主】

五代诗人有宗白乐天体者，此派即其遗裔。胡元瑞《诗薮》

曰："宋初诸子多祖乐天。"如李昉学白乐天，《青箱[1]杂记》云："昉诗务浅切，效白乐天体。"徐铉学白乐天，《瀛[2]奎律髓》曰："鼎臣诗有白乐天之风。"王禹偁诗学白乐天，禹偁《示子》诗曰："本与乐天为后进，敢期子美是前身？"自注云："予自谪居时，多取白公诗，时时玩之。"诸人中以王元之生最晚，而诗名最高，堪为此派之首。徐铉、李昉曾仕事五代，复为宋官，于禹偁可云前辈。禹偁之学乐天，盖受徐、李诸公之影响。宽夫《诗话》曰："国朝初沿袭五代之余，士大夫皆宗白乐天，王黄州主盟一时。"然自禹偁殁后，此派亦绝。

【习尚】

乐天诗派既学乐天，则乐天习尚，即乐天诗派之习尚。乐天作诗，好言人所能知者以求易。《墨客挥犀》："白乐天每作诗，令一老妪解之。问曰解否？曰解，则录之；不解，则又复易之。"乐天作诗，又好言[3]人所欲言者以求平。《瓯北诗话》："元、白诗尚坦易，务言人所共欲言。"坦犹平也。然则乐天诗派之习尚，亦为平与易矣。平者，众人所共欲言，谓诗之意平；易者，众人所共能知，谓诗之辞易。意既平，辞既易，则其为诗必非

---

[1] 箱　底本误作"厢"，据该著书名改。
[2] 瀛　底本误作"瀛"，据该著书名改。下文径改，不再出校记。
[3] 言　底本脱，据文意酌补。

艰深幽奥，故乐天诗不押险韵、不用奇字、不加琢饰、不作矫情、不苦思虑。而乐天诗派亦绝不见险韵、奇字、雕饰、矫情、苦思之迹，盖苦思、矫情、雕饰、奇字、险韵，乃乐天诗派所摒弃而不为者也。

【批评】

乐天在唐时，本欲矫排奡、镂琢之弊，故标平、易二义，然病、善相兼，不可为讳。乐天诗派既学乐天，故乐天病即乐天诗派之疾，乐天善即乐天诗派之善。考乐天诗有七病：（一）曰语滑。姚鼐序《今体诗抄》曰："香山有滑俗之病。"乐天诗派亦有此病。如王元之《登高》："节近登高忽叹嗟，经年憔悴别京华。二车何处搔蓬鬓，九日山川见菊花。梦里荣衰安足道，眼前杯酒且须赊。商於邹鲁虽迢递，大底携家即是家。"末句尤滑。（二）曰词衍。（三）曰意尽。（四）曰字俗。（五）曰文浅。《岁寒堂诗话》曰："白太傅诗，但其词伤于太烦，意伤于太尽，遂成冗长、卑陋耳。"夫烦者是病衍，尽者是病意无余而太露，卑者是伤俗，陋者是伤浅也。乐天诗派亦有此诸病。如徐铉《除夜》："寒灯耿耿漏迟迟，送故迎新了不欺。往事并随残历日，春风宁识旧容仪？预惭岁酒难先饮，更对乡傩羡小儿。吟罢明朝赠知己，便须题作去年诗。""了不欺"三字衍，尾二句亦衍也。如王元之《放言》："谁信人间是与非，进须行道退忘机。

卦逢大壮羝羊困，乡入无何蛱蝶飞。泽畔衣裳兰作佩，山中生计竹为扉。饥肠已共夷齐约，一曲高歌去采薇。"直泻而下，尾二句意尽也。如王元之《寄傅翔》："听说鱼台景最奇，鲍参军到语多时。天晴绿野悬鱼网，木脱空城露酒旗。掷鲜锦鳞红拨刺，雪翻白鹭寒襟褋。仍夸县尹风骚客，应有秋来唱和诗。"首句"听说"二字尤俗也。如徐铉《送蒯司录归京》："早年闻有蒯先生，二十余年道不行。抵掌曾论天下事，折腰犹悟俗人情。老还上国欢娱少，贫聚归资结束轻。迁客临流倍惆怅，冷风黄叶满山城。"首二句极浅薄。（六）曰作率。《诗镜》曰："遣意铸词，元修白率。"乐天诗派亦有此病。徐铉之言曰："文速则意思敏壮，缓则体势疏慢。"可以想见。如王元之《中元夜仙泉寺留题》："祭庙回来略问禅，藓墙莎井碧山泉。风疏远磬秋开讲，水响寒车夜救田。蓝绶有香花菡萏，竹窗无寐月婵娟。自惭政术贻枯旱，忍卧松阴漱石泉？"律诗而重两"泉"字韵，失检之极，苟非率意而成，焉能若是？（七）曰气弱。宽夫《诗话》曰："司空图善论前人诗，如谓：'元、白为力倞气孱，乃都会之豪估。'切中其病。"气孱即气弱，乐天诗派亦有此病。如徐铉《游山南诸寺》："便返城闉尚未甘，更从山北到山南。花枝似雪春虽半，桂魄如眉日始三。松盖遮门寒黯黯，柳丝妨路翠毵毵。登临莫怪偏留恋，游宦多年事事谙。"通首无气势，三、四两句尤弱也。

又考乐天诗有三善：（一）明易。（二）自然。《诗镜》曰："白诗情到语沉,无妆点之病。""情到语流"是其明易,"无妆点之病"是其自然。乐天诗派亦有此善。如徐铉《寄南邮陈郎中》:"故人相别动经年,候馆相逢倍惨然。顾我饮冰难辍棹,感君扶病为开筵。河湾水浅翘秋鹭,柳岸风微噪暮蝉。欲识酒醒魂断处,谢公亭畔客亭前。"毫无深奥语,甚明易也。如王元之《题张处士溪居》:"云里寒溪竹里桥,野人居处绝尘嚣。病来芳草生渔艇,睡起残花落酒瓢。闲把道书寻晚径,为爱盘飡有药苗。"通首无琢镂之迹,三、四两句尤为自然。(三)曰真实。《诗镜》曰:"白乐天诗浅,浅能真。"即美其真实也。乐天诗派亦有此善。如徐铉《贬官秦州出城作》:"浮名浮利信悠悠,四海干戈痛主忧。三谏不从为逐客,一身无累似虚舟。满朝权贵皆曾忤,绕郭林泉已遍游。惟有恋思终不改,半程犹自望城楼。"脱口道出腑肺语,而无扭捏、佚饰状,是真实也。王、徐、李诸公诗如所举例者,实属甚多。

至于乐天诗派流行年代,自宋太祖建隆元年(九六〇),迄王元之卒、真宗咸平四年(一〇〇一),约四十一年。然自太宗雍熙以后(九八〇),晚唐诗派突兴,乐天诗派亦未能独霸四十一年间也。

三　晚唐派

宋开国三十余年后，乐天诗派虽正流行，而另有一派出与对峙者，即晚唐诗派。晚唐诗派盛于太宗、真宗朝，彼时著名诗家，竟不约同趋，而诸家非隐士即僧人，显者綦少，甚足怪也。

【小传】

（一）魏野，字仲先，蜀人，居陕州，陕州本唐诗人姚合之乡。野号草堂居士。平生不论贵贱，皆以白衣纱帽见，出则跨白驴。好弹琴赋诗，有警句"数声离岸橹，几点别州山"得名。真宗召之，闭户逾垣而遁。终身不仕，卒赠著作郎。当世显人多与之游，寇莱公每加前席，服膺其人与诗。身后诗名虽不及林逋，当日声价，实在其上。辽使至宋，曾求其全集，则野之诗名已传播至北夷矣。《玉壶野史》："魏野诗固无飘逸俊迈之气，但平朴而常不事虚语尔。"《后村诗话》："魏野诗皆逼姚、贾，而少诵之者。"《娱书堂诗话》："魏仲先诗冲淡闲逸，前辈称其佳句甚多。"《四库提要》："野诗尚仍五代旧格，未能及林逋之超诣，而胸次不俗，无龌龊凡鄙之气。"参观四说，可得其实。所著《东观集》十卷，今存。其诗如《书友人屋壁》："达人轻禄位，居处傍林泉。洗砚鱼吞墨，烹茶鹤避烟。闲惟歌圣代，老不怅流年。静想闲来者，还应我最偏。"卒年六十（建隆元年九六〇—天禧三年一〇一九）。子闲，亦有诗名，卒年八十四（太平兴国[1]五年九八〇—嘉祐八年一〇六三）。

（二）寇准，字平仲，华州人。太平兴国中进士，官至中书侍郎同中书门下平章事，封莱国公。虽居高位而有俭德，风节刚劲，事业绚炳，为宋代良相。卒谥忠愍，有《寇忠愍公集》三卷传世。考晚唐派中惟寇公独登显位，而潘、魏、九僧辈皆与为友，寇公无形中为之盟主。温公《诗话》称："其诗才思融远，初知巴东县有诗云：'野水无人渡，孤舟尽日横。'为人脍炙。"《四库提要》称："其诗含思凄惋，绰有晚唐之致，骨韵特高，终非凡艳可比。"今举其《冬夜旅思》诗："年少嗟羁旅，烟霄进未能。江楼千里月，雪屋一龛灯。远信凭边雁，孤吟寄岳僧。炉灰愁拥坐，砚水半成冰。"气味与魏野辈无大差异。享年六十三（建隆二年九六一—天圣元年一〇二三）。

（三）林逋，字君复，钱塘人，或云奉化人。居于西湖孤山，不娶不仕，以梅鹤为伴，人称其"梅妻鹤子"。当世名公多与交往，诗誉甚盛，尤善咏梅。真宗闻其名，诏赐粟帛，卒谥和

---

[1] 兴国 底本脱，据文意酌补。

靖先生，有《和靖诗集》四卷。五、七言律均精，为学晚唐诗之不可多得者。一生苦吟，自摘出五言十三联，七言十七联。如："草泥行郭索，云木叫钩辀。"又："夕寒山翠重，秋静鸟行疏。"又："桥横水木已秋色，寺依云峰更晚晴。"又："疏影横斜水清浅，暗香浮动月黄昏。"皆脍炙人口。《宋诗钞》称："其诗平澹邃美，而趣向博远。"《四库提要》称："其诗澄澹高远，如其为人。"《深雪偶谈》称："其诗精致，不减唐人。"此皆赞之者。《宽夫诗话》曰："和靖《梅花》诗'疏影横斜'云云，诚为警绝，然其下联乃云'霜禽欲下先偷眼，粉蝶如知合断魂'，则与上联气格全不相类，若出两人。大氐和靖诗喜于对意，虽假对亦不草草，故气格不无少贬。"此则不足于和靖者。其诗如《寄思齐上人》："松下中峰路，怀师日日行。静钟浮野水，深寺隔春城。阁掩茶烟晚，廊回雪溜清。当时相就宿，诗外话无生。"享年六十二（乾德五年九六七—天圣六年一○二八）。

（四）潘阆，大名人，与贾岛之故乡范阳相距不远。阆自号逍遥子，或曰字逍遥。尝遨游两浙，故或谓为钱塘人。能诗，太宗诏对，赐进士及第。官滁州参军，因忤法而避匿，卒于泗上。当时文士如寇准、王元之、林逋、张咏、柳开、宋白辈，皆与之友。有《逍遥集》传世。《中山诗话》："潘阆诗有唐人风。"《四朝闻见录》："潘阆居钱塘，工唐风。"《古夫于亭杂录》："宋初潘阆跅弛不羁，然其诗实有可观，在唐人中亦推高作。"皆谓阆诗足以媲美唐人。陆子遹书《逍遥集》后："潘阆、魏野句法清古，语带烟霞，近世罕及。"《四库提要》："阆诗间有五代粗犷之习，而其他风格孤峭，尚有晚唐作者之遗。"亦美阆诗之风格。如《寄陈希夷》："不信先生语，刚来帝里游。清宵无好梦，白日有闲愁。世态既如此，壮心应已休。求归归未得，吟上水边楼。"虽由苦吟而成，亦实古朴，且无琢镂之迹。

（五）赵湘，字叔灵，清献公抃之祖。原籍京兆，徙于衢之西安。淳化三年进士，曾官庐州庐江尉，追赠司徒。有《南阳集》传世，宋祁序之曰："叔灵诗不傍古，不缘今，独行太虚，探出新意，其无藉一家者欤？"祁与湘同时，此乃应酬之作，赞美未免过甚，然"探出新意"一语，实得叔灵苦吟搜索之旨。《四库提要》："湘诗运意清新，而风骨不失苍秀，虽源出姚合，实与雕镂琐碎、务趋僻涩者迥殊。"所论最为平允。其诗如《寄杨埙》："闭门苔自长，春恨极天涯。落日山横木，空城雨过花。断狂曾避蝶，多病更闻蛙。江上无消息，风吹渡柳斜。"

（六）鲁三交，名交，字叔达，蜀潼川人。仕至虞州员外郎，有《三江集》，今佚。黄山谷称为鲁三江，方回称为鲁三交，实即一人。山谷《书鲜洪范长江诗后》："余闻蜀人有鲁三江者，号称能诗。今观阆州鲜长江诗，不甚惬之也。虽切磋琢磨之功少，而浑厚之气几度其前矣。"然则鲁三江诗，必甚有切磋琢磨之功，而少浑厚之气，故方回以三江与魏野辈同列于晚唐体也。交诗仅于《宋文鉴》《前贤小集拾遗》《瀛奎律髓》《西蜀艺文志》数书可见数首。其诗如《游华山张超谷》："太华锁深谷，我来真景分。有苗皆是药，无石不生云。急瀑和烟泻，清猿带雨闻。幽栖未忍别，峰半日将曛。"

（七）九僧。九僧者，（一）剑南人希昼，（二）金华人保暹，（三）南越人文兆，（四）天台人行肇，（五）汝州人简长，（六）青城人惟凤，（七）淮南人惠崇，（八）江东人宇昭，（九）峨嵋人怀古。《六一诗话》曰："国朝浮屠以诗名于世九人，故时有集号《九僧诗》，今不复传。余少时闻人多称之，其一曰惠崇，余八人者，忘其名字也。今人多不知有所谓'九僧'者矣。"温公《诗话》曰："欧阳公云《九僧诗集》已亡，元丰元年秋，余于进士闵交如舍得之。"若此，则欧阳、司马时，九僧诗已不著于世，赖温公得其本而流传之。今医学书局有影印《宋九僧诗》，盖即温公所得本也。九僧诗当以惠崇为魁，崇有摘句图一百联，久脍炙人口，故六一所能记者，惟惠崇一人。杨文公《谈苑》曰："楚僧惠崇工诗，于近代僧子中最为杰出。"《瀛奎律髓》曰："九僧诗惠崇最为高。"皆以惠崇当其首。九僧生非一地、寺非一岳，而互相酬和。寇莱公尝与往来，颇称许之，盖气味同之故欤？ 温公《诗话》："九僧诗其佳者亦止于世人所称数联而已。"贬之也！《瀛奎律髓》："人见九僧诗或易之，不知其几锻炼几敲推乃成，一句一联，不可忽也。"美之也！《诗薮》："九僧诸人，盖皆与寇平仲、杨大年同时。其诗律精工莹洁，一扫唐末五代鄙倍之态，几于升贾岛之堂，入周贺之室。佳句甚多，第五言律外，诸体一无可观，而五言亦绝不能出草木、鸟兽、虫鱼之外。"既且美之也！诸公之言，俱不可废。今举其诗各一首：

希昼《书惠崇师房》："诗名在四方，独此寄闲房。故域寒涛阔，春坛夜梦长。禽声沉远木，花影动回廊。几为分题客，殷勤扫石床。"

保暹《宿宇昭师房》："与我难忘旧，多期宿此房。卧云归未得，静夜话空长。草际沉萤影，杉西露月光。天明共无寐，南去水茫茫。"

文兆《送简长师之洛》："动静非常态，超然西去心。水期经洛听，云约到嵩吟。斋访烟村远，禅依竹寺深。只应风雅道，相府是知音。"

行肇《酬梦真上人》："禅舍因吟往，晴来坐彻[1]宵。春通三径晚，家别九江遥。巢重禽初宿，窗明叶旋飘。住期应未定，谢守有诗招。"

简长《送行禅师》："南楼山重叠，归心向石门。寄禅依鸟道，绝食过渔村。楚雪黏瓶冻，江沙溅衲昏。白云深隐处，枕上海涛翻。"

惟凤《与行肇师宿庐山栖贤寺》："冰瀑寒侵室，围炉静话长。诗心全大雅，祖意会诸方。磬断危杉月，灯残古塔霜。无眠向遥夕，又约去衡阳。"

惠崇《访杨云卿淮上别墅》："地近得频到，相携向野亭。

---

[1] 彻 底本误作"澈"，据《全宋诗》（P.1456）改。

河分冈势断，春入烧痕青。望久人收钓，吟余鹤振翎。不愁归路晚，明月上前汀。"

宇昭《寄保暹师》："吟会失秋期，荒山寄病时。客髭生白早，丛木落青迟。渴狖窥莎井，阴虫占菊篱。归心何以见，霜月下天涯。"

怀古《寺居寄简长》："雪苑东山寺，山深少往还。红尘无梦想，白日[1]自安闲。杖履苔痕上，香灯树影间。何须更飞锡，归隐沃洲山？"

【宗主】

五代诗家俱法唐人，一派宗白乐天，一派宗贾阆仙。《宽夫诗话》曰："唐末五代俗流以诗自喜者，皆宗贾岛，谓之'贾岛格'，而于李、杜不少假借。"此派即沿五代而宗阆仙者。阆仙体盛于晚唐，故名此派曰晚唐诗派。《瀛奎律髓》曰："太宗朝诗人多学晚唐。"《后村诗话》曰："国初诗人如潘阆、魏野，规规晚唐格调，寸步不敢走作。"皆是。详考载籍，亦各有征。如潘阆《忆阆仙》诗："风雅道何玄，高吟忆阆仙。人虽终百岁，君合寿千年。骨已埋西蜀，魂应北入燕。不知天地内，谁为读遗编？"推崇贾岛，可谓备至！则阆诗必宗贾岛。《载酒园诗话》："九僧诗俱宗

---

[1] 日 底本误作"石"，据《全宋诗》（P.1477）改。

恨仙。"则九僧诗亦宗贾岛[1]。《瀛奎律髓》:"莱公诗学晚唐,与九僧体相似。"则寇准亦宗贾岛。《四库提要》:"赵湘诗源出姚合。"然武功诗本效贾岛,则赵湘亦宗贾岛。《瀛奎律髓》:"林和靖诗,予评之在姚合之上。"则林逋亦宗贾岛。故晚唐诗派皆宗贾岛无疑。

【习尚】

晚唐诗派既学贾岛,故晚唐诗派之习尚,即贾岛之习尚。(一)重近体轻古体。晚唐派者,诗集中绝尟古体。(二)重五律轻七律。《升庵诗话》曰:"晚唐一派学贾岛,其诗不过五言律。"(三)重腹联,轻首尾。《载酒园诗话》曰:"效贾体,多专意中联,忽略首尾。"(四)重景联,轻意联。《瀛奎律髓》曰:"卷首必有一联工,又多在景联,晚唐之定例也。"(五)炼句而不炼意。《西园诗麈》曰:"晚唐有句而无篇。"即其征也。(六)忌用事而贵白描。《升庵诗话》曰:"晚唐一派最忌使事,谓之'点鬼簿',惟搜眼前景而深刻思之。"

【批评】

晚唐诗派病多而善寡,其病曰狭。盖专攻近体而篇幅狭,

---

[1] 岛 底本误作"鸟",据上下文酌改。

专点缀景物而诗境狭，篇幅、诗境俱狭，则诗之内容、外貌皆狭矣。《六一诗话》："九僧时有进士许洞者，因会诸僧分题，出一纸，曰不得犯此一字，乃山水、风云、竹石、花草、雪霜、星月、禽鸟之类，诸僧皆阁笔。"实则限以此律，即潘、魏、林、赵诸人境界稍宽者，亦极感困难，而不得不阁笔，故《瀛奎律髓》亦曰："晚唐诗料，于琴、棋、僧、鹤、茶、酒、竹、石等，无一篇不犯也。"是以晚唐派诗皆无变化、无波澜，其气象大同，几于千人一篇、千篇一律，下李、杜盛唐之雄博浩阔者，奚啻万里？

其善曰工。盖晚唐派之诗，于腹联无一字一声不加推敲，非元祐诸人之疏略可比，而工警之句，甚可沁人心脾，惊泣鬼神。试诵潘阆《叙吟》诗，足以推知晚唐诗派之工夫何在！其诗曰："高吟见太平，不耻老无成。发任茎茎白，诗须字字清。搜疑沧海竭，得恐鬼神惊。此外非关念，人间万事轻。"首尾四句，可推见晚唐诗派欲继唐人之志作专门诗家，中四句可推见晚唐诗派之苦力求工，字字不放。《载酒园诗话》曰："宋初诗人学晚唐，气格不高，而中联特多秀色，皆晚唐清警之句也。"则晚唐诗派之工，竟克继晚唐矣。

至其流行年代，大氐在太平兴国与天圣间。考太宗太平兴国五年（九八〇），魏野已二十岁，寇准已十九岁，而准十九岁中进士，诗格已成，历真宗，至仁宗天圣六年（一〇二六），林逋始卒。逋较派中诸人死最迟，而自逋死后，此派势力始归寂寞。约计晚唐诗派流行年代在四十八年左右也。

四 西昆派

唐初有应制诗，宋初有西昆体。西昆体固非应制诗，然其风格典丽一也。论者谓革五代衰飒之习，应宋初富盛之境，纯宋产物，当以西昆为权舆，良非诬妄！盖西昆前虽有模仿乐天与模仿晚唐二体，而二体皆始自唐末五代，非若西昆派之纯由宋人出也。

西昆所以名为西昆者，以创始诸人诗集名《西昆酬唱集》也。其所以名为《西昆酬唱集》者，杨亿序曰："取玉山策府之名命之。"案"玉山"，《山海经》曰："是西王母所居。""策府"，《穆天子传》注曰："往古帝王以为藏书册之府，所谓'藏之名山'者也。"然则西昆命名之意，以其体属初创，知者尚寡，欲藏名山以俟其人耶？抑又所谓"翰苑酬唱所作"之义耶？

《西昆酬唱集》共十七人，皆西昆健将，然以杨、钱、刘三公为魁，是为初期，为正派。杨亿《西昆酬唱集序》述其原起曰："余景德中忝佐修书之任，得接群公之游。今紫微钱君希圣、秘阁刘君子仪，并负懿文，尤精雅道，雕章丽句，脍炙人口。予得以游其藩墙而咨其模楷，更迭唱和，互相切劘，其属而和者又十有五人。"杨公此序，似西昆体始自钱、刘二人。《云麓漫抄》曰:"本朝之文,循五代之旧,杨文公始为西昆体。"《儒林公议》曰:"杨亿在两禁,变文章之体,刘筠、钱惟演辈皆从而效之,时号'杨刘',佻薄者谓之'西昆体'。"观此二说,又似西昆体始自杨亿。《韵语阳秋》曰:"咸平、景德中,钱惟演、刘筠首变诗格,而杨文公与王鼎、王绰号'江东三虎',诗格亦与钱、刘绝相类,谓之'西昆体'。"若此说,则似杨、王与钱、刘本各独树一帜,继以诗格相类,又得同处于馆阁,更唱迭和,因成《西昆酬唱集》,世人遂统称曰"西昆体"。平心论之,当以《韵语阳秋》之说为长,杨公之序乃谦词,《儒林公议》乃传语,未可泥之!《酬唱集》中,以杨、刘诗最佳,故时称"杨刘";又以杨、刘爵位最高,故置杨、刘之作居首焉。

【小传】

初　期

(一)杨亿,字大年,浦城人。七岁善属文,雍熙元年年十一,诏试诗赋,中童科,后为翰林学士、知制诰,预修《册府元龟》。文格雄健,才思敏捷,当世文士,咸赖题品。有集百九十四卷,今惟存《武夷新集》二十卷。《对床夜语》曰:"杨大年唱西昆体,一洗浮靡,而尚事实。"《小草斋诗话》曰:"宋初杨大年守唐人法度,《武夷集》篇篇雄浑稳重。"卒谥文,享年四十七岁(开宝七年九七四—天禧四年一○二○)。如《偶怀》："银砾飞晴霰，兰英湛冻醪。年光侵蒧发，春恨寄云袍。燕重衔泥远，鸿惊避弋高。平生林壑志，误佩吕虔刀。"

（二）刘筠，字子仪，大名人。咸平元年进士。杨亿试选人校太清楼书，擢筠为第一。久居文翰，与杨齐名，时号"杨刘"。为秘阁校理，至龙图阁学士。有集七种，皆佚，其文辞工对俪。卒于天圣二年（一〇二四）。如《戊申年七夕》："伯劳东矗燕西飞，又报黄姑织女期。天帝聘钱还得否，晋人求富是虚辞。"

（三）钱惟演，字希圣，吴王俶之子。入宋，官翰林学士、直秘阁。文辞清丽，与杨、刘齐名。有《拥旄集》《伊川集》，皆佚。享年七十余，卒于天圣八年（一〇三〇）。谥思，改谥文僖。欧阳修曾出其幕下。纪昀尝曰："杨、钱、刘皆有义山风味，胜西昆他诗之堆砌。"如《柳絮》："三月江南花渐稀，春阴漠漠雪霏霏。章台街里翻轻吹，灞水桥边送落晖。陆凯传情[1]梅暗落，韩凭遗恨蝶争飞。诏书漫道吹纶薄，谁见纷纷上客衣。"

（四）李宗谔，字昌武，深州饶阳人。李昉之子。第进士，官翰林学士。有集已佚。诗品于杨、刘、钱三公外，当推此子。享年四十九（乾德二年九六四—祥符五年一〇一二）。如《馆中新蝉》："雨过新声出苑墙，烟轻余韵度回塘。短亭疏柳临官道，平野西风更夕阳。八斗陈思饶赋咏，二毛潘鬓易悲凉。感

---

[1] 情 底本误作"精"，据《西昆酬唱集注》（P.137）改。

时偏动骚人思，不问天涯与帝乡。"

（五）陈越，字损之，尉氏人。咸平中，举开封贤良方正，官著作郎、直史馆。享年四十（乾德元年九六三 — 祥符五年一〇一二）。

（六）李维，字仲方，肥乡人。李沆之弟。雍熙二年进士，真宗初献《圣德诗》，官户部员外郎、直集贤院。景德后，朝廷名物典章多出维手，景祐元年追赠尚书仆射。

（七）刘骘，官工部员外郎、直集贤院。

（八）丁谓，字公言，又字谓之，长洲人。淳化三年进士，官知制诰、枢密直学士、拜同中书门下平章事，封晋公。《驹父诗话》尝叹其诗属对律切。享年七十二（建隆二年九六一 — 明道二年一〇三三）。

（九）刁衎，字元宾，升州人。仕南唐为集贤校理，归宋为驾部员外郎、直秘阁，曾预修《册府元龟》。卒年六十九（晋开运二年九四五 — 祥符六年一〇一二）。

（一〇）张咏，字复之，鄄城人。太平兴国五年进士，官枢密直学士，至礼部尚书。性刚直，博典籍，精武事。自号乖崖子，有《乖崖集》行世。咏于酬唱之作，实效杨、刘，而本集中多与西昆体不侔。《苕溪渔隐丛话》曰："乖崖诗，句清词古，与郊、岛相先后。"是也。卒年七十（晋天福六年九四一 — 祥符三年一〇一〇）。

（一一）钱惟济，字岩夫。惟演之弟。入宋，官思州刺史，加司空、保静军观察留后，卒谥宣惠。有《玉季集》，已佚。

（一二）任随，官太常丞、值集贤院。

（一三）舒雅，字子正，歙人。久事南唐李氏，入宋为秘阁校理、监舒州灵仙观。享年七十余，卒于祥符二年（一〇〇九）。

（一四）晁迥，字明远，澶州人，徙家彭门。太平兴国五年进士，官翰林学士、直史馆、知制诰，以太子少傅致仕。天圣中年八十四始卒，谥文元。幼从王禹偁学，及仕，好延誉后进，宋祁、晏殊皆其门人。有《翰林集》《道院集》，已佚。

（一五）崔遵度，字坚白，江陵人，徙家淄川。太平兴国八年进士，官左司谏、直史馆，卒年六十七（周显德元年九五四—天禧四年一〇二〇）。

（一六）薛映，字景阳，蜀人。第进士，官礼部尚书、集贤院学士。仁宗即位（一〇二三）后卒，谥文恭。

（一七）刘秉，官左谏议、枢密直学士。

初期作家，除《酬唱集》中十七人外，尚有《韵语阳秋》所称之王鼎、王绰及《玉壶清话》所称之朱巽、孙仅、王贻永辈，惜今不可详考也。

余　派

初期势力，流布甚广，然其诗往往失之巧丽，致祥符中下诏禁文体浮艳，天圣中又下诏敕学者去文体之浮华，其势力犹未尽沮也。迨正派诸人已殁，反动渐起，石介首作《怪说》曰：

"今杨亿穷妍极态，缀风月，弄花草，淫佟巧丽，浮华纂组，刊锼圣人之经，破碎圣人之言，离析圣人之意，蠹伤圣人之道。"痛詈西昆，已无完肤，而昌黎诗体又将兴，于是西昆势力始歇。惟亦有足述者数人，即晏殊与二宋是也。虽《中山诗话》曰："祥符、天僖中，杨大年、钱文僖、晏元献、刘子仪以文章立朝，皆宗尚李义山，为西昆体。"宋景文《笔记》曰："天圣初元以来，缙绅间为诗者益少，惟丞相晏公殊、钱公惟演、翰林刘子仪数人而已。"似皆以晏殊与杨、刘等，同为西昆初期人物。案之年岁，则晏殊于杨、刘本属后进。杨公死时，晏殊才二十九，特以早慧，故得亲炙杨、刘，受其影响。刘邠、宋祁盖混言之，实当列殊为西昆余派也。

（一）晏殊，字同叔，谥元献，临川人。七岁能属文，真宗景德初，诏试，赐同进士出身。辞章赡丽，应用不穷，尤工诗，雅有精思，抒情寓物，气多温宏。官集贤殿学士、同中书门下平章事、兼枢密使。好汲引后进，如二宋、欧、范之流，皆出其门。著作极富，末年编集，诗过万首，有集二百四十卷，全佚，今惟存《元献遗文》一卷行世。卒年六十五（淳化二年九九一——至和二年一〇五五）。如《寓意》："油壁香车不再逢，峡云无迹任西东。梨花院落溶溶月，柳絮池塘淡淡风。几日寂寥中酒后，一番萧索禁烟中。鱼书欲寄何由达，水远山长处处同。"

（二）宋庠，字公序，初名郊，字伯庠。安州安陆人，徙居开封雍丘。天圣二年进士，官翰林学士，至枢密使，封莒国公，谥元宪。著述极富，皆佚，惟清《四库全书》据《永乐大典》钩稽得《元宪集》四十卷。诗文温雅瑰丽，汎汎乎治世之音。与弟祁齐名，时称"大宋小宋"。《西清诗话》曰："二宋俱为晏元献门下士。"《石洲诗话》曰："宋莒公兄弟并出晏元献之门，其诗格亦复相类，皆去杨、刘不远。"《古今诗话》曰："宋莒公好玉溪诗。"卒年七十一（至道二年九九六—治平三年一〇六六）。如《春晚独游沂公园》："几曲鸣溪抱啸台，阴阴野气压浮埃。林间幽鸟自相语，水上落花何处来？逃相故畦无废汲，封侯修竹是元栽[1]。三川病尹妨贤久，终卜林扉养不才。"

（三）宋祁，字子京。与兄庠同举进士，官至工部尚书，谥景文。著述极富，皆佚，惟清《四库全书》据《永乐大典》钩稽得《景文集》六十五卷，又《佚存丛书》内有《景文残集》十卷。祁曾与欧阳修同修《唐书》。诗文皆博奥典雅，熙熙然有承平之气。《直斋书录解题》称祁自云："年至六十，始悔少作。"岂六十岁以后，始不作西昆体耶？卒年六十四（咸平元年九九八—嘉祐六年一〇六一）。如《腊后晚望》："寒日系难定，鸣笳弄已休。冻崖初辨马，昏谷自量牛。汉树临关密，胡泉入塞流。登高能赋未，风物古尧州。"

三公外同时尚有文彦博、赵抃、胡宿辈，其诗亦属西昆体。

---

[1] 栽 底本误作"裁"，据《全宋诗》(P.2252)改。

《渔洋诗话》曰："世谓宋初学西昆体，不知更有文忠烈、赵清献、胡文恭三家，其工丽妍妙，不减前人。潞公以功名显，清献以清直著，而诗格殊不类，亦一奇也。"以其非专门诗家，今不详述。

据以上诸人生卒年岁，得知丁谓死，初期作家已尽，其势力亦因之消减；自丁谓死至宋庠死，西昆余派作家又俱尽，其势力于是全没矣。换言之，自真宗咸平元年（九九八）至仁宗明道二年（一〇三三），共三十五年间，为西昆最盛期；自明道三年（一〇三四）至英宗治平三年（一〇六六），共三十三年间，为西昆衰没期。总计，西昆体共延绵六十八年左右。

【宗主】

西昆诗派之宗主，惟李义山耳。《苕溪渔隐丛话》："李义山诗，杨大年诸公皆深喜之。"《中山诗话》："杨大年、钱文僖、晏元献、刘子仪为诗，皆宗尚李义山，号'西昆体'。"至其何以独宗李义山乎？则义山诗富丽精腴，能合诸公之环境与脾胃而已。《韵语阳秋》："西昆体大率效李义山之为，丰富藻丽，不作枯瘠语，故杨文公在至道中得义山诗百余篇，至于爱慕而不能释手。公尝论义山诗，以为包蕴密致，演绎平畅，味无穷而炙愈出，钻弥坚而酌不竭，使学者少窥一斑，若涤肠而洗骨。"或以为西昆派亦喜唐彦谦之作。《石林诗话》："杨大年、刘子仪皆喜唐彦谦诗,以其用事精巧,对偶亲切。"然窃意唐彦谦诗不过西昆一二人偶尔之喜悦,非其专心所宗仰也。至其何以又喜唐彦谦诗乎?《石林诗话》已明言"以其用事精巧,对偶亲切"。而《宽夫诗话》亦曰:"杨文公尤酷嗜唐彦谦诗,当是时以偶俪为工耳?"《升庵诗话》又曰:"唐彦谦绝句,用事隐僻而讽谕悠远,似李义山。"读三公之论,可以知矣。至若《才调集·凡例》所谓"西昆体推尚温庭筠、李商隐、段成式,而唐彦谦、曹唐辈佐之"之说,则非其本真,可置不论。

义山诗,辞虽繁缛,而格实学杜。王荆公曰:"唐人知学老杜而得藩篱者,惟义山一人而已。"特以才力、学力不同,故造诣之外貌终异。唐彦谦,晚唐人,后于义山,其诗格力虽卑弱,而亦学老杜。《后山诗话》曰:"唐人不学老杜,惟唐彦谦学之。"由此以观,则西昆诗盖间接学老杜体。然最不可解者,即西昆诸人绝不喜老杜。《中山诗话》曰:"杨大年不喜杜工部,谓为'村夫子'。"何耶?

【习尚】

西昆诗既宗玉溪,故玉溪诗好对偶,西昆亦好对偶;玉溪好用事,西昆亦好用事;玉溪好丽字,西昆亦好丽字;玉溪好近体,西昆亦好近体,以期必达玉溪之富丽精腴而后已。

玉溪名句,如"此日六军同驻马,当年七夕笑牵牛",俪对之精，实可惊叹！而西昆之俪对，如"力通青海求龙种，死讳文成食马肝"句，足与媲美。观西昆律体，中二联无不切对者，排律则开首即对，一直到底，多者至三数十韵，而终篇不懈，俪无不审。西昆之好对偶，可以知矣。且杨、刘所以取唐彦谦者，叶梦得已明言以其"对偶亲切"也。

玉溪无论诗文皆好用事。杨文公《谈苑》："义山为文，多简阅书册，左右鳞次，号'獭祭鱼'。"无一首不用事，往往有全首八句皆用事者。如《八日即事》一诗之类是也。西昆体仿效之，有过而无不及。虽余派晏、宋诸人，间喜韦应物诗，用事稍寡，然惟较初期杨、刘诸人为较寡耳，与他派相较，未得谓寡。《瀛奎律髓》："凡昆体必于一物之上，入故事、人名、年代等以实之。"人名、年代亦用事之例也，是以西昆尤可云"无一首不用事"。若全首用事者，亦在在可见，如杨亿《述怀感事三十韵》，及刘筠所和之诗，皆排律也，而句句用事，尤为难能。西昆之好用事，于此可证。且杨、刘所以取唐彦谦者，叶梦得已明言又以其"用事精巧"也。

玉溪诗本以华丽著名，盖其用字华丽也，如席曰瑶席、羁曰金羁、枕曰金缕枕、杯曰玉交杯、户曰绣户、楼曰画楼等，皆是。西昆效之，变本加厉，如烛曰银烛、壶曰玉壶、署曰仙署、台曰丹台、闱曰粉闱、阙曰绛阙等，皆是。《瀛奎律髓》曰："凡昆体，必于一物之上，入金、玉、锦、绣等字以实之。"窃谓昆体不止用金、玉、锦、绣等字，如颜色字、香料字、宫阙字、神仙字等等丽字，亦皆用以实之，总期其华丽也。

玉溪生于晚唐，晚唐诗人，皆好近体。《四库提要》："中唐以后，世务以声病谐婉相尚，其奋起而追古调者，不过韩愈等数人。"玉溪限于风气，自难脱外，《彦周诗话》曰："李义山诗字字锻炼，用事婉约，仍多近体。"故《酬唱集》内，凡五、七律二百四十七章，无一古体，其余派如晏、宋诸公，今之所传，亦以近体为多。

总之，对偶、用事、丽字、近体，四者为西昆之风尚。对偶者欲其严整，用事者欲其兴腴，丽字者欲其富艳，近体欲其铿锵。然四者既为西昆之长所由生，又为西昆之短所由生也。

【批评】

西昆盛时，举世崇尚，及欧、梅辈出，遂一蹶不振。平心论之，西昆体固不尽善，亦未可厚非。宋世文宗之欧阳修、王安石，何以皆有取于西昆？盖西昆必有不可湮没之长也。其长如何？曰：文辞密丽，气象安雅。一方建立盛世之雅音，以为治时之观饰。《艺概》曰："西昆体格虽不高，五代以来，未有其安雅。"一方扫灭五代之弊习，以创造纯宋人之诗歌。《儒林公议》曰："西昆体虽颇伤于雕摘，然五代以来芜秽之气，由兹尽矣。"然则或攻西昆为全不足观者，不亦诬乎？此乃专就西昆体在诗史上之价值而言。若就其修辞论之，则其对偶之精、用事之切，华丽铿锵，皆呕心镂骨而作，非毫无补于诗道者。《笔精》曰："杨大年、刘子仪、钱惟演为诗，号'西昆体'，组织华丽，用事精确，对偶森严，即义山不是过也。岂可概目宋诗为陈腐哉？"《诗薮》曰："西昆体，人多訾其僻涩，然诸人才力富健，格调雄整，视义山不啻过之！"是也。

其弊如何？曰：太雕琢，不自然，一也。《珊瑚钩诗话》："西昆体非不佳也，而弄斧操斤太甚，所谓七日而混沌死也。"《风月堂诗话》："西昆体句律太严，无自然态度。"刘后村《跋刁通判诗卷》："本朝诗，昆体过于雕琢，性情浸远。"皆是。曰太堆砌，无意味，二也。《隐居诗话》："杨亿、刘筠作诗，务积故实，而语意轻浅，一时慕之，号'西昆体'。识者病之。"《宽夫诗话》："义山诗用事深僻，语工而意不及，自是其短。世人反以为奇而效之，故昆体之弊适重其失。"姚鼐序《古体诗抄》："西昆之拟玉溪，但学其隶事耳，殊滞于句下，都成死语。"皆是。

【起因】

西昆起自杨、刘，而盛行于真宗之世。尝究西昆诗体兴起，盖有三故：

一曰国家富康。换言之，即西昆体为治世之产儿。宋兴七十年，民不知兵，富而教之，至于真宗极矣。盖时又年泰，民生充裕，始能生艳丽之文章、雍和之雅音。苟战伐互迭，民生憔悴,则糊口不暇,安望其文章典雅?西昆诸公,生当泱泱盛世,受境遇之融沐,故于不知不觉中而造成西昆体。苏子美序《石曼卿集》曰:"祥符中,民风豫而泰,操笔之士率以藻丽为胜。"是已。

二曰《文选》盛行。夫六朝文章所以藻丽者,以精使事、嗜对偶、讲声律、炼丽字耳。唐人最喜《文选》学,故唐诗之盛,不得不归功《文选》。以老杜之博大高明,犹戒其子曰"熟精文选理",则《文选》为用,可想见矣!宋初文士亦甚喜《文选》,西昆者人适当其时,因之而喜玉溪诗,因之而自为诗亦好用事、好对偶、好近体、好丽字,成为西昆体诗也。《老学庵笔记》曰:"国初尚《文选》,当时文士专意此书,故草必称王孙、梅必称驿使、月必称望舒、山水必称清晖。至庆历以后,恶其陈腐,诸作者始一洗之。方其盛时,士子至谓之曰:'《文选》烂,秀才半。'"是也。

三曰诸公皆官居馆阁。夫馆阁乃翰藻之场,或草制颂,或作笺启,或著史纪,皆期其宏丽典雅,类以四六为文,而四六之文,又必以对偶、谐律、用事、丽字为高。观西昆诸公,或位秘阁,或直史馆,或官翰林,或仕集贤,耳目所接,心手所造,浸以成习,当然不自意以对偶、谐律、用事、丽字移之于诗;况官居清要,体处禁阙,品物之见,悉极瑰宝,又何怪有体裁缛丽之西昆诗乎?

以上所论,计香山诗、晚唐诗、西昆诗三体。《瀛奎律髓》

曰："宋诗之有唐味者，皆在真庙以前三朝。"盖即上所论太祖时之香山诗、太宗时之晚唐诗与夫真宗时之西昆诗派。此后诸体，则多与唐味离矣。

五　昌黎派

此体作者皆古文家，故谓曰"古文诗体"亦可。彼辈生于西昆体盛行之际，目击其弊，自然立帜相抗，为其反动。及西昆既衰，此派势力始继之而大张，实为宋诗最赋权威者之一体。后世诗家受其影响者颇不乏人，至其创始者虽为穆伯长，而首领终当推欧阳修。

【小传】

（一）穆修，字伯长，郓州人。祥符二年进士，官泰州司理参军。有《穆参军集》三卷。初受象数于陈抟，传其《先天图》，而古文亦高雅，得韩、柳之风。《名臣言行录》云："尹洙学古文于穆伯长。"癸欧阳修又学古文于尹洙，故论者以宋朝古文之作，伯长为最先，而古文体诗之作，亦以伯长为最先也。曾作《巨盗》诗刺丁谓，句语不落虚空。苏子美为作哀文曰"其为文皆根柢于道"者，良是。卒年五十四（太平兴国四年九七九—明道元年一〇三二）。《灯》诗："黯黯有时当永恨，依依何处照闲眠？静临客枕愁寒雨，远出渔篷耿暝烟。纤影乍欹还自立，冷花时结不成圆。销魂犹忆江楼夜,曾对离觞赋短篇。"

（二）石延年,字曼卿,一字安仁。其先幽州人,徙家宋城。举进士,官至太子中允。自少以诗酒豪放自得,为文劲健。有集已佚,苏子美尝序之曰:"祥符中,操笔之士,率以藻丽为胜。惟秘阁石曼卿与参军穆伯长自任以古道,作于文,必经实不放于世。而曼卿之诗,又时震奇发秀,独以劲语蟠泊,而复气横意举,洒落章句之外,其诗之豪者欤？"石介作《三豪》诗曰:"曼卿豪于诗,社坛高数层。"欧阳修《哭曼卿》诗曰:"作诗几百篇,锦绣联琼琚。时时出险语,意外研精粗。穷奇变云烟,搜怪蟠蛟鱼。"《六一诗话》曰:"石曼卿诗格奇峭。"欧阳修又尝称其诡怪,比之卢仝。《诗林广记》曰:"曼卿诗如饥鹰乍归,迅逸不可言。"然则曼卿之诗格:曰劲、曰险、曰豪、曰怪、曰奇峭、曰迅逸,可以概之矣。卒年四十八（淳化五年九九四—康定二年一〇四一）。如《送人游杭》:"激激霜风吹黑貂,男儿醉别气飘飘。五湖载酒欺吴客,六代成诗倍楚桥。水树渐青含晚意,江云初白向春骄。前秋亦拟钱塘去,共看龙山八月潮。"

（三）余靖,字安道,曲江人。天圣二年进士,官至工部尚书,卒谥襄。有《武溪集》二十卷。文极简朴,兼能诗。《宋诗钞》[1]曰:"靖诗坚炼有法,时欧阳修变体复古,靖与交厚,故

---

[1] 钞　底本作"抄",据下文酌改。

亦弃华取质，为有本之学。"享年六十五（咸平三年一〇〇〇—治平元年一〇六四）。如《寄广州田谏议颐堂》："退食公堂暇，应无俗虑侵。帘开双燕影，吏散百花阴。海域逍遥境，荣途澹泊心。政成先养正，惠爱及民深。"儒雅之气，中和之音，非舞文弄墨者比。

（四）石介，字守道，奉符人。躬耕徂徕山下，人称徂徕先生。天圣八年进士，官至太子中允。有《徂徕集》二十卷。介本系道学先锋，与孙明复、胡安定并称。而介独兼擅诗文，极推重韩退之《赠张绩》诗曰："卒能霸斯文，昌黎韩夫子。"深恶西昆之体，尝作《怪说》以詈之。性评直，有《庆历圣德诗》，直指大臣，分别邪正，虽忤时，不顾也！《池北偶谈》曰："介诗崛强劲质，有唐人风。"《宋诗钞》曰："介诗嶙峋硨礣，挺立千寻，温厚之意存于激直，得见风人之遗！"与欧阳修交厚，故其诗格相类。卒年四十一（景德二年一〇〇五—庆历五年一〇四五）。如《西北乙亥中作》："吾尝观天下，西北险固形。四夷皆臣顺，二鄙独不庭。吾君仁泰厚，旷岁稽天刑。孽芽遂滋大，蛇豕极膻腥。渐闻颇骄蹇，牧马附郊坰。吾恐患已深，为之居靡宁。堂上寄章句，将军弄娉婷。不知思此否，使人堪涕零。"观此诗，诚所谓"不作无用之言"者也。

（五）梅尧臣，字圣俞，宣城人。嘉祐初诏赐进士，官至屯田都官员外郎。有《宛陵集》六十卷。当时欧阳修革新学风，佐之变文体者尹洙也，佐之变诗体者尧臣也。尧臣诗初学韦。

《风月堂诗话》："圣俞少时诗专学韦苏州。"继与欧公友善，遂变而学韩，故其诗格不一。尧臣尝自言古澹有真味，欧公亦以古澹称之，又以其奇瑰比之孟郊。《寄子美》诗："郊死不为岛，圣俞发其藏。"又称其清切，《水谷夜行寄圣俞子美》："梅翁事清切。"又称其清新："文词愈清新。"又称其古硬："近诗尤古硬。"又称其古健，《忆山示圣俞》："惟思得君诗，古健写奇秀。"《苕溪渔隐丛话》则称其平淡："圣俞诗，工于平淡，自成一家。"然则圣俞之诗格，曰古澹、曰平淡、曰清切、曰清新、曰古硬、曰古健、曰奇瑰，可以概之矣。窃意古澹、平淡、清切、清新皆得之韦苏州，古硬、古健、奇瑰皆得之韩昌黎。《宋诗钞》曰："圣俞诗，其初喜为清丽、闲肆、平淡，久则涵演深远，间亦琢剥，以出怪巧，然气完力余，益老以劲。"最为当也。五言诗甚佳。《侯鲭录》曰："梅圣俞诗，世称其五字之妙。"卒年五十九（咸平五年一〇〇二—嘉祐五年一〇六〇）。如《忆吴松江晚泊》："念昔西归时，晚泊吴江口。回堤溯清风，淡月生枯柳。夕鸟独远来，渔舟犹在后。当时谁与同，涕忆泉下妇。"

（六）苏舜钦，字子美，梓州人。景祐中进士，家于开封，官集贤校理、监进奏院[1]，坐事废。居苏州，筑水亭，号沧浪。有《沧浪集》行世。史称："天圣中，学者为文，多病对偶，独舜钦与河南穆修好为古文、歌诗，其体豪放，往往惊人。"可

---

[1] 进奏院 底本脱，据《宋史》卷四四二"苏舜钦"本传（P.13079）补。

知子美为古文、歌诗甚早，且其诗格亦颇豪放。然欧公尝称其新俊，比之张籍。又《水谷夜行寄子美圣俞》："子美气尤雄。"又："苏豪以气轹。"又《答子美离京见寄》："其于诗最豪，奔放可纵横！间以险绝句，非时震雷霆。"梅尧臣《寄子美》诗："君诗壮且奇，体逸思益峭。"故子美之诗格，曰新俊、曰气雄、曰气豪、曰奔放、曰险绝、曰壮、曰奇、曰体逸、曰思峭，可以概之矣。卒年四十一（祥符元年一〇〇八—庆历八年一〇四八）。如《送李生》："李生以病废，东入徂徕峰。志气尚突兀，形骸已龙钟。男儿生世间，有如绝壑松。误为风雷伤，不与匠石逢。哀哉二尺干，摧折似[1]秋蓬。"

　　子美、圣俞皆欧公之挚友，昌黎诗体之健将也，时号"苏梅"。盖昌黎诗体诸作家，石曼卿早死，欧公而外，诗趣较醇厚者，惟苏、梅二子，余人更逼近于文。二子虽齐名，然苏不甚服梅，尝曰："平生作诗，被人比作梅尧臣，可笑也！"欧公对之无所优劣。《六一诗话》曰："圣俞、子美二家诗体特异，子美笔力豪俊，以超迈横绝为奇；圣俞覃思精微，以深远闲淡为意。"梅尧臣《偶书寄子美》诗述欧阳公之论，又曰："吾交有永叔，劲正语多要。尝评吾二人，放检不同调。"《隐居诗话》又曰："苏子美诗以奔放豪健为主，梅尧臣虽乏高致，而平淡有工。"故子美、圣俞之异，一为豪俊，一为精微；一为超迈横绝，

---

[1] 似 底本误作"以"，据《全宋诗》（P.3898）改。

一为深远闲淡；一为放，一为检；一为奔放豪健，一为平淡有工也。

（七）苏舜元，字才翁，乃舜钦之兄，亦与欧、梅往来。名虽不及舜钦，而史颇称其诗豪健。惜本集已佚，不可详考。卒年四十九（景德三年一〇〇六—至和元年一〇五四）。《娱书堂诗话》曰："苏舜元仕至转运使，按部至海昌安国寺藏院，留一诗于壁，曰：'画堂三月初三日，絮扑纱窗燕拂檐。莲子数杯尝冷酒，柘枝一曲试春衫。阶临池面看胜镜，屋映花丛当下帘。谁倚南楼指新月，玉钩素手两[1]纤纤。'"新秀清婉，颇似欧公。

（八）欧阳修，字永叔，自号六一居士，庐陵人。天圣八年进士，官至太子少师，卒谥文忠，精诗文。其文师尹洙，诗友苏、梅。苏、梅之于公，犹羽翼也。公《读梅氏诗有感》曰："子美忽已死，圣俞舍吾南。嗟吾譬驰车，而失左右骖。勍敌尝压垒，赢兵当戒严。"直以主人翁自居而不让焉。一时文士，如石介、余靖、石延年、苏才翁辈，俱与公为友。及公位高望重，群推附之，遂振起五代颓风、西昆靡习，而为宋代诗文之大宗。公处处以昌黎为埠，于文既埠昌黎，于诗亦以昌黎自命，尝以石曼卿比卢仝、苏子美比张籍、梅圣俞比孟郊。梅尧臣《和永叔澄心堂纸答刘原甫》曰："退之昔负天下才，扫掩众说犹除埃。张籍卢仝斗新怪，最称东野为奇瑰。欧阳今与韩相似，海

---

[1] 两 底本误作"尚"，据《全宋诗》（P.3463）改。

水浩浩山嵬嵬。石君苏君比卢籍，以我待郊嗟困摧。"此尧臣所述公之意也。然公诗实不全似昌黎，盖有似昌黎者，有似青莲者。《敬斋古今黈》："欧阳永叔作诗，少时颇类李白，中年全学退之，至于暮年，则全似乐天。"可知永叔诗少年似李白，中年似韩愈。《隐居通议》所谓"欧阳公诗有奇纵清俊者"，是得之于李白者也；所谓"有雄健苍劲者"，是得之于韩愈者也。如《和刘原父澄心堂纸》及《风吹沙》等诗，即颇似李白之体。《风吹沙》诗："北风吹沙千里黄，马行确荦悲摧藏。当冬万物惨颜色，冰雪射日生光芒。一年百日风尘道，安得朱颜常美好？揽鞍鞭马行勿[1]迟，酒熟花开二月时。"如《赠杜默》及《百子坑赛龙》等诗，即颇似韩愈之体。《百子坑赛龙》诗："嗟龙之智谁可拘，出入变化何须臾。坛平树古潭水黑，沉沉影响疑有无。四山云雾忽昼合，蟄[2]起直上挐空虚。龟鱼带去半空落，雷鞭电走先后驱。倾崖倒涧聊一戏，顷刻万物皆涵濡。青天却扫万里静，但见绿野如云敷。明朝老农拜坛侧，鼓声坎坎鸣山隅。野巫醉饱庙门阓，狼藉乌鸟争残余。"然欧公诗于似白似愈之中，亦自有其格韵。其格韵如何？《宋十五家诗选》曰："欧阳修古诗高秀，近体妍雅。"《复堂日记》曰："永叔诗清折高峻，此境亦唐人所未有。"是也。至谓似乐天，则欧阳公晚年笔力衰颓所致，间或然耳。欧阳公不屑效乐天也。享年六十六（景

---

[1] 勿 底本误作"忽"，据《全宋诗》(P.3633)改。
[2] 蟄 底本误作"擎"，据《全宋诗》(P.3605)改。

德四年一〇〇七—熙宁五年一〇七二）。

【宗主】

　　古文家奉昌黎古文如天日，而于诗，欧公既每以昌黎自况，众人亦每以昌黎推之，故其宗主昌黎无疑。诸家近体尽或有不与韩侔者，若古体则多半为韩格。实则昌黎文固甚善，昌黎诗似非正法，即在唐朝，亦无一人学其诗体，而欧公辈所以取之者，岂非古文家气味相合故耶？《六一诗话》论昌黎诗曰："退之笔力无施不可，其资谈笑、助谐谑、叙人情、状物态，一寓于诗，而曲尽其妙也。"此派首领尊崇昌黎如此，其他诸人可以想见。

　　然昌黎为诗，素推宗李、杜，曰："李杜文章在，光焰万丈长。"并称李、杜，不置优劣。而此体诸家，却不称杜甫，亦无学杜甫者。欧阳反喜李白，有效白体诗，且明言甫不如白，著《李白杜甫诗优劣说》曰："白诗至于'清风明月不用一钱买，玉山自倒非人推'，然后见其横放，其所以警动千古者固不在此也。杜甫于白得其一节，而精强过之。至于天才自放，非甫可到也。"则欧阳公之卑视杜甫、尊崇李白，可知矣。夫甫每饭不忘君国，深合古文派脾胃，白诗多言酒色，最乖于假道学之号召，而其首领欧公竟卑视杜甫、尊崇李白如此者何？《中山诗话》曰："欧公亦不甚喜杜诗，谓韩吏部绝伦，吏部独称道李、杜不已。欧贵韩而不悦子美，所不可晓。然于李白而甚赏爱，将由李白超迈飞扬为感动耶？"则刘公亦以永叔之卑杜为疑。

总之，古文诗体以昌黎为宗主，以太白为副，而无效杜甫者。盖昌黎能诗复能文，与彼辈气息相应，故尊之重之。李、杜能诗而不能文，与彼辈气息相乖，故不甚尊重之也。

【习尚】

古文诗派既以昌黎为宗主，则其习尚即昌黎习尚。反言之，昌黎习尚，亦即古文诗派之习尚。昌黎为诗主气格而贱丽藻，气格者有气力之意，故对六朝篇什，深致贬语。昌黎《荐士》诗曰："横空盘硬语，妥贴力排奡。敷柔肆纡徐，奋猛卷海潦。"此昌黎论诗而主气格之证也。古文诗派亦主气格，此于欧、梅辈相互评赞之语可证，如曰古健、曰古硬、曰气雄、曰气豪、曰奇怪、曰奇壮、曰奔放、曰险绝、曰体逸、曰思峭，斯皆气格所致耳。古文诗派亦贱丽藻，石介有《怪说》之作，永叔有昆体之讥。《石林诗话》曰："欧阳文忠公诗始矫昆体，专以气格为主。"

昌黎诗多古体，其佳作亦尽在古体，律诗最少，似以才力雄厚，不屑拘于声律。古文诗派亦好古体，苟一翻阅欧、苏、梅、石诸集，古体莫不占其大半，其佳作亦尽在古体。如欧阳公诗所自诩为人不可及之《明妃曲》《琵琶引》二首，及梅圣俞嗟赏为"更作诗三十年，亦不能道其中一语"之《庐山高》，皆古体也。

昌黎诗重炼意而轻修辞，雅不欲诗陷入无用之途，故昌黎诗虽辞表不扬，而含意必富。古文诗派亦重炼意而轻修辞，对于吟风弄月、饰华镂藻者，必肆力排击之。梅尧臣《答裴送序意》曰："我于诗言其徒尔，因事激风成小篇。词虽浅陋颇克苦，未到二雅未忍捐。安取唐李二三子，区区物象磨穷年？"不满于唐人之雕琢寡意，可见其于诗不重修辞、不穷景物，而欲以二《雅》为止归也。石介《怪说》曰："杨亿刓镂圣人之经，破碎圣人之言，离析圣人之意，蠹伤圣人之道，使天下不为《诗》之《雅》《颂》，而为杨亿之穷妍极态，缀风月，弄花草，淫巧侈丽，浮华纂组，其为怪大矣！"不满于宋初之雕琢寡意，又可见其于诗不重修辞、不穷景物，而欲以《雅》《颂》为止归也。《石林诗话》曰："欧阳文忠公律诗意所到处，虽语有不伦，亦不复论。"则愈可证古文诗派重炼意不重饰辞矣。

昌黎诗又好纪事。盖既不好言景物，自必非写意即纪事耳。古文诗派亦好纪事，诸家集内纪事诗颇不少。《石洲诗话》曰："如熙宁、元祐一切用人行政，往往有史传所不及载，而于诸公赠答、论议之章，略见其概。"熙宁、元祐正欧、梅之时，即论古文诗派之好纪事也。又《隐居诗话》谓："石延年长韵律诗，善叙事。"夫善纪事者，亦必好纪事，延年固古文诗派之一作家也。

【批评】

古文诗派有一长三短。一长者何？曰诗体解放。原夫西昆盛行之际，举世诗人，并钻研声律，精究对偶，愈作而诗道愈狭，愈琢而诗情愈碎。及欧阳公辈继昌黎遗意，一出而振之，世人始如醉方醒，不复顾声律而迁其意、拘俪偶而移其情，所谓诗人之原情本意，得以尽兴淋漓，形诸纸上，为宋诗辟一新境也。

三短者何？曰以文为诗。昌黎以文为诗，已失却诗学之正法。夫诗与文异道，诗主情与趣，文主理与意，若徒有理意而无情趣，则不成其诗，而为有韵之文矣。袁宏道序《文涛阁集》："诗道至晚唐而益小，有宋欧、苏辈出，大变晚习，然其弊至以文为诗。"是也。如苏子美《夜中》诗："夜分众喧死，耿耿抱真履。中君湛以宁，不为外官使。七兵乘间入，攻剽势向圮。主将不谋阵敌恶，荡然失守遽藏避。骇浪奔腾，一刻万里，纷纷变化无穷已。俄如独茧丝，忽复[1]满天地。乳虎不受缚，狂龙难驯致。我思精甲，以扞异类。邪慝弗萌，元辟复位。辅以逍遥之至道，烂然光辉照无际。"试以诗之立场读之，此中岂有半点情趣！有半点似诗乎？古文诗派诸家颇

---

[1] 复　底本误作"独"，据《全宋诗》（P.3895）改。

多如此之作。

　　曰议论。古文诗派既主意，主意之过，必成议论。夫好诗亦间有议论而不露痕迹，托含于内，故其味隽永，愈足以增诗之妙。若古文诗派之议论，则几乎句句议论，而意浮于外，嚣然可厌矣。且有议论之诗亦特多。《宛陵集》中如《食河豚鱼》诗、《观斗鸡》诗、《寄夏太尉》诗、《送潘供奉》诗等，比比皆是。其他诸家集中亦然。兹举苏子美《杂兴》诗为例："虎豹性食人，智者畜为戏。形影本相亲，愚夫见而畏。疑同不疑异，远哉愚与智。"

　　曰好尽。夫诗本兼比兴，贵含蓄，若通篇赋语，泻尽无余，则劣矣。《石林诗话》曰："韩退之笔力最为杰出，然每苦意与语俱尽。"则昌黎诗已无比兴多赋语，每意尽而寡余蕴也。古文诗派诸人效之，其弊自属难免。《围炉诗话》："义山诗被杨亿、刘筠弄坏，永叔力反之，语多直出。"《载酒园诗话》："欧公古诗，惜其言中无复余味，而曲折变化处亦少。"《岁寒堂诗话》："欧阳公诗专以快意为主。"三家皆谓欧阳公诗有好尽之病。其领袖如此，余家可知。兹举梅尧臣《送知河州杜驾部》为例："桐花欲开时，群嘴争哺儿。但求黄口饫，焉问丹穴饥？常山有四鸟，将飞昔已悲。中间忽殒逝，岂得安其枝？一饮必屡顾，每啄必迟迟。今朝竟矫翼，去向江之湄。衔芹不自食，欲遗孤与雌。此意实已重，莫为枭所嗤。世俗多嫌忌，我胡为此诗？此诗美孝弟，持赠杜挺之。"尾四句标著显明，若令唐人为之，必不如此。所以谓为好尽而无余音也。

　　至于古文诗派流行时期，在仁宗天圣（一〇二八）、神宗熙宁（一〇七二）间，计四十四年。欧阳公卒后，此派势力渐消。

六　荆公派

　　荆公出自永叔之门，诗、文、四六、赋、词皆独具一格。永叔卒后，学识、声名足与荆公颉颃者，惟一东坡。然荆公不特精于文学，于政治亦别出心裁，创易新法，致与世忤。一般诗家虽心服其诗，然莫不敬而远之。公孑然孤立，其诗体及身而绝。惟当时与公唱和者尚颇不尠，或与公同学于永叔之门，或与公相识于文墨之场，皆嗜好相同，诗格相类，而年幼于欧、梅，长于东坡，相当于荆公者也，特名之曰荆公诗派。今派中除荆公及韩维有集尚存，余人之作皆散逸，故首述荆公于前，而以余人附后。

【小传】

　　王安石，字介甫，临川人，号半山。庆历二年进士，数执朝政，强忮刺拗，自用太甚。善古文，精悍之气溢于纸表，与欧、苏相颉颃。尝释经，不用先儒传注，务出新意，成《诗》《书》《周礼》三经新义，颁之学官。又穿凿附会作《字说》，皆用以取士,士子不敢不习。又诋《春秋》为断烂朝报。其取士也,罢诗赋科,专试明经,则安石于诗之态度可知。然公诗甚佳,后世受公影响者颇不乏人,如山谷、后山、诚斋、石林辈皆是。有《临川集》一百卷,享年六十六(天禧五年一○二一—元祐元年一○八六)。封荆公,追赠太傅,谥文,崇宁间又追封舒王。

【宗主】

荆公诗之宗主为谁?《艇斋诗话》:"东湖言荆公诗多学唐人,然百首不如晚唐人一首。"是以荆公诗为学唐人。《唐子西语录》:"荆公诗得子美句法。"《苕溪渔隐丛话》:"半山老人诗,深得老杜句法。"《艺苑卮言》:"介甫用生重字力于七言绝句及颔联内,从老杜律中来。"《宋十五家诗选》:"半山学少陵,其瘦硬处别自擅长。"是皆以荆公诗为学杜甫。《后山诗话》:"鲁直谓荆公之诗暮年方妙,然学三谢,失于巧耳。"是以荆公诗为学三谢。然此皆读者之论,尚不足为据。公序《老杜诗后集》曰:"予考古之诗,尤爱杜甫氏而病未能学也。世所传已多,计尚有遗落者。客有授予古之诗二百余篇,观之,予知非人之所能为,而为之实甫者,其文与意之著也。"此则荆公之自述。既曰"尤爱杜甫氏",必学甫诗矣;既曰"予知为之实甫",必熟深而领会甫诗矣。参以唐、胡、陈、王之论,知荆公诗学老杜无疑。至以为学三谢者亦近是。荆公作《岁晚》诗，尝以谢灵运自比，气格间相似也。

或曰：荆公不言"尤爱杜甫而病未能学"乎？曰：是公之谦辞也。《石林诗话》："蔡天启言荆公每称老杜'钩帘宿鹭起，丸药流莺啭'，以为用意高妙，五字之楷模。他日公作诗得'青毡扪虱坐，黄鸟挟书眠'，自谓不减杜诗，以为得意。"既称甫诗为"五字之楷模"，至少荆公五字须学杜甫，况甫诗用意高妙者，本不止于五字。既自谓"不减杜诗，以为得意"，则荆公自喜能学老杜，"病未能学"一语，不可信也。窃谓荆公近体全学老杜，以资禀不同，故有似有不似。至于古体诗，除五言之一部分学三谢外，其余仍未脱古文诗体之效法昌黎也。故居尝赞美欧阳永叔诗，《东轩笔录》："余尝与王荆公评诗，余谓：'欧阳永叔之诗，才力敏迈，句亦健美，但恨其少余味耳。'荆公曰：'不然，如"行人仰头飞鸟惊"之句，亦谓有味矣。'然余至今思之，未见此句之佳，亦竟莫原荆公之意。"《冷斋夜话》："舒王言欧公，今代诗人未有出其右者。"可见荆公之尊崇永叔，益可证荆公古体之出自永叔也。夫"行人仰头飞鸟惊"，实不足称佳句，荆公竟谓为"有味"者，乃荆公出自欧公之门，亦效昌黎体，于质木之中偶睹新景，自当认为有味。古文诗体以为佳者，大都如[1]此。今举荆公古诗一首为例。如《食黍行》：

---

[1] 如 底本误作"知"，据文意酌改。

"周公兄弟相杀戮,李斯父子夷三族。富贵常多祸患婴,贫贱亦复难为情。身随衣食南与北,至亲安能常在侧?谓言黍熟同一炊,欻见陇上黄离离。游人中道忽不返,从此食黍还心悲。"似欧公一派乎?似老杜之体乎?明眼人不难立辨也。

李、杜齐名,荆公虽尊杜甫,而于李白甚不满,与欧阳永叔之称道太白、不尊老杜者不同。《潜南诗话》曰:"荆公云:'李白歌诗豪放飘逸,人固莫及,然其格止于此而已,不知变也。至于杜甫,则发敛抑扬、疾徐纵横,无施不可,斯其所以光掩前人而后来无继也。'"此则讥太白不能变化,不若老杜矣。《冷斋夜话》曰:"王荆公以李太白、杜子美、韩退之、欧阳永叔诗编为四家集,以欧阳居太白之上。公曰:'太白词语迅快,然十句九句言妇人、酒耳。'"此则讥太白诗中不存道理,无益于世矣。然则太白体无与于荆公诗,可断言也。

【习尚】

荆公诗受永叔影响,颇有古文诗派习尚;又学老杜,故有老杜习尚;又喜大谢,故有大谢习尚,而亦自有其习尚焉。

(一)好古体。欧公一派好作古体,荆公亦好作古体。惟欧公一派专尚古体,荆公则既好古体,亦不轻近体,是以荆公近体之妙,不让古体,近体之篇数,亦不减于古体也。

(二)重炼意。欧公一派重炼意,荆公诗亦重炼意。惟欧公一派重炼意而轻修辞，多刊落情景、流于议论，荆公则既重炼意又重修辞，虽有流于议论者，究不为多。《后山诗话》曰："王介甫以工。"工即辞修之谓，故公诗于对俪、用事、造语、炼字等工夫，煞费心力。

（三）好纪事。纪事诗公集中颇不少，如《吴长文新得颜公坏碑》诗、《韩持国从富并州辟》诗等，皆纪其本事也。纪事之句，公诗中亦不少，如《别孙莘老》诗、《送李屯田守桂阳》诗，皆有纪其昔日邂逅之句，占大半篇。以上三习尚，皆来自永叔者也。

（四）好集句。集句之习，宋初无有，唐人亦尠，荆公始喜为之。《后山诗话》："荆公暮年喜为集句。"然公不仅喜之，且又甚工。《蓼花洲闲录》："集句始自石曼卿，工于王荆公。"不仅甚工，且又甚多。《梦溪笔谈》："荆公始为集句诗，多者至百韵，皆集合前人之句，语意对偶，往往亲切过于本诗。"今举《戏赠湛源》一首："恰有三百青铜钱，凭君为算小行年。坐中亦有江南客，自断此生休问天！"

（五）好窜改古人诗句以为己诗。此习杜甫已有之，然未若荆公之甚也。《一瓢诗话》："王荆公好将前人诗窜点字句以为己诗，亦有时竟胜前人原作者。"例如古诗："鸟鸣山更幽。"介甫云："一鸟不鸣山更幽。"王维诗："轻阴阁小雨，深院昼慵开。"介甫云："山中十日雨，雨晴门始开。"王维诗："坐久落花多。"介甫云："细数落花因坐久。"皆点窜之句也。《艇斋诗话》:"荆公云:'漫漫芙蕖难觅处,萧萧杨柳独知门。'唐人刘威云:'遥知杨柳是门处,似隔芙蕖无路通。'同一机杼也。"《诚斋诗话》:"南朝苏子卿《梅》诗云:'只言花是雪,不悟有香来。'介甫云:'遥知不是雪,为有暗香来。'述者不及作者。陆龟蒙云:'殷勤与解丁香结,从放繁枝散诞香。'介甫云:'殷勤为解丁香结,放出枝头自在香。'作者不及述者。"《韵语阳秋》:"李白诗云:'白发三千丈,缘愁似个长。'荆公点化之则云:'缲成白发三千丈。'"惟此不过增点字句以为己诗而已。《冷斋夜话》:"顾况诗云:'一别二十年,人堪几回别。'荆公云:'一日君家把酒杯,六年波浪与尘埃。不知乌石冈头路,到老相寻得几回。'"则又化人之十字而为己之一首矣。荆公诗如此者不胜枚举,可证其好点窜字句以为己诗也。

(六)好用连绵字。宋初除西昆诗派好用双声、叠韵等连绵字外,若乐天诗体、晚唐诗体、古文诗体,多不用或不知用。荆公始好用此等字,俾其诗律吕谐和、口吻调便,惟用之过多,几于无首无之。如"宜秋西望碧参差""缺月昏昏漏未央""村落家家有浊醪",如"苑方秦地皆芜没,山借杨州更寂寥",如"佳时流落真何得,胜事蹉跎只可怜"之类,不可胜计。《艇斋诗话》:"东莱云,汪信民尝言荆公每一诗,必有'依依''袅袅'等字。予以东莱之言考之荆公诗,信民之言不谬。"亦论荆公有此种习尚,然尚未言荆公又好用双声、叠韵。窃意荆公此种习尚,盖得于大谢,大谢诗最好用此等字。

【批评】

　　自来论荆公诗者，不一其辞，而各有所得，必汇集观之，庶得其全。大氐公诗初年与暮年甚异。《漫叟诗话》："荆公定林后诗精深华妙，非少作之比。"《宾退录》："王荆公诗至知制诰乃尽善，归蒋山乃造精绝，其后比少作如天渊相绝矣。"《石林诗话》："荆公晚年诗律尤精严，造语用字间不容发。"《后山诗话》："荆公诗云：'力去陈言夸末俗，可怜无补费精神。'而公暮年诗益工，用意益苦。"皆谓其初年、晚年有异也。盖公初年出入欧公之门，故染古文诗派气息，暮年宗老杜，取唐人，故悠然自得，有唐人风味。《石林诗话》："荆公少以意气自许，故诗语惟其所向，不复更为含蓄，皆直道其胸中事。后从宋次道尽假唐人诗集，博观而约取，晚年始尽深婉不迫之趣。"可见，初年尚犯欧阳一派好尽之弊，晚年始反研唐音而究工拙也。

　　就其诗体论之，则公初年从欧公重古体，暮年宗老杜喜唐人，又兼工律诗，是以公之古、近体皆有佳作。《载酒园诗话》："宋人惟介甫诗能令人寻绎于言语之外，当其绝诣，实自可兴可观，特推为宋人第一。最妙者乐府五言古，七言律次之，七言古又次之，五言律嫌安排，七言律嫌气盛，而佳篇亦时有之。"是评荆公诸体诗者也。《侯鲭录》："东坡云：'荆公暮年诗始有合处，五字最胜，二韵小诗次之，七言诗终有晚唐气味。'"是评荆公暮年之诗者也。《诚斋诗话》："五、七字绝句最少而最难工，虽作者亦难得四句全好，介甫最工于此。"黄山谷曰："荆公暮年作小诗雅丽精绝，脱去俗流，每讽味之，便觉沉潴生齿颊间。"《苕溪渔隐丛话》："荆公小诗真可使人一唱而三叹。"是皆评其绝句者也。大氐公诗以绝句为最佳，律体次之，古体又次之。

就其诗格论之，则有长有短。何者为短？一曰议论。夫主意之过，无不流为议论者，荆公诗亦颇有主意之作。《宋诗钞》："安石诗独是议论过多，亦是一病耳。"二曰好尽。《石林诗话》曰："荆公少以意气自许，故诗语惟其所向，不复更为含蓄，皆直道其胸中事。"直道其事、不复含蓄，即好尽之病也。三曰以文为诗。世间论以文为诗者，多参永叔、东坡而不及荆公，不知荆公亦有以文为诗之作，特较寡于欧、苏耳。如《送潮州李使君》："韩君揭阳居，戚嗟与死邻。吕使揭阳去，笑谈面生春。当复进赵子，诗书相讨论。不必移鳄鱼，诡怪以移民。有若大颠者，高才能动人。亦勿与为礼，听之汩彝伦。同朝叙朋友，异姓接婚姻。恩义乃独厚，怀哉余所陈。"如此之类，非以文为诗者乎？然此三短，多在公初年古体诸作中。四曰伤巧。公之诗好求工，工之极则为巧，甚巧则伤本意矣。《岁寒堂诗话》："王介甫只知巧语之为诗，而不知拙语亦诗也。"《王直方诗话》："陈无己云：'荆公晚年诗伤工。'"皆是也。五曰软弱。

《艇斋诗话》:"东莱不喜荆公诗,云:'汪信民尝言荆公诗失之软弱。'"盖荆公诗既求工伤巧,而又好用双声、叠韵等连绵字,其气格自然消减,安得不成为软弱?凡此二短,多在公暮年近体诸作中。

然则何者为长?一曰下字工。《艺苑雌黄》:"翁行可云,介甫善下字,如'空场老雉挟春骄',下得'挟'字最好。予谓介甫又有'苍苔挟雨骄',其用'挟'字亦与前一联同。"二曰用事切。《苕溪渔隐丛话》:"介甫《上元戏刘贡甫》诗云:'不知太一游何处,定把青藜独照公。'此诗用事亦精切。"《冷斋夜话》:"用事琢句,妙在言其用不言其名,惟荆公、东坡、山谷知之。"三曰对偶精。《石林诗话》:"荆公诗用法甚严,尤精于对偶,尝云:'用汉人语止可以汉人语对,若参以异代语,便不相类。'"凡此三长,多在公暮年近体诸作中,若初年古体则甚寡。盖公初年古体虽亦不恶,终不过如欧阳一派能道人所不及道,章法开合、笔意纵横而已,谓之绝妙,似有未可,故廋此三长。此三长者,颇类西昆,然西昆拘刻,时伤死板,荆公活跃,时伤薄弱,西昆用之过甚,荆公用之较适也。

【诗友】

(一)李常,字公择,南康建昌人。皇祐元年进士,哲宗朝拜御史中丞,出知成都。与安石最善,能诗。有集已佚。东坡《谢公挃惠诗帖》曰："公择诗遂作到无人爱处。"所谓"诗到无人爱处工"也。如《解雨送神曲》："怒风兮扬尘，日烁石兮将焚。水泉竭兮厚地裂，嘉谷槁兮䵃耨且耘？神龙兮灵鼗，挹清波兮幽渍。鼍鸣鼓兮舞神觋，庶下鉴兮霈祥氛。"辞甚幽郁，得骚之遗。卒年六十四（天圣五年一〇二七—元祐五年一〇九〇）。

（二）孙觉，字莘老，高邮人，学于胡瑗。官至龙图阁学士，与安石最善，尝以诗唱和，后又与东坡来往。有集已佚。《孙公谈圃》："余尝学诗于孙莘老，莘老尝曰：'近世作诗，无复有唐人风。'余尝得公诗集，如《峡口送人》诗云：'来书占喜鹊，落日听鸣蛩。'《屈宅》诗云：'若与蛟龙争角黍，应同渔父啜糟醨。'《长杨道中》云：'穷搜诗句熟，老练世[1]情通。'《袁安道中》云：'白云每逐晨光出，红鹤尝随暮霭还。'"可见莘老不悦宋体诗，而喜唐人风，与荆公同也。四联诗句锻炼矜审，下语造字，皆有法度，又与荆公同也。《诗眼》："山谷尝言少时曾诵薛能诗云'青春背我堂堂去，白发欺人故故生。'孙莘老问曰：'此何人诗？'对曰：'老杜。'莘老曰：'杜诗不如此。'后山谷云：'庭坚因莘老之言，遂晓老杜高雅大体。'"则莘老精研少陵，又与荆公同也。卒年六十三（天圣六年一〇二八—元祐五年一〇九〇）。

---

[1] 世 底本误作"事"，据《全宋诗》（P.9765）改。

（三）俞紫芝，字秀老，金华人，流寓扬州。工诗。荆公居钟山，秀老与之数相交往，有"夜深童子唤不醒，猛虎一声山月高"之句，为荆公所激赏。有高行，不取妇。《石林诗话》曰："秀老诗惜时无发明之者，不得与林和靖一流概见于隐逸。"如《咏草》："满目芊芊野渡头，不知若个解忘忧？细随绿水侵离馆，远带斜阳过别洲。金谷园中荒映月，石头城下碧连秋。行人畅望王孙去，买断金钗十二愁。"允称工秀，不愧作家！卒于元祐初年（一〇八六？）。弟澹，字清老，与黄山谷曾同学于淮南，亦不取妇。性滑稽，善谐谑。知律能诗，荆公喜之，惜诗不传。

（四）韩维，字持国，开封雍丘人，韩绛之弟。以荫入仕，官至知制诰、龙图阁学士，以太子少傅致仕，卒赠南阳郡公。与荆公同游永叔之门，从苏、梅辈相唱和，声名甚振。又与荆公同为"嘉祐四友"，故荆公赠持国曰："惟子余所向，嗜好比鹣鲽。"所作颇工稳，《宋诗钞》称其"深远不及圣俞，温润不及永叔，然古淡疏畅，足为两家之鼓吹"。《墨庄漫录》亦曰："韩持国诗格甚奇。"为人所重如此。持国尝自言其诗效陶渊明，《和曾存之》诗："自愧效陶无好语，敢烦凌杜发新章？"然详考之，持国诗实不似渊明。持国《读杜子美诗》："壮哉起我不暇寐，满座叹息喧中堂。唐之诗人以百数，罗列众制何煌煌！太阳垂光烛万物，星宿安得舒其芒？读之踊跃精胆张，径欲追蹑忘愚狂。"则持国又曾学老杜体矣。如《谢尧夫寄新酒》诗："故人一别两重阳，每欲从之道路长。有客忽传龙坂至，开樽如对马军尝。自注云：尝怪杜诗曰'洗盏开尝对马军'，及得锦屏山题名，有寄河南府使马军送新酒者，然后釁然。定将琼液都为色，疑有金英密偫香。却笑当年彭泽令，篱边终日叹空觞。自注云：陶靖节云：'秋菊盈园，而时醪靡至。'"此一诗而用陶、杜两公故事，益足信其兼学陶、杜也。有《南阳集》三十卷。卒年八十二（天禧元年一〇一七—元符元年一〇九八）。

（五）谢师厚，字景初，南阳人。庆历六年进士，官朝散大夫，以屯田郎致仕。长于诗，有"倒着衣裳迎户外，尽呼儿女拜灯前"之句，为人称赏。所著《宛陵集》已佚。尝与欧、梅及韩持国辈桂唱和，岂亦出自欧公之门者耶？陆游《跋谢师厚书》曰"谢师厚早岁与王荆公诸人游，名甚盛。"《后山诗话》又谓："其诗学老杜。"然则景初之诗，受荆公影响，颇不谓寡。如《石谷亭飞瀑》："落泉下峭壁，陡绝千万丈。溅急雪片飞，望若匹练广。曲岭隔青林，三里已闻响。其傍有巨石，平润可俯仰。愚俗所不道，我辈数来赏。须期秋色清，攀萝将尔上。"

以上所述李、孙、俞、韩、谢五公诗，大氐与介甫气味相契，虽有唐人老杜之风，而仍未脱尽古文诗体习尚者也。

七　东坡派

欧阳永叔门下，诗文最见称于世者，一王介甫，一苏东坡。自永叔殁后，东坡遂继之而为诗文盟主，所领导之人才雄厚，有"苏门四学士"与"六君子"诸称，皆天下瑰宝也。东坡《答张文潜书》："仆老矣，使后生犹得见古人之大全者，正赖黄鲁直、秦少游、晁无咎、陈履常与君等数人耳。"又《与李方叔书》："顷年于稠人中骤得张、秦、黄、晁及方叔、履常，意谓天不爱其宝，其获盖未艾。比来间关四方，更欲其似，邈不可得，以此知人决不徒出。"盖晁、张、秦、黄为"四学士"，益以陈、李为"六君子"。东坡之褒奖此六人者，已至矣！东坡之自负坛坫者，亦已至矣！然李方叔以文名而不以诗名，鲁直、履常之诗又别成一体也。

东坡之主诗盟，不专宗某一古人，乃兼重才气，任人个性自由发展，绝不加以限制，又绝不以体裁不同而互相攻驳，故苏派诸人各具面目。其所以名曰东坡诗派者，诸人并受东坡之指点与影响耳。

【小传】

（一）苏轼，字子瞻，眉山人，号东坡居士。嘉祐二年进士，官翰林学士。频遭贬窜，尝谪岭表，卒于提举成都玉局观，谥文忠。有集八十八卷。与父洵、弟辙号"三苏"，并出自欧阳门下。轼多才博学，尤精古文，其他骈文、诗、词、骚、赋、字、画，率皆过人一等，独造一格。轼诗律不如古，五言不如七言。《岘[1]佣说诗》："东坡七律每走而不守。"《一瓢诗话》："东坡惟律诗不可学。"《说诗晬语》："苏诗长于七言，短于五言。"阮亭《选七言诗·凡例》："苏文忠公七言长句之妙，自子美、退之后，一人而已。"盖东坡才广学宏，七古长篇大句，少受拘束，任口舒心，足以触处生奇；若律体则嫌窘其意，五古则不能尽其气也。至其诗格，论者或以为豪放。《藏海诗话》："东坡诗豪。"或以为能变化。《吕氏童蒙训》："东坡长句波澜浩大，变化莫测。"或以为善使事，有通篇使事者。《诗话总龟》："坡集有全篇用事者，如《贺人生子》《戏张子野买妾》，句句用事，曷尝不流便哉？"有使事极明切者。《漫叟诗话》："东坡最善使事，既显而易读，又切当。"或以为喜于镕化俗语入诗。《竹坡诗话》："李端叔为余言东坡云：'街谈市语皆可入诗，但要人镕化耳。'观此，亦可以知其镕化之功也。"或以为长于比喻。《陵

---

[1] 岘　底本误作"倪"，据该著书名改。

阳室中语》："子瞻作诗，长于譬喻。如《和子由》'人生到处知何似，应似飞鸿踏雪泥'，《守岁》诗'欲知垂尽岁，有似赴壑蛇'之类，不可胜纪。"或以为善次韵。《梁溪漫志》："东坡尤精于次韵，往复数次，愈出愈奇。"如《辛丑别子由于郑州马上赋诗寄之》："不饮胡为醉兀兀，此心已逐归鞍发。归人犹自念庭闱，今我何以慰寂寞？登高回首坡陇隔，惟见乌帽出复没。苦寒念尔衣裘薄，独骑瘦马踏残月。路人行歌居人乐，僮仆怪我苦凄恻。亦知人生要有别，但恐岁月去飘忽。寒灯相对记畴昔，夜雨何时听萧瑟？君知此意不可忘，慎勿苦爱高官职！"卒年六十六（景祐三年一〇三六—靖国元年一一〇一）。

（二）秦观，字少游，又字太虚，高邮人。官至国子编修，频遭贬窜，卒于藤州。有《淮海集》四十卷。能诗文，尤精小词。王安石尝称："其诗清新如鲍、谢。"东坡尝称："秦得吾工。"而少游自谓："诗文秤称轻重，铢两不差。"方万里又论："其古诗流丽之中有澹泊，律诗敲点匀净，无偏枯、突兀、生涩之态。"《宋诗钞》曰："吕居仁云：'少游过岭后诗，严重高古，自成一家。'故当时于苏门，并称'秦晁'。秦以韵胜，追琢而渟泓。"今读其全集，大氐五古或似三谢，或似韦苏州，七古则似东坡，律诗虽间伤婉弱、近于小词，然终以律体为最佳。如《秋日》诗曰："月团新碾瀹花瓷，饮罢呼儿课楚辞。风定小轩无落叶，青虫相对吐秋丝。"享年五十二（皇祐元年一〇四九—元符三年一一〇〇）。

（三）张耒，字文潜，号柯山，人称肥仙，又称宛丘先生，淮阴人。官至龙图阁学士。有《张右史集》六十卷。诗文并擅。在同侪中，死最迟，传授最盛，享名最久。《宾退录》谓："耒诗学白乐天。"《竹坡诗话》谓："耒乐府刻意文昌，为本朝第一。"东坡尝曰："张诗得吾易。"《吕氏童蒙训》曰："文潜诗自然奇逸，非他人可及。"而耒论文又主词达与简明之义，确为学白诗之平易无疑。乐府虽似主文昌，然文昌与乐天频相往来酬答，最称友善。《岁寒堂诗话》曰："元、白、张籍皆自陶、阮中出，专以道得人心中事为工。"则文昌亦与白体相类也。耒诗诸体中，当推七律。《载酒园诗话》："苏门六君子，文潜尤可喜，其七言律多秀句。"岂七律为耒所最致力者乎？其诗如《冬日放言》："小儿喜学书，满纸如栖鸦。老妇懒不绩，当户理琵琶。樽中有神圣，快泻如流霞。三杯任兀兀，冻脸生春华。"其乐府如《输[1]麦行》："场头雨干场地白，老稚相呼打新麦。半归仓廪半输官，免教县吏相催逼。羊头车子毛布囊，浅泥易涉登前冈。仓头买券槐阴凉，清严官吏两平量。出仓掉臂呼同伴，旗亭酒美单衣换。半醉扶车归路凉，月出到家妻具饭。一年从此皆闲日，风雨闭门公事毕。射狐置兔岁蹉跎，百壶社酒相经过。"浅夷生新，与乐天无异。卒年六十一（皇祐四年一〇五二—政和二年一一一二）。

---

[1] 输 底本误作"榆"，据《全宋诗》(P.13418)改。

（四）晁补之，字无咎，自号归来子，巨野人，晁端友之子。举进士，累仕著作郎，至知泗州，以党论数遭迁贬。有《鸡肋集》行世。诗文兼擅，与秦观齐名，而较观诗之体格为雄大。《宋诗钞》曰："晁以气胜，灏衍而新崛。"《四库提要》曰："无咎诗诸体俱风骨高骞，一往俊迈。"《苕溪渔隐丛话》曰："古乐府是其所长，辞格俊逸可喜。"其诗如《视田赠无斁》曰："河流之所濡，一斛泥数斗。我庄当水穷，乃比石田瘦。尚无东陵瓜，况有南山豆？天雨不可期，且复鞭牛后。"则无咎之作，盖似东坡，具体而微者也。无咎又数称渊明，观其诗颇有古淡风，岂无咎亦学陶耶？卒年五十八（皇祐五年一〇五三—大观四年一一一〇）。

（五）文同，字与可，梓潼人，东坡之中表，自号笑笑先生，又号石室先生。举进士，官集贤校理。有《丹渊集》四十卷。文、骚、书、画并极卓绝，而东坡尤赏其诗，盖能不随人脚跟自名一家也。《载酒园诗话》："诗在庆历，最畏俚俗，文同独能修饰起来。"《升庵诗话》："文与可五言律有韦苏州、孟襄阳之风。"《宋诗钞》："文同诗清苍萧散，有孟襄阳、韦苏州之致。"今观其集，五字近体，信可谓"清苍萧散"，修饰洁静，有韦、孟之遗！至于七字古体，则颇近东坡，有挟气而下之势矣。五律如《重过旧学山寺》："当年读书处，古寺拥群峰。不改岁寒色，可怜门外松。有僧皆老大，待客转从容。又下白云去，楼头敲暮钟。"七古如《峰铁峡》："东风吹空力何短，三月陇山全未暖。文法奸酉引骑兵，飞随银鹘弓刀满。霜矛雪甲寒如水，候卒何由勾首尾？君不见峰铁峡头云色死，一过萧然五十里。"享年六十余，卒于元丰二年（一〇七九）。

（六）孔文仲，字经父，临江人，孔子后裔。嘉祐六年进士，官至中书舍人。与弟平仲、武仲号"三孔"，俱才气雄阔，诗文并擅，有《清江三孔集》行世。文仲与东坡最友善，其诗得东坡桀骜之气，然似从老杜入手者。五、七字今、古体均佳，武仲、平仲直不及也。如《秋月》诗："孤枕夜何永，破窗秋已寒。雨声冲梦断，霜气袭衣单。利剑摧锋锷，苍鹯缩羽翰。平生冲斗气，变作泪汍澜。"卒年五十一（景祐五年一〇三八—元祐二年一〇八八）。

（七）唐庚，字子西，眉州人。举进士，官至承议郎。有《唐子西集》二十四卷。素极推崇东坡，幼年尝及亲炙，故刘夷叔谓其善学东坡也。或云子西于二苏颇有所憾，窃考《子西文录》，一则曰："东坡诗善叙事，言简而易尽。"再则曰："东坡作《病鹤》诗'三尺长胫瘦躯阁'，'阁'字既出，俨然如见病鹤。"三则曰："赤壁之赋，一洗万古，欲仿佛其一语，不可得也。"其他类此之语甚多，则子西佩服东坡已极，有何所憾？其《闻东坡贬惠州》诗："元气脱形数，运回天地内。东坡未离人，岂比元气大？天地不能容，伸舒辄有碍。低头不得仰，闭口焉敢欸[1]？东坡坦率老，局促固难奈。何当与[2]道俱，逍遥天地外。"此实尊东坡、恤东坡，而其诗之疏阔直泻，亦极似东坡也。子西尝言："作诗当学杜子美。"故其律体类老杜之锻炼矜慎而不失气格。子西盖从东坡以学老杜者耶？《苕溪渔隐丛话》称："子西佳句，不可胜举。"《碧溪诗话》称："子西巧于用事。"刘夷叔又称："子西工于属对。"可以想见子西于诗之功夫矣。《宋诗钞》曰："子西诗结束精悍，体正出奇，芒焰在简淡之中，神韵寄声律之外。"评子西近体，最为允当也。如《自笑》诗："已白穷经首，仍丹许国心。那能天补绽，更欲海填深。儿馁嗔郎罢，妻寒望藁砧。世间南北路，何用尔沾襟？"卒年五十一（熙宁四年一○七一——宣和三年一一二一）。

六公之外，学东坡或受东坡影响者，颇不乏人，如孔平仲、孔武仲、苏辙、苏过、张舜民、李之仪等，兹不赘举。总之，东坡诗体为有宋最具势力者之一，虽未足超越江西派，亦仅次之而已。

至于东坡诗体之最盛时期，当在英宗治平（一○六四）、徽宗宣和（一一二一）间，约五十七年。南渡后，苏文大行于南，苏诗大行于北，故金诗多受东坡之影响，而南宋之诗，则江西体独尊焉。

---

[1] 欸 底本误作"颏"，据《全宋诗》（P.15024）改。
[2] 与 底本误作"分"，据《全宋诗》（P.15024）改。

七　东坡派

【宗主】

苏派固无所专主，然必各受东坡影响。东坡固亦无所专主，然必对古诗家有所宗仰。东坡之宗仰为谁？言者颇异其辞。公之弟辙为公作墓志曰："公诗本似李、杜，晚喜陶渊明。"则公之宗仰为李、杜、陶三人，此一说也。《后山诗话》："苏诗始学刘禹锡，故多怨刺，晚学太白，至其得意，则似之矣，然失之粗，以其得之易也。"则公之宗仰为太白、禹锡二人，此二说也。《后村诗话》："坡诗略如昌黎，有汗漫者，有典严者，有丽缛者，有简淡者，翕张开合，千变万态，盖自其气魄力量为之，然非本色。"则昌黎必亦为公所宗仰，此三说也。赵闲闲《答李天英书》："太白词胜于理，乐天理胜于词，东坡又以太白之豪、乐天之理合而为一，是以高视古人。"则公之宗仰，必为太白、乐天二人，此四说也。元遗山《东坡雅引》："苏子瞻绝爱陶、柳二家，极其诗之所至，诚亦陶、柳之亚，而评者尚以为能似[1]陶、柳，而不能不为风俗所移，为可恨耳。"则公之宗仰为渊明、子厚二人，此五说也。《岁寒堂诗话》："苏子瞻学刘梦得、白乐天，学李太白，晚而学渊明。"则公之宗仰，又为刘、白、李、陶四人，此六说也。计之，凡李白、杜甫、韩愈、乐天、禹锡、渊明、子厚七人矣。又考东坡《书黄子思诗

---

[1] 似 底本脱，据《全元文》第1册（P.297）补。

集后》曰："李、杜之后，诗人继出，虽有远韵而才不逮意，独韦应物与柳子厚，发纤秾于简古，寄至味于淡泊，非余子所及也。"则七人之外，又有韦应物，亦公之宗仰也。窃忖度之，盖东坡高才大力，无所不举，无所不好，然早年在蜀学白乐天，中年入洛，出入欧公之门，受其薰染甚深，东坡诗自谓"作诗颇似六一语，往往亦带梅翁酸"是也。欧公诗体宗韩愈，故公中年诗亦学韩。晚年南谪惠州，始喜陶渊明。东坡《答程全父书》："流转海外，书籍举无有，惟陶渊明一集、柳子厚诗文数册，常置左右，目为二友。"故有《和陶集》四卷，和陶诗殆遍。若刘禹锡，本与乐天往复唱和，时号"刘白"者，则白亦近于刘者也。若柳子厚，则东坡评子厚诗："柳子厚晚年诗极似陶渊明。"是柳本陶体也。若韦应物，则《海天琴思录》曰："韦苏州学陶诗，似矣。"是韦亦陶体也。东坡皆以其与己脾胃相合，故嗜之耳。至于李白，是与东坡才气相似者，杜甫是东坡学力所佩服者，而李、杜二公与东坡之诗无甚相干，可断言也。

东坡诗虽早效梦得，中从永叔，晚喜渊明，而能入能出，不为所囿，既有得于三公之体，又终自为东坡之诗。惟素推重东坡者与其门人，大率各得东坡之一偏，如张耒之学白，无咎之近陶，秦观、文同之似韦，唐庚、经父、山谷之从杜，而复各带些许古文诗体气味。此其所以成为苏派也。

东坡一派，虽各带些许古文诗体气味，而对于古文诗体所宗主之韩愈，则不甚恭维。张耒《明道杂志》曰："子瞻读吏部古诗，凡七言者，则觉上六字为韵设，五言则上四字为韵设，不若老杜语韵浑然天成、无牵强之迹，则退之于诗，诚未臻其极也。退之作诗，其精工乃不及子厚，子厚律诗尤精。"不仅子瞻、文潜之意如是，晁、秦诸人亦无赞退之诗者矣。

【习尚】

欧派习尚，即东坡派之习尚。欧公受昌黎影响，东坡受欧公影响，而东坡派则受东坡之影响。故欧阳派好古体，东坡派亦好古体；欧阳派重意，东坡派亦重意；欧阳派好述事，东坡派亦好述事。独有相异者，即欧阳派主气，东坡派亦主气，而欧阳派是气格，含有力气而拘定一格之意，故极力欲其诗之为奇怪、奔险、雄豪；东坡派是才气，不含力气之意，故任人之才气，求词达而已，不欲限使趋于一体或加力为之，以成奇怪、奔险、雄豪也。东坡《答谢民师书》曰："但常行于所当行，常止于不可不止，文理自然，姿态横生，孔子云'词达而已矣'。"是崇重自然之才气也。《与黄鲁直书》曰："晁君寄骚，细看甚奇。凡人文字务之和平，至足余溢为奇怪，盖出于不得已耳。晁文奇怪似差早。"是不欲人之作意增加气力也。张文潜《答汪信民书》曰："记事而可以垂世，辨理而足以开务，皆词达者也。

文简事核而明，虽使妇女、童子听之而谕[1]。曲者枝词游说，文繁而事晦，三反而不见其情。此无待而然也。"是亦不满于增加力气致失本真也。凡此虽皆普通论文之语，然实可通用于苏、张二公之论诗，故东坡派各具面目、不拘一格也。

【批评】

东坡诗派有一长四短。一长者何？曰解放诗格。宋初西昆拘囿于近体，拘囿于一格，及欧阳公出，始将诗体解放，使学者兼攻古、律，然仍拘囿于一格，仅以昌黎易玉溪耳。及东坡始又将诗格解放，使学者得以任才呈意，学其所近，故秦、晁、张、唐辈所近不同，诗格各异，或从韦，或从陶，或从杜，或从白，惟极其心思，期于至妙而已。东坡不以格异而憾之也。

四短者何？一曰以文为诗，二曰议论，三曰好尽，四曰粗率。以文为诗之病，东坡甚于欧公。《瓯北诗话》曰："以文为诗，自昌黎始，至东坡益大放厥辞，别开生面。"《围炉诗话》曰："子瞻作诗，亦用其作文之意，匠心纵笔而出之，却去子美远矣！"苏派诸家亦颇有之，兹举张耒诗为例。《答参寥》："我生为文章，与众常不偶。出其所谓诗，不笑即嘲诟。少年勇自

---

[1] 谕　底本误作"愉"，据《张耒集》（P.826）改。

辩，盛气争可否。年来知所避，不敢出诸口。时时未免作，包以十袭厚。低心让儿曹，默默众人后。见君不能已，颇亦陈所有。君岂少取之，时以佳句授。幽弦喜有听，清唱慰孤奏。如何謍然去，使我不得友？"此种诗闵曷尝有充分情趣之表现耶？议论之病，东坡虽较减于永叔辈，然《岁寒堂诗话》曰："子瞻以议论作诗，诗人之义扫地矣！"责之尚甚深重。《雪涛诗评》曰："苏长公诗，独七古不失唐格，若七言律、绝，便以议论、典故为诗，所谓文人之诗，非诗人之诗也。"实则东坡七古、五古间杂议论之作亦甚多也。苏派诸家并未能免。兹举晁无咎诗为例。《赠文潜甥杨克一》："与可画竹时，胸中有成竹。经营似春雨，滋长地中绿。兴来雷出土，万箨起崖谷。君今似与可，神会久已熟。吾观古管葛，王霸在心曲。遭时见毫发，便可惊世俗。文章亦技耳，讵可枝叶续？穿杨有先中，未发猿拥木。词林君张弩，此理妙观竹。君从问轮扁，何用知圣读？"此类诗内，议论居半，冗泛而可厌之至矣。好尽之病，极于东坡。《瓯北诗话》："坡诗放笔快意，一泻千里。"《载酒园诗话》："子瞻诗本一往无余，过徐州后更恣纵。"苏派诸家，放笔快意虽或未必，而一泻无余则同。兹举秦观诗为例。《山阳阻浅》："一日行一尺，十日行一丈。岂不叹淹留，所幸无波浪。悲风动深夜，原野抄森爽。青天行蟾蜍，枯木转罔两。此时蓬茅下，去心剧于痒。弃置勿复道，通塞如反掌。"试问此类诗内，究有甚含蓄乎？粗率之病，亦主意太甚之过，永叔辈虽有之，然甚寡，而东坡最甚。夫主意太过，则不屑修辞，辞果不修，纵有雅意，安免粗率？主意太过，则诗料杂沓，杂沓而不剪裁，又安免粗率？况东坡复染有乐天平易之习哉！《怀麓堂诗话》："汉、魏以前诗格简古，世间一切细事长语，皆着不得。赖杜诗一出，乃稍为开扩。韩一衍之，苏再衍之，于是情与事无不可尽者，而其格亦渐粗矣。"《载酒园诗话》："子瞻诗多粗豪、滑稽、草率。"苏派诸家，惟少游此病较少，余则概未能免。兹举文同诗为例。《夜学》："已叨名第虽堪放，未到根原岂敢休？文字一床灯一盏，只应前世是深雠。"此类诗，粗率之极，可笑之甚矣！

八　江西派

江西诗派，风行宋世，黄庭坚其始祖也。然庭坚时有诗派之实，尚无诗派之名。诗派之名，起于南宋吕居仁作《江西诗社宗派图》，自山谷以下列陈后山等二十五人。《苕溪渔隐丛话》载图，作陈师道、潘大临、谢逸、洪刍、饶节、祖可、徐俯、洪朋、林敏修、洪炎、汪革、李錞、韩驹、李彭、晁冲之、江端本、杨符、谢薖、夏倪、林敏功、潘大观、何觊、王直方、善权、高荷二十五人。《云麓漫抄》及《小学绀珠》则有吕本中而无何觊，且列洪朋于洪刍上。《江西诗派小序》则又谓："吕紫薇作江西宗派，自山谷而下凡二十六人。"其所载较《苕溪渔隐丛话》既多出一吕本中，又多出一何顒，而无何觊。窃意居仁自作图，不当以己列入。刘克庄序《茶山诚斋诗选》曰："余既以吕紫薇附宗派图之后。"则居仁原图绝无居仁可知。若何觊、何顒，乃笔画之讹，今不可辨，亦不必辨，姑以《苕溪渔隐丛话》之说为正可也。此二十五人为江西派初期作家，《宋志》所载《江西诗派》一百三十七卷，是其诗总集。其后江西势弥盛，有曾纮、曾思父子，杨诚斋尝序之入派。《宋志》所载《江西续派》十三卷，是其诗总集，今皆不传。此后遂无称江西派者。然考方回、欧阳元之集及他载记，得知二十五人后，吕本中、曾吉父、陈简斋为其魁，可谓江西派次期作家；再继以尤、杨、范、陆、萧五公，可谓江西派三期作家；更继以二赵、二泉四公，可谓江西派四期作家。四期之江西派，其势大微，盖多流入江湖体，能卓立不拔者，惟此四公。至于宋季，则方、刘振其余响，竟入元世矣。

江西派，亦名西江派，又名豫章派。江西即今江西省，宋之江南西路，是以地名名其宗派者。然初期诸公亦非尽属江西籍，如陈师道彭城人，二潘黄冈人，二林蕲州人，夏倪、高荷荆南人，韩驹蜀人，晁叔用巨野人，江子我陈留人，王立之南州人，祖可丹阳人，似不得概名之曰江西诗派。或以其同祖黄庭坚，庭坚江西人，故名江西派。然潘大临、韩子苍并得法于苏门，祖可、善权实近乎韦体，何得谓为同祖庭坚耶？冯咏《江西诗派论》曰："人不产于江西，而以江西派之；学不出于山谷，而以山谷派之，出异归同也。"此言是也。江西诗派虽不尽出自江西，而大半出自江西，虽非尽祖山谷，而气味皆似山谷，名之曰江西诗派，有何不可！故杨万里《江西宗派序》亦曰："江西诗者，诗江西也，人非皆江西人也。而诗曰江西者何？系之也；系之者何？以味不以形也。"初期既已定名江西诗派，继则凡学此体，或出自此体者，皆亦谓之江西诗派也。

始　祖

【小传】

　　黄庭坚，字鲁直，分宁人，即今修水县治。居于双井，故人称之曰黄双井。尝游灊皖山谷寺，乐其胜，自号山谷老人，过涪又自号涪翁。初举进士，历官《神宗实录》检讨、国史编修官，故人又称之曰黄太史。绍圣间出知宣鄂，坐事贬涪州别驾、安置黔州，起监鄂税，知舒州，又贬编管宜州。卒年六十一（庆历五年一〇四五—崇宁四年一一〇五），谥文节。有全集行世。天才峻拔，学识丰富，诗、文、骚、辞无所不能。诗与东坡齐名，号"苏黄"；词与少游齐名，号"秦七黄九"。中年出东坡门下，东坡尝称之曰："其诗文超逸绝尘，独立万物之表，世人久无此作！"由是名始大噪。及谪黔州，句法尤高，笔势放纵，实天下之奇，宋兴以来，一人而已！而山谷亦以擅诗自居，《与秦少章书》曰："庭坚醉心于诗与《楚辞》，似若有得。至于论议文字，今日乃当付之少游及晁[1]、张、无己，足下可从此四君子一二问之。"又《论诗文帖》曰："余自谓作诗颇有悟处，若诸文亦无长处可过人。予尝言作诗在东坡下，文潜、少游上，至于杂文，与无咎等耳。"此亦可以见其专诣于诗也。

---

[1] 及晁　底本"晁"前衍一"秦"字，据《全宋文》第104册（P.309）删。

盖欧、苏以来，鲜专攻诗者，独山谷专攻之，卒自成一格。山谷没后，其体法大行，遂为江西派，流风余韵，直至近代，犹未尽歇。《沧浪诗话》："宋诗至东坡、山谷，始出己意以为诗，唐人之风变矣。山谷用工尤为深刻，其后法席盛行，海内称为江西宗派。"《江西宗派小序》："豫章会粹[1]百家之长，究极历代体制之变，搜猎奇书，穿穴异闻，作古、律，虽只字半句，不轻出。"陆象山《与江帅书》："诗至豫章而益大肆其力，包含欲无外，搜抉欲无秘；体制通今古，思致极幽眇，贯穿驰骋，工精力到，亦宇宙之奇诡也！"即此可知山谷为诗工苦之大概矣。

【宗主】

山谷诗宗杜甫，人皆知之，张巨山曰："山谷古、律诗酷学少陵。"《苕溪渔隐丛话》曰："鲁直诗本得法于少陵。"陈无己曰："豫章之学博矣，而得法于少陵。"《岁寒堂诗话》曰："鲁直诗自言学子美，子美之诗，得山谷而后发明。"山谷自述其学老杜之故，曰："学老杜诗，所谓'刻鹄不成犹类鹜'也；学晚唐诸人诗，所谓'作法于凉，其弊犹贪；作法于贪，弊将若何'？"（《与赵伯充书》）所见诚是。考山谷之环境，实不容其不学老杜。盖山谷幼承庭训，长而就学，其父黄庶字亚夫，

---

[1] 粹　底本误作"秤"，据《全宋文》第329册《江西诗派序·黄山谷》（P.108）改。

素有诗名,嗜少陵,句律奇崛,世谓为"山魈水怪着薜荔之体"。《后山诗话》曰:"唐人不学杜诗,惟唐彦谦与今[1]黄庶、谢师厚学之。鲁直,黄之子、谢之婿也,荩于二父,犹子美之于审言也。"《洪驹父诗话》曰:"山谷父亚夫诗自有句法,山谷句法高妙,盖其[2]渊源有自。"洪氏乃山谷甥,陈氏乃山谷友,其言必有征。山谷《黄氏二室墓志铭》曰:"庭坚年十七时,从舅氏李公择学于淮南,始识孙公,得闻言行之要,启迪劝奖,使知问道之方。孙公怜其少立,故以兰溪归之。及庭坚失兰溪,谢公方为介仅择对,见庭坚之诗,曰:'吾得婿如是足矣。'庭坚因往求之。然庭坚之诗,卒从谢公得句法。"孙公,孙莘老也。谢公,谢师厚也。李公择,李常也。又东坡《答鲁直书》:"轼始见足下诗文于孙莘老之坐,其后还李公择于济南,则见足下之诗愈多。'则李公择、孙莘老、谢师厚三先生,皆山谷师也。山谷集中多与三先生倡和之作,而三先生固皆王荆公诗友,极嗜老杜体者也。《艇斋诗话》曰:"山谷诗妙天下,然自谓得句法于谢师厚,得用事于韩持国。"韩持国,韩维也。维亦王荆公诗友,极嗜老杜体者也。故山谷父既学杜,师又皆学杜,则山谷诗可得不学杜耶?即此又可知山谷学杜,间接受王荆公影响不少。《观林诗话》:"山谷云:'余从半山老人得古诗句法。'"愈足证也。

---

[1] 唐彦谦与今 底本脱,据《苕溪渔隐丛话·前集》(P.327)引《后山诗话》补。
[2] 其 底本误作"自",据《宋诗话辑佚》(P.428)改。

然山谷止限于老杜乎？曰：否。以老杜为主耳。老杜外，有陶渊明，亦山谷所宗。山谷《题意可诗后》曰："庾开府之所长，然有意于为诗也。至于渊明，则所谓'不烦绳削而自合'。"又《论诗》曰："陶彭泽之墙数仞，谢、庾未能窥者，何哉？盖二公有意于俗人赞毁其工拙，渊明直寄焉耳。"又《跋渊明诗卷》曰："血气方刚，读此如嚼枯木，及绵历世事，知决定无所用智。"所以推尊渊明者至矣！故《豫章诗话》曰："江西诗派当以陶渊明为始祖。"《江西诗社宗派图录》曰："江西之派实祖渊明。"陈丰《黄诗辨疑》曰："山谷祖陶宗杜，体无不备。"揆以山谷言，山谷嗜陶，似在晚年。其所以嗜陶者，则历经世变，又受东坡影响使然耳。陶之外有李白、韩愈，亦为山谷所推尊。山谷《与徐师川书》曰："所寄诗善甚，其未至者，探经术未深，读老杜、李白、韩愈诗未熟耳。"所以推尊韩者，亦承其父亚夫家学之故。《四库提要》曰："庭坚之学韩愈，实自庶倡之。"所以推尊李者，则又受欧公、荆公、东坡之影响欤？韩、李外，尚有西昆体，亦与山谷暗结夤缘，特山谷讳之。山谷有诗云："元之如砥柱，大年若霜鹗。王杨立本朝，与世作郛廓。"是盛称杨大年诗，然此山谷初年之事。陈丰《黄诗辨疑》："公早年亦从事于玉溪生，故集中流丽芊绵者，亦复不少。"《风月堂诗话》："黄鲁直独用昆体工夫，而造老杜浑全之境，禅家所谓'更高一着'。"《载酒园诗话》："鲁直好奇兼好使事，实阴效钱、刘而变其音节。"考山谷初年，犹得及西昆余势，无意中受其濡染，而终身不能摆脱净尽也。

总之，杜甫诗为山谷所宗主，陶潜、韩愈、李白三人皆山谷所推尊，苏轼、韩维、李常、孙觉、谢师厚五人皆山谷所亲炙，而西昆体、王安石皆山谷所得力，黄庶则山谷之父也，山谷可为集宋诗大成者矣！惟晚唐诗一本为山谷所卑弃也。

【习尚】

（一）模拟。自王荆公好点窜古人诗以为己诗，开模拟捷径，山谷承而发明之，遂大倡模拟之说，曰"换骨法""脱胎法"。何谓脱胎法？《野老纪闻》曰："山谷云：诗意无穷，人才有限，以有限之才，追无穷之意，虽渊明、少陵不能尽也。然不易其意而造其语，谓之换骨法；规模其意而形容之，谓之脱胎法。""不易其意而造其语"者，《诗宪》所谓"意同语异"，即换辞不换意也。"规模其意而形容之"者，《诗宪》所谓"因人之意，触类而长之"，是换意不换格也。后之人因山谷言欠明确，竟误视脱胎、换骨为一事，混曰脱胎换骨法，失其实矣！如杜甫《梦李白》诗："落月满屋梁，犹疑照颜色。"山谷《簟》诗："落日映江波，依稀比颜色。"是用脱胎法。如杜牧诗："平生五色线，愿补舜衣裳。"山谷诗："胸中五色线，补衮用功深。"即用换骨法。如《艇斋诗话》："山谷咏明皇时事云：'扶风乔木夏阴合，斜谷铃声秋夜深。人到愁来无处会，不关情处亦伤心。'全用乐天诗，云：'峡猿亦无意，陇水复何情？为到愁人耳，皆为肠断声。'"又曰："山谷：'简编自襁褓，簪笏到仍昆。'取退之联句：'爵勋逮僮仆，簪笏自怀绷。'"凡此皆换骨法。《优古堂诗话》："唐朱昼《喜陈懿老至》诗云：'一别一千日，一日十二忆。'乃知山谷'五更归梦三千里，一日思亲十二时'之句，取此。"《室中语》："客举鲁直诗云：'石吾甚爱之，勿使牛砺角。牛砺角尚可，牛斗残我竹。'体制甚新。公徐云：'独漉水中泥，水浊不见月。不见月尚可，水深行人没。'盖是李白《独漉篇》也。"凡此皆脱胎法。此外不胜枚举。

（二）拗律。山谷好为拗律。拗律亦曰破律，谓不从正律之限格。此法本自老杜，或谓创于山谷者，非也，山谷因老杜遗法耳。《瀛奎律髓》："拗字诗，老杜七言律一百五十九首，而此体凡十九出。不止句中拗一字，往往神出鬼没，虽拗字甚多，而骨格愈峻峭。今江湖学者殊不知始于老杜。五言律亦有拗者，但不如七言吴体全拗尔。"盖宋兴迄欧、苏，诸家所作律体，无非正调，其失阐缓，难以见好。山谷有鉴于此，故多为拗律，以张奇军。《藏海诗话》："七言律极难作，易得俗，是以山谷别为一体。"《环溪诗话》："杜诗以律而差拗，于拗[1]之中又有律焉。此体惟山谷能之，然诗才拗则健而多奇，入律则弱而难古。"其法有单拗、有双拗、有吴体。单拗者，于出句中平仄二

---

[1] 拗　底本误作"律"，据《环溪诗话》(P.12) 改。

字互换。双拗者，两句中平仄二字对换。吴体者，大拗而大救，于每对句之第五字以平声谐转者也。山谷诗，如《题落星寺》："落星开士深结屋，龙阁老翁来赋诗。小雨藏山客坐久，长江接天帆到迟。燕寝清香与世隔，画图绝妙无人知。蜂房各自开户牖，处处煮茶藤一枝。"即是吴体。如《池口风雨留三日》诗："孤城三日风吹雨，小市人家只菜蔬。水远山长双属玉，身闲心苦一春鉏。翁从旁舍来收网，我适临川不羡鱼。俯仰之间已陈迹，暮窗归了读残书。"即是单拗。如《次韵柳通叟求田问舍》诗："少日心期转悠缪，蛾眉见妒且鄣羞。但令有妇如康子，安用生儿似仲谋？横笛牛羊归晚径，卷帘瓜芋熟西畴。功名可致犹回首，何况功名不可求！"即是双拗。

（三）用事。山谷初从事西昆之学，西昆体最好用事，既而从荆公诸诗友游，又从东坡游，荆公以善用事著称，东坡以好用事著称，而山谷诗其亦好用事也，宜矣。山谷诗用事虽不若西昆之甚，亦不得谓寡。如《次韵任道食荔枝有感》："一钱不直程卫尉，万事称好司马公。白发永无怀橘日，一年怊怅荔支红。"四句而用三事。如《咏猩猩毛笔》："平生几两屐，身后五车书。"十字而用四事。如《戏呈孔毅父》诗："管城子无食肉相，孔方兄有绝交书。"此类浅学之士，实不解所谓。故《载酒园诗话》："山谷诗又好使事。"《诗薮》："用事至苏、黄，堆叠诙谐，粗疏诡谲，而凌夷极矣！"《岁寒堂诗话》："苏、黄用事、押韵之功，至矣尽矣！"皆谓山谷诗好用事也。

（四）好奇。山谷诗，于近体既好为拗律，以求奇，于古体又好用奇事、奇字，亦以求奇。《临汉隐居诗话》："黄庭坚专求古人一二未使之事而成诗。"是谓其好用奇事。《岁寒堂诗话》："鲁直专以补缀奇字为诗。"是谓好用奇字。总之，奇者，山谷诗所极智尽力而追求之境界。故《诗薮》曰："黄律诗徒得杜声调之偏，至古体歌行，晦涩枯槁，刻意为奇而不能奇。"吴澄序王实翁诗曰："黄太史必为奇。"《围炉诗话》曰："山谷专意出奇。"皆谓山谷诗好奇也。

（五）尚硬。韩昌黎诗以"横空盘硬语，妥贴力排奡"为主。永叔援其法，以矫西昆繁缛之弊。东坡继之，另辟途径，以宏阔雄厚为主，而有疏弱之患。山谷继又欲另辟途径，反而参诸昌黎之法，于篇中使无闲句，句中使无闲字，嫌写景之失弱也，而多写情，嫌写情之微失弱也，而更多写意，此皆山谷诗求硬之法也。如《昼寝》诗："马啮枯萁[1]喧午枕，梦成风雨浪翻江。"《劳坑入前城》诗："白狐跳梁去，豪猪森怒嗥。"此等句，力盘硬语，与昌黎绝似，故朱竹垞序《石园集》曰："涪氏厌格诗近体之平熟，务去陈言，力盘硬语。"钱牧斋《注杜诗·略例》曰："鲁直之学杜也，不知杜之真脉络，而拟议其横空排奡、奇句硬语。"皆谓山谷诗之尚硬也。

（六）律、古并重。宋初诗家，如乐天体、晚唐体、西昆派，

---

[1] 萁　底本误作"箕"，据《全宋诗》（P.11390）改。

皆好为律诗；昌黎体、东坡体，皆好为古体；独王荆公于古体、律体并嗜，山谷承之，亦意无轩轾，集中古、律各半。《诗法萃编》曰："山谷诗拗峭生辣，魄力雄厚，古、律并擅其长。"是也。

（七）辞、意并重。山谷以前诗家，趂以立意与修辞并重者，有之，亦惟王荆公。山谷承之，其诗亦于立意、修辞，毫无轩轾。山谷《与王观复书》曰："所送新诗，皆兴寄高远，但当以理为主，理得而辞顺。"《诗文发源》曰："山谷谓秦少游云：'学诗须要每作一篇先立大意。'"是山谷论作诗当主意也。故《诗概》曰："苏、黄诗皆以意胜。"然山谷诗非由天才，实经锻炼，时得一句而苦无佳对，时成一联而终未成篇，固未尝草草敷辞。山谷论诗尝言布置。《诗文发源》曰："山谷云：'作诗如作杂剧，初打布置，临了须打一诨，方是出场。'"布置即修辞之事。又尝言脱胎、换骨法，则山谷为诗非不重法矣。《再与王观复书》曰："所寄诗多佳句，犹恨雕琢工多。文章成就，更无斧凿痕，乃为佳耳。"然则山谷非欲废雕琢之功，乃不欲其过甚。换言之，即非欲弃修辞之事，乃不欲其有斧凿痕，而得立意、修辞之序，不以一废一也。

【批评】

山谷诗长既不少，短亦颇多，而其为长为短，又因嗜者不同，而异其论。或病其寡味。《随园诗话》："山谷诗如果中之百合，蔬中[1]之刀豆，毕竟味少。"《怀麓堂诗话》："熊蹯鸡蹠，筋骨有余而肉味绝少，好奇者不能舍之，而不足以饫天下。山谷诗大氐如此。"或病其枯槁。《诗薮》："黄诗晦涩、枯槁。"或谓其不妙。《潄南诗话》："山谷之诗，有奇而无妙。"或病其乏情。《随园诗话》："苏、黄瘦硬，短于言情。"要之，枯槁、无妙、乏情，皆寡味也。寡味是山谷诗之一病矣。或病其太生。《说诗晬语》："黄鲁直太生。"《诗法萃编》："山谷诗穷力追新，时有太生之病。"朱竹垞序《石园集》："黄鲁直吾见其太生。"或病其生强。《西圃诗说》："黄鲁直不免于生强。"或病其生涩。《唐宋诗醇》："鲁直多生涩而少浑成。"或病其着力。《香石诗话》："黄山谷太着力。"或病其粗怪险僻。《一瓢诗话》："山谷以粗怪险僻为法门。"或病其诘屈。《载酒园诗话》："鲁直多矫揉诘屈，不能自然。"要之，生涩、生强、太生、太着力、粗怪险僻、矫揉诘屈，皆不自然也。不自然是山谷诗之二病矣。此外尚有一病，曰沿袭。原山谷倡导脱胎法、换骨法，未尝不是，要在融化运用之善否：善者直可超越原作，有出蓝之妙，否则直成沿袭、剽窃。若谓山谷剽窃古人，吾固未之敢信。惟考唐贾至诗云："草色青青柳色黄，桃花历乱李花香。东风不为吹愁去，春日偏能惹恨长。"山谷仅改"历"字为"零"、"李"字为"杏"、"东"字为"春"、"为"字为"解"，便以为己作。又李白

---

[1] 蔬中 底本"蔬"前衍一"果"字，据《随园诗话》（P.12）删。

诗：“人烟寒橘柚，秋色老梧桐。”山谷仅点窜"烟"字为"家"、"寒"字为"围"，便以为己作。又王安石诗：“只向贫家促机杼，几家能有一钩丝。”山谷诗：“莫作秋虫促机杼，贫家能有几钩丝。”只改换五字，便以为己作。又白香山诗：“百年夜分半，一岁春无多。”山谷诗：“百年中半夜分去，一岁无多春再来。”仅增附四字，便以为己作。此类不胜枚举，似难免剽窃之讥。《滹南诗话》：“鲁直论诗有脱胎换骨、点铁成金之喻，世以为名言。以予观之，特剽窃之黠者耳。”然则沿袭是山谷诗之三病矣。

其长如何？或以为不蹈古人町畦，自为一家。《豫章诗话》："江西诗则山谷倡之，自为一家，不蹈古人町畦。"或以为又出一种风骨境界。《香石诗话》：“翁覃溪云：'山谷诗于坡公之外，又出此一种绝高之风骨、绝大之境界。造化元神，发泄尽矣。'”或以为有开辟之功。《五总志》：“山谷中年以后，句律超妙入神，于诗人有开辟之功。”要之，皆谓山谷开拓诗境，是其一长也。或谓其奇。《藏海诗话》："山谷诗奇。"《后山诗话》："黄鲁直以奇而好。"或谓其奇峭《庚溪诗话》："山谷之诗，清新奇峭。"或谓其奥峭。《随园诗话》："黄山谷之奥峭。"要之，皆谓山谷诗奇峭，是其二长也。

分体论之，山谷古诗虽学老杜，而实不似；律体得杜之一调，而亦终不为杜。《诗薮》："黄律诗得杜声调之偏者，其语未尝有杜也；古选、歌行，绝与杜不类。"其七古之得者，为健为奇。《越缦堂诗话》:"七古若山谷之健,亦足名家。"纪昀《书山谷集后》:"七古离奇孤矫,骨瘦而韵远,格高而力壮。"失者则为莽为涩。纪昀《书山谷集后》:"七古于苦涩卤莽,则涪翁处处有之。"五古之得者,为生为强。纪昀《书山谷集后》:"涪翁五古力开奥,亦有洞心而骇目者,别择[1]观之,未尝无益。"失者为病多矣。纪昀《书山谷集后》:"涪翁五古,大氐有四病:曰腐,曰率,曰杂,曰涩。"

近体七律之得者,为奥峭,为奇恣。《倪佩说诗》:"少陵七律,无法不备,山谷学之,得其奥峭。"《瀛奎律髓》:纪昀批山谷七律,"意境奇恣,是山谷独辟"。五律之得者极鲜。《岁寒堂诗话》:"五律山谷晚年乃工,然其集中不过《白云亭宴》十韵耳。"而七律之失者,则为生涩。曾国藩《题大云山房诗》论七律:"参以山谷之崛强,而去其生涩。"可见生涩乃山谷七律之病也。五律之失者,与其五古大同。纪昀《书山谷集后》:"涪翁五言古、律皆多不成语,殆长吉所谓'强回笔端作短调'耶?"五、六言绝,亦皆粗莽,未足言诗。至于七绝,山谷专学老杜。老杜七绝本属偏格,与唐诸家不同。山谷学之,更失者多而得者少。纪昀《书山谷集后》:"涪翁七绝佳者,往往断绝孤迥,骨韵天拔,然粗莽支离,十居八九,又好作平调,率无味。"

---

[1] 择 底本误作"则",据《纪晓岚文集》第1册(P.252)改。

若将山谷诸体诗比较论之,昔人多称其古善于律。《隐居通议》:"山谷所长在古体,固不以律名,然时作律,亦自有一种句法。"《后村诗话》:"山谷诗,律不如古。"窃谓此乃盲蔽之见。山谷虽古体亦不恶,终受昌黎体、荆公体、东坡体影响,有些许以文为诗之气味,未若其律诗独辟精到、神意飞扬而以才力倔强。五言又不如其七言,故五律不如其七律,五绝又不如其七绝。盖最足代表山谷诗者,惟其七律也。

初 期

【小传】

(一)陈师道,字无己,又字履常,号后山,彭城人。年十六,谒曾巩,从受业,尽其学。赋性鲠直,才识迥绝。元丰初,曾巩典史事,以白衣荐为属,不果。元祐三年,苏轼、孙觉等荐为徐州教授,除太学博士,后以苏党嫌罢。元符间,除秘省正字,以贫罹寒疾而卒,年四十九(皇祐五年一○五三—建中靖国元年一一○一)。有《后山集》行世。文词皆极高妙,而诗为最擅。

初后山从南丰学,南丰本古文家,不以诗名,故后山早岁诗,不外古文诗派之风。中年入东坡门,世称为"苏门六君子"之一,东坡极器重之,然后山答东坡书云:"平生一瓣香,敬为曾南丰。"则专师曾巩，于东坡虽所敬爱，而有自外意。及后一见黄山谷诗，竟倾心焉，遂终身文师南丰、诗师山谷。后山《赠鲁直》诗曰："陈诗传笔意，愿列弟子行。"《答秦觏书》曰："仆于诗初无诗法，然少好之，老而不厌，数以千计，及一见黄豫章，尽焚其稿而学焉。"山谷亦极器重之。山谷《答王子飞书》曰："陈履常天下士也，其作诗渊源，得老杜句法，今之诗人不能当也。"由是"黄陈"齐名。惟陈虽学于黄，仅求得学老杜之法，而诗未尽与黄似，亦未尝尽求相似也。盖山谷好奇，得杜偏格，后山虽亦好奇，而转求老杜正法。尝自述其诗与山谷之别，《赠鲁直》曰："君如双井茶，众口愿其尝。顾我如麦饭，犹足填饥肠。"《答秦觏书》曰："仆尝谓豫章之诗如其人，近不可亲，远不可疏，非其好者莫闻其声，而仆负戴道上，人得易之，故谈者谓仆诗过于豫章。"皆谓奇正之不同也。

其作诗则全凭学力专精，锻炼辛苦，一与山谷无异，且或过之。有绝句曰："此生精力尽于诗，末岁心存力已疲。"自述其专精于诗也。《答秦少章》诗曰："学诗如学仙，时至骨自换。"此自述其工苦，谓作诗当由学力也。《石林诗话》："陈无己每登临得句，即急归，卧一榻，以被蒙之，谓之'吟榻'。家人知之，即猫犬皆逐之，婴儿、稚子亦皆抱持寄邻家。"《却扫编》："陈无己一诗成，揭之壁间，坐卧哦咏，有窜易至月十日乃定；有终不如意者，则弃去之；故平生所为至多，而见于集中者，才数百篇。"山谷绝句："闭门觅句陈无己，对客挥毫秦少游。"

皆可见后山诗之锻炼辛苦矣。故论者或取其锻炼。《隐居通议》："后山诗或病其艰涩，然擎敛锻炼之工，自不可及。"或取其雅健。《朱子语类》："后山诗雅健胜山谷，然气力不及，山谷较大，此其所以推服弗置！"或将后山诸体诗比较论之。纪昀序《陈后山诗钞》曰："五古劂刻坚苦，出入郊、岛之间，意所孤诣，殆不可攀；其生硬杈枒，则不免江西恶习。七古多效昌黎，而间杂以涪翁之格，语健而不免粗，气劲而不免直，以拗折为长，而不免少开合变动之妙，篇什较少，亦知非所长也。五律苍坚瘦劲，实逼少陵，其间意僻语涩者，亦往往自露本质，然胎息古人，得其神髓，而不掩其性情，此后山之所以善学杜也。七律崟崎磊落，矫矫独行，惟语太率而意太竭者，是其短。五、七言绝则纯为少陵《遣兴》之体，合格者十不一二矣。大氐绝不如古，古不如律，律又七言不如五言，要不失为北宋巨手。"窃意后山古诗，参杂昌黎体、山谷体之气味，而律诗则学老杜之正法，五言最为得之。如《除夜》诗："岁晚身何托，灯前客未空。半生忧患里，一梦有无中。发短愁催白，颜衰酒借红。我歌君起舞，潦倒略相同。"此类浑雄雅健，极似老杜，故《诗薮》曰"陈王言律得杜骨"也。

（二）潘大临，字邠老，黄冈人。能诗，终身不仕，崇宁五年（一一〇六）卒。有《柯山集》，已佚。早负盛名，及与东坡、山谷、师川、驹父游，诗法愈妙，句律愈进。山谷《书倦壳轩诗后》曰："潘邠老密得诗律于东坡，盖天下奇才也！"吕紫薇尝服其诗之精苦。《后村诗话》则曰："潘邠老诗自云学老杜，然有空意，无实力。余病其深芜，后见夏均父读邠老诗，亦有深芜之评。"窃意邠老岂学老杜而入昌黎之途者耶？抑年未五十而没，未能尽其才耶？记载其得句曰"满城风雨近重阳"，以吏来催租而沮，竟不能续成，人多称道之。然观其《江上》诗："西山通虎穴，赤壁隐龙宫。形胜三分国，波流万世功。沙明拳宿鹭，天阔退飞鸿。最羡渔竿客，归船雨打篷。"诚学老杜体者，刘、夏之评，亦云是矣！

（三）谢逸，字无逸，号溪堂居士，临川人。能文善词，尤精诗。秉性峻洁，名重缙绅，不喜书生，好从僧侣，以布衣老死于政和二年（一一一二），才四十余岁。有《溪堂集》行世。与汪信民、吕本中辈相善，本中之祖荥阳公，即无逸师也。黄鲁直极称赏之，读其诗，谓："使在馆阁，不减晁、张。"吕本中尝服其富赡，而《跋竹友集》复曰："谢康乐诗规摹宏远，为一时之冠。窃以为无逸诗似康乐。"《后村诗话》以为不然，曰："康乐一字百炼乃出冶。无逸轻快有余，而欠工致。"今观其诗，如《寄隐士》："先生骨相不封侯，卜居但得林塘幽。家藏玉唾几千卷，手校[1]韦编三千秋。相知四海孰青眼，高卧一庵今白头。襄阳[2]耆旧节独苦，只有庞公不入州。"此乃山谷拗体而颇健者，无怪山谷称赏之。如《社日》："雨柳垂垂叶，风溪细细

---

[1] 校 底本作"挍"，据《全宋诗》（P.14848）改。
[2] 阳 底本误作"王"，据《全宋诗》（P.14848）改。

纹。清欢惟煮茗，美味只羹芹。饮不遭田父，归无遗细君。东皋农事作，举趾待耕耘。"此乃学老杜而工夫稍浅者，无怪后村谓其轻快有余。如《晚春》："门前杨柳暗沙汀，雨湿东风未放晴。点点落花春事晚，青青芳草暮愁生。"此类音节和叶，风情富裕，则又无怪吕本中谓其似康乐也。而《四库提要》曰："逸诗稍近寒瘦，然风格隽拔，时露清新；上方黄、陈则不足，下比江湖诗派则渢渢乎雅音矣！"所论最周到而确实也。

（四）洪刍，字驹父，豫章人。山谷之甥，工诗。绍圣元年进士，靖辰中官谏议大夫。汴京失守，坐为金人括财，流沙门岛卒。所著《老圃集》《驹父诗话》已佚，清四库有辑本《老圃集》二卷。为人才力超迈，恃气好酒，山谷尝称其诗曰："不意江南泽中，产此千里驹也！"观其作，如《题云居寺》："双涧远输功德水，四山深闭法王家。曲肱聊寄吉祥卧，缓带来尝安乐茶。亦有同行木上坐，初无引路鹿衔花。孤峰顶上却归去，回首冥冥云雾遮。"此类乃效山谷拗体而格力亦复相似者，无怪《观林诗话》曰："豫章诸洪作诗，有外家法律。"

（五）饶节，字德操，临川人。初与谢逸相契，继至黄州，从潘邠老游。元符间，至京师，客知枢密院曾布家，上书请布引用苏子瞻、黄鲁直诸公，不能合，遂辞去。后从香严智悦师祝发，法名如璧，道号倚松老人。有集行世。其诗为派中三僧之冠，或谓足与吕居仁对垒。居襄、汉间，声望甚重。初，德操有大志，既不达，始放浪以诗酒自遣，夏倪、汪革辈皆与交好，德操每依夏如家焉。《紫薇诗话》曰："节诗萧散，为僧后更高妙，殆不可及！"《后村诗话》曰："节诗轻快似谢无逸，亦欠工。"今观其《答居仁》诗："向来相许济时功，大似频伽饷远空。我已定交木上座，君犹求旧管城公。文章不疗百年老，世事能排双颊红。好贷夜窗三十刻，胡床趺坐究幡风。"此类句法，纯效山谷，然学力欠到，淬炼未深。又如《德云庵》诗："岩下虚通上入云，众山围绕一山尊。德庵只在此山顶，童子何妨问法门？已种秋松三百本，待移苍竹一千根。不须更学药山老，月下啸声惊远村。"此类虽末二句效拗体，而全诗辞气，诚萧散且近轻快矣。

（六）祖可，字正平，丹阳人。苏伯固之子，苏养直之兄也。住庐山，素有癞疾，人号之曰癞可。与善权同学诗，而骨气高迈，为徐俯、李彭所推重。有《东溪集》《瀑泉集》，今佚。善权尝叹其诗精绝，《西清诗话》尝许其诗雄爽，而《扪虱新语》又许其清，许其警妙，许其刻苦，许其于韦苏州性而有之。《后村诗话》则曰："祖可嗜读书，诗料多，无蔬笋气，僧中一角麟也。"然观其诗，如《秋屏阁》："袖手章江净渺然，倚风残叶舞翩翩。霜鸥睡渚白胜雪，雾雨含沙轻若烟。杨柳一番南陌上，梅花三弄远云边。匣鸣双剑忽生兴，我欲因从东去船。"实效山谷律法。

（七）徐俯，字师川，号东湖居士，分宁人。山谷之甥。官至权参知政事。绍兴十年（一一四〇）卒。有《东湖集》，已佚。

山谷尝叹其诗辞气雄壮，目为颓波砥柱。少时性格即每事不肯下人，故虽得诗法于山谷，仍别标异论。闻吕本中引之入派，乃奋然不平曰："吾乃居行间乎？"《艇斋诗话》云："东湖尝与余言，近世人学诗，止于苏、黄，又其上则有及老杜，至六朝诗，皆无人窥见。若学诗而不知有《选》诗，是'大车无輗，小车无軏'！"《清波小志》云："徐师川视山谷为外家，晚年欲自立名世。客有赘见，甚称渊源所自。公读之，不乐，答以小启曰：'涪翁之妙天下，君其问诸水滨？斯道之大域中，我独知之濠上。'"不足于山谷之意，溢诸辞表。盖师川见山谷诗之难以攀越，故另寻别径，昌言《选》诗。实则师川所作，如《梅花》："羌笛何劳塞北吹，江南何处不寒梅？千林寂寂无人看，独树亭亭对客开。偏为咨嗟惟尔念，是谁移种待君来？纵留一曲安能唱，恰似朝歌墨子回。"此类疏拙卑陋，去山谷甚远，即视同时派中诸人，犹有歉色，何得便言《选》诗？且师川所谓《选》诗，亦不出渊明一派。《江西诗话》："师川最喜韦应物诗，常云：苏州诗，人多言其古澹，乃是不知言。自李、杜以后人，诗法尽废，惟韦应物有六朝风致，最为流丽。"韦固学陶者，而师川最喜韦，可知其所谓《选》诗，主在陶也。惟山谷晚年亦喜陶作，师川究未能脱越山谷范围。故《后村诗话》曰："师川藐视一世，然集中不能皆善。"《瀛奎律髓》则大诋之，曰："《东湖居士集》三卷，上卷古体，中卷五言近体，下卷七言近体。以予考之，殆以山谷之甥，尝[1]亲见之，故当世不敢有异论。在江西派中，无甚奇也！惟压卷数首可观，亦人所可到，律诗绝无可选。"而师川诗复好用叠字，如"寂寂""亭亭""重重""片片"之类，数见不鲜。《瀛奎律髓》又曰："师川诗多爱句中叠字，十首八九如此，可憎可厌！"此等字用之太多，固不仅可厌，且失之柔弱矣。

（八）洪朋，字龟父，洪刍之兄。两举进士不第。年三十八而卒。所著《清非集》，清《四库》有辑本二卷。诗句雄壮，山谷尝曰："龟父笔力可扛鼎，他日不患无文章垂世。"今观其诗，如《写韵亭》："紫极宫下春江横，紫极宫中百尺亭。水入方洲界玉局，云映连山罗翠屏。小楷四声余翰墨，主人一粒尽仙灵。文箫彩鸾不复返，至今神界花冥冥。"此诚得其舅氏法者也。或谓其警句时出，惜不多见；然须知诗之善否，并不在此，老杜警句何尝多见？要在气格浑全耳。龟父虽袭山谷之法，而辞句、气格极为浑全，惜早卒，未克尽才，顾于三洪中当屈一指。

（九）林敏修，字子来，蕲春人。隐居不仕。以诗与其兄敏功及夏倪、饶节相切磋。有《无思集》，已佚。其诗颇清爽，如

---

[1] 尝　底本作"常"，"常"与"尝"通，然本书当副词"曾经"讲时多用"尝"，与"常"有区别分工，此处据《瀛奎律髓汇评》徐师川《戊午山间对雪》方回评语（P.889）改。下文当副词"曾经"讲的"常"统一改为"尝"，不再出校记。

《题文湖州作山水横轴》:"明窗十日复五日,出此湖光与山色。前身画师语不妄,文侯乃是金门客。乍从云际辨远岫,争数乔林夸眼力。波漂菰米岁事空,水滨杭下南飞鸿。欲投晓渡唤舟子,急桨已入昏烟中。径思天边问归路,错认江乡旧洲渚。能传[1]万里在尺素,豪夺应防卷寒雨。"

(一○)洪炎,字玉父,三洪之最幼者。绍圣元年进士,为谷城令,坐元祐党贬窜。高宗朝,官至秘书少监。有《西渡集》行世。如《雷雨》:"惊雷势欲拔三山,急雨声如倒百川。但作奇寒侵客梦,若为一震静胡烟。田园荆棘漫流水,河洛腥膻今几年?拟叩九关笺帝所,人非大手笔非椽!"可谓新峭。《四库提要》云:"炎诗酷似其舅。"诚不诬矣!

(十一)汪革,字信民,歙人,徙居临川。绍圣四年进士,官分教长沙,又为宿州教授。蔡氏当国,以周王官教召,不就,复为楚州教授。卒年四十(熙宁四年一○七一——大观四年一一一○)。有《青溪集》,已佚。为文无不精到,诗尤警拔。与夏倪、晁以道、饶节、谢无逸相善,革少饶、谢数岁,而敬事之如父兄。尝问学于张耒。《师友杂志》曰:"汪信民初在潭州,张舜民作帅,厚遇信民,且勉之学。后信民教授宿州,又师荥阳公。信民尝言:'吾平生有意于善,张、吕二公之力也。'"则信民乃多师以为师者也。如《寄谢逸》:"问讯江南

---

[1] 传 底本方框,据《全宋诗》(P.12230)补。

谢康乐，溪堂春木想扶疏。高谈何日看挥麈，安步从来可当车。但得丹霞访庞老，何须狗监荐相如？新年更厉於陵节，妻子同锄五亩蔬。"雅劲之气，亦颇足取。

（十二）李錞，字希声，里籍不详。曾官秘书丞，与韩驹相唱和。有集与诗话，皆佚。论诗主高古。《修辞鉴衡》引其言曰："古人作诗，正以风调高古为主，虽意远语疏者，亦佳作。后人有切近的当气格凡下者，终使人可憎。"如《题宗室公震四时景》："九江应共五湖连，尺素能开万里天。山杏野桃零落处，分明寒食晓风前。"

（十三）韩驹，字子苍，蜀陵阳仙井人。政和中，诏试赐进士及第，除秘省正字，坐苏党谪知分宁，召为著述郎，迁中书舍人兼修国史、权直学士院，提举江州太平观，卒于抚州，时绍兴五年（一一三五）也。有《陵阳集》行世。尝从苏辙学，辙及轼均称其诗似储光羲。又与徐俯友善，遂受知于山谷，山谷每许其诗超逸绝尘。吕本中引之入派，驹殊不乐，曰："我自学古人。"然其诗如《冬日书事》："北风吹日昼多阴，日暮拥阶黄叶深。倦鹊绕枝翻冻影，飞鸿摩月堕孤音。推愁不去如相觅，与老无期稍见侵。顾藉微官少年事，病来那复一分心？"此类洗尽铅黄，独归瘦劲，实具江西之长，殊不似苏氏风。《四库提要》曰："驹诗磨淬剸截，亦颇涉豫章之格。其不愿寄黄氏门下，亦犹师道之瓣香南丰，不忘所自耳，非必其宗旨迥别也。"此论最是。且观《修辞鉴衡》引子苍言曰："作诗不可太熟，亦须令生。"此固山谷之一境界也。陆游《跋陵阳诗草》曰:"先生诗擅天下,然反复涂乙,又历疏所从来,其严如此,可以为后辈法矣。予闻先生之诗成,既以予人,久或累月,远或千里,复追取更定,无毫发恨乃止。"此种苦攻精神亦山谷、后山辈所启,非苏氏之习,而谓子苍诗非出自江西,可乎? 晚年侨居临汝,从者甚众,酬唱之盛,不减元祐。初期二十五人中,惟韩氏一脉大传于后。

(十四)李彭,字商老,建昌人。山谷外舅李公择尚书家子弟也,东坡、山谷、文潜诸公皆与往还。家贫而好学,隐居修水上,诗名颇振。有《日涉园集》行世。其诗绰有法度,颇具炉锤。《紫薇诗话》赞之曰:"商老诗文富赡宏博,非后生容易可到。"《后村诗话》贬之曰:"商老颇博文强记,然诗体拘狭少变化。"然观其诗,如《春日怀秦髯》:"山雨萧萧作快晴,郊原物物近清明。花如解语迎人笑,草不知名随意生。晚节渐于春事懒,病躯却怕酒壶倾。睡余苦忆旧交友,应在日边听晓莺。"句法自少陵来,律法自山谷来,故《四库提要》谓其"足与谢逸、洪朋相抗"也。

(十五)晁冲之,字叔用,一字用道,自号具茨先生,巨野人。家世贵显,饱藏书籍。举进士,官承务郎。有《具茨集》行世。少时豪华逸放,逐娱声酒。绍圣间党祸起,被谪,乃栖遁于具茨之下。及易箦,取平生著作悉焚之,曰:"是不足以成吾名。"故所存诗不多。尝师事陈无己,又与吕本中最相识,本中每称道其诗。《师友杂志》曰:"晁冲之诗文悉有法度。"《后村诗话》曰:"余读叔用诗,见其意度洪阔,气力宽余,一洗诗人穷饿酸辛之态,激昂慷慨,南渡后惟放翁可以继之。"《宋诗钞》曰:"叔用诗渊渟雅亮,笔有余闲。"《瀛奎律髓》曰:"叔用诗学陈后山,有老杜遗风。"今观其诗,如《次二十一兄韵》:"忆在长安最少年,酒酣到处一欣然。猎回汉苑秋高夜,饮罢秦台雪作天。不拟伊优陪殿下,相随于蒍过楼前。如今白发山城里,宴坐观空习断缘。"则论者皆非妄也。

(十六)江端本,字子之,陈留人。江端友之弟,江邻几之孙。所著《陈留集》一卷,已佚。与晁冲之善,尝相酬和,惜其诗无只句传者。

(十七)杨符,字信祖,出处未详。所著《信祖集》一卷,已佚。有"吏道官官恶,田家事事贤"一联,《后村诗话》称曰:"唐人得意语也。"

(十八)谢薖,字幼槃,自号竹友。谢逸之弟。天资俊逸,试不第,遂与兄同隐。能词善文,尤工诗,人称"二谢"。与潘大观、汪信民、吕本中友善,常相唱和。政和六年(一一一六)终。有《竹友集》十卷行世。吕本中跋之曰:"元晖诗清新独出,又自有过人者。窃以为幼槃诗似元晖。"褒之也。《后村诗话》曰:"幼槃差苦思,其合元晖者亦少。"抑之也。《居易录》曰:"薖在江西派中,亦清逸可喜,然涪翁沉雄、刚健之气,去之尚远。"褒且抑之也。其诗如《喜雨》:"十日江村烟雨濛,晓来初央日升东。授莎蕉叶展新绿,从失榴花开晚红。得句又从山色里,发迹浑在鸟声中。披衣出户眄四野,好在良苗怀远风。"盖律法得自山谷,而造句遣辞,其风格实近小谢。

(十九)夏倪,字均父,蕲州人。夏英公竦之孙。宣和中,官祁阳监酒。建炎二年(一一二八)卒。倪妻颇贤,尝资遣倪,使多从士大夫游,故得与山谷、谢逸、汪革相游从酬答。所著《远游堂集》[1]二卷,已佚。《紫薇诗话》评其诗曰:"倪文辞富赡,侪辈少及,尝以'天寒霜雪繁,游子有所之'为韵,作十诗留别饶节,不愧前人作也。"《后村诗话》亦曰:"均父集中,如拟陶、韦五言,亹亹逼真。律诗用事琢句,超出绳墨,言近旨远,可以讽味。"如《题郎官湖》:"太白当年夜郎谪,一尊聊与故人留。南湖乞得郎官号,从此名传五百秋。"知其诗法原自山谷。或谓吕本中引之入派,而均父耻居下列者,《能改斋漫录》尝考辨,其非实矣。

(二十)林敏功,字子仁,敏修之兄。年十六,试不第,遂与其弟隐居,杜门不出者二十年,累征不起。以诗与夏倪、饶节相切磋,山谷尝称道之。政和中,赐号高隐处士。有《高隐集》《蒙山集》,及与子来合刻之《松坡集》,皆不传。如《春日有怀》:"风高收雨急,日薄过窗微。梅蕊初迎腊,春溪欲染衣。形容今日是,游衍昔人非。节物关愁绪,归鸿正北飞。"虽气

---

[1]集 底本脱,据《直斋书录解题》(P.599)补。

力稍差，亦老杜浑健之格。

（二十一）潘大观，字仲达，潘大临之次弟。山谷尝诵其五言句，云："觉翰墨之气如虹，犹足贯日。"惜其诗无存者。

（二十二）何颙，事迹不详，诗亦不存。《后村诗话》作何颛，字人表，不知二者谁是？臆者，何颙、何颛，岂山谷所称之"二何"耶？山谷《书倦壳轩诗后》："予因邻老故，识二何，二何尝从吾友陈无己学问，此其渊源深远矣！"则何颙、何颛必有一人入派，以后人传写笔画之讹，致不可辨欤？

（二十三）王直方，字立之，开封人。喜与苏、黄、后山、叔用游，诸人皆称许之。仕至冀州籴官，投劾归，自号归叟。卒年四十（熙宁元年一〇六八—大观三年一一〇九）。所著《归叟集》《直方诗话》，皆佚。平生力学汲古，富藏书史。崇宁间偶罹重疾，忧其子不克继业，尽分所有以赠人。因得识吕本中，本中引之入派。如《淮安[1]园》："贤王经别墅，深窈近严城。花竹四时好，宾朋一时倾。阁奁争弈[2]罢，击钵记诗成。明日朝天去，门扃鸟雀惊。"盖亦学杜而才力不逮者。《瀛奎律髓》："直方亲炙苏、黄诸公，诗传不多。细读其诗，虽不熟，亦有格。"

（二十四）善权，本姓高，字巽中，靖安人。精诗。貌素清癯，人号之曰"瘦权"。与祖可齐名，称"瘦权癞可"。权落拓

---

[1] 安 底本作"南"，据《全宋诗》（P.14940）改。
[2] 弈 底本作"奕"，据《全宋诗》（P.14940）改。

嗜酒，有《真隐集》，已佚。《西清诗话》："近世诗僧善权，得之清淡。"是美其诗清淡也。《扪虱新语》："病可瘦权，嫌其太清，清非疵也。二师之于韦苏州，生而有之，非关学也。"是许其诗似韦也。如《寄致虚兄》："避寇经重险，怀事屡陟冈。空余接淅饭，无复宿春粮。衣袂饶霜露，柴荆足虎狼。春来何所恨，棣萼正含芳。"则近于学杜者。《瀛奎律髓》评此诗，曰："《真隐集》律诗才三二首，如此诗，亦出老杜，而无一唱三叹之风，谓晚唐雕虫小技，不及此之大片粗抹，吾恐过矣。"盖方氏嫌其学杜而失于粗也。

（二十五）高荷，字子勉，江陵人。元祐中太学生，官兰州通判，晚年为童贯客，致贻人讥，自号还还先生。后知涿州，卒。有《还还集》二卷，已佚。为诗学老杜，五言颇得句法。尝[1]以五律三十韵投山谷，山谷赏之，遂知名于时。山谷《跋子勉诗》曰："高子勉作诗以杜子美为标准，用一事如军中之令，置一字如关门之键，而充之以博学，行之以温恭，天下士也。"又《跋欧阳元老诗》曰："高子勉作唐律五言数十韵，用事妥贴，置字有力。"皆称其善用事、善炼字也。而山谷《寄李端叔书》又曰："比得荆南一诗人高子勉，极有笔力，使之凌厉中州，恐不减晁、张，恨公未识之耳！"其推高荷若此之甚！《后村诗话》亦尝称其矫健，曰："高子勉亲经山谷指授，押险韵略

---

[1] 尝 底本误作"常"，据文意酌改。

无窘态，集中健语层出。"今观子勉投山谷五律三十韵，中"蜀天何处尽，巴月几时弯"、"点检金闺彦，飘零玉笋斑"、"尚全宗庙器，犹隔鬼门关"数联，则黄、刘二公评，诚有当。然如《答山谷先生》："四篇诗得褭蹄金，妙旨初临法语寻。要我尽出儿子气，知公全用老婆心。平章许事真难可，付嘱斯文岂易任？感激面东垂涕泗，高山从此少知音。"则浅卑粗鄙矣。虽然，固江西诗派之恶习也。

江西派初期，不止二十五人。如秦少章，频问学于山谷，东坡谓"其诗句法本黄子"。如张彦实，《紫薇诗话》曰："夏均父称张彦实诗出江西诸人。"如范温，《紫薇诗话》曰："表叔范元实既从山谷学诗，要字字有来历。"三子皆未得入派，而派中何颉、李錞、林敏修、潘大观辈，事迹多不可考。吕本中《师友杂志》《紫薇诗话》内，皆未得一见其姓名，反得入派，岂非本中作图，自有裁夺，而以此二十五人诗品为最高耶？

诸人，除其事迹不详者外，其余于山谷或直接经其指点，或间接受其影响，或为其亲，或为其友，或为其亲友之亲友。如徐俯、洪朋、洪炎、洪刍，皆山谷之亲；高荷、谢逸、夏倪、李彭等，皆山谷之友，乃直接经山谷指点者也。如瘦权、癞可、李錞、谢薖、林敏修、汪信民等，皆山谷亲友之亲友，乃间接受山谷影响者也。

诸人当以陈后山诗品为最高，谢无逸、晁用道、洪龟父、潘大临、饶节、李彭、谢薖等次之。韩子苍传授为最盛，而徐东湖次之,盖韩、徐二公卒年最晚故也。

诸人颇有好佛学者,且首言其始祖黄山谷,即曾学参禅者也。《师友杂志》:"范元实尝谓黄鲁直学禅于祖母仙源君,曰鲁直参禅,别高于人。"《逸老堂诗话》:"山谷晚岁信佛甚笃。"次言二十五人中学佛有据者,谢逸其一也。《江西诗社宗派图录》:"谢逸生平不喜对书生,山巅水湄,多从衲子游。"汪革其二也。《后村诗话》:"吕荥阳居符离,信民为教官,从荥阳学,其诗云:'富贵荣中华,文章木上瘿。要知真实地,惟有《华严》境。'盖吕氏家世本喜谈禅。而紫薇与信民皆尚禅学。"李彭其三也。《宗派图录》:"李彭尤究心释典。"如璧、祖可、善权,三释子也,则共有六人通佛学矣。恐不止于此而已。载籍亡佚,无可稽案。其时学风,研佛为盛,六人之外,定不为少。此事虽似与江西诗派无关,而江西诗之"清"与"奇"二个境界,终与佛学结有些许关系,且又诸人诗中,有佛家思想存焉。

二 期

自山谷崛起于北宋,一传而最著者有二十五人,由二十五人再传而披靡南宋,于是诗人尽由江西之法而不自知其诗出自江西,因之世人亦不知其诗出自江西,此江西诗派之二期也。然有三公,即吕本中、曾吉父、陈简斋,可当其魁。刘克庄序

《茶山诚斋诗选》:"比之禅学,山谷初祖也,吕、曾南北二宗也。"《鹤林玉露》:"自陈、黄之后,诗人无逾陈简斋。"徐善明序《西洲诗集》:"陈简斋、曾茶山振微引坠,式克至于今日,数十年来,何地何人不诗。"《瀛奎律髓》:"嗣黄、陈而恢张悲壮者,陈简斋也;流动圆活者,吕居仁也;清劲雅洁者[1],曾茶山也。"

【小传】

(一)吕本中,字居仁,寿春人,迁洛阳,复徙婺州。乃元祐宰相吕公著之曾孙,右丞好问之长子,吕大器之父而吕祖谦之祖也。宣和中为枢密院编修,靖康中权尚书郎,绍兴中特赐进士,官至中书舍人,故人称吕紫薇,又称大东莱先生。渊源家学,有中原文献之目。平生嗜酒耽禅,究精理学,交游颇广,《江西诗派图》即本中所作。本中生年较初期诸人迟,而潘大临、晁冲之、王直方、饶节、徐俯、洪炎、汪革、韩驹、杨符、夏倪、谢逸、谢薖,皆为本中师友。本中未得亲见山谷,而《豫章诗话》曰"吕本中少学山谷为诗"者,盖与诸公交游故也。所著《东莱诗集》《紫薇诗话》《紫薇杂说》《师友杂志》《春秋集解》诸书,皆存,惟《童蒙训》残缺不全。卒年五十四(元丰七

---

[1] 者 底本脱,据《瀛奎律髓汇评》(P.42)补。

年一〇八四 — 绍兴八年一一三八）。论诗主活法、尚自然，序《夏均父诗集》曰："学诗当识活法，规矩备具，而能出于规矩之外，变化不测，而亦不变于规矩也。是道也，盖有定法而无定法，无定法而有定法，知是者则可以语活法也。谢元晖有言：'好诗流转圆美如弹丸。'此真活法也。"盖本中欲以此法挽救初期粗硬杈桠之病也。如《雨后至城外》："日日思归未就归，只今行露已沾衣。江村过雨蓬麻乱，野水连天鹳鹤飞。尘冬却嫌经意少，故人新更得书稀。鹿门纵隐犹多事，苦向人前说是非。"此类诚近流转，是以《瀛奎律髓》曰："居仁在江西派中，最为流动而不滞者，故其诗多活。"然本中亦未尝失去江西派学杜之原面目，陆游序《吕居仁诗集》曰："汪洋宏肆，兼备众体，间出新意，愈奇而愈浑厚，震耀耳目而不失高古，一时学士宗焉。"汪洋宏肆、新奇浑厚、震耀高古，皆老杜之佳境也。本中诗，如《夜坐》："所至留连不计程，两年坚卧厌南征。荒城日短溪山静，野寺人稀鹳鹤鸣。茶裹向人闲自好，文书到眼病犹明。较量定力差精进，夜夜蒲团坐五更。"此类杂之老杜集中，殆不可辨矣。

（二）曾几，字吉父，赣县人，徙居河南。赐上舍出身，高宗朝官江西、浙江提刑，忤秦桧去职，侨居上饶茶山寺，自号茶山居士，复召为秘书少监、权礼部侍郎、提举玉隆观。卒谥文清，享年八十三（元丰七年一〇八四 — 乾道二年一一六六）。所著诗文皆佚，《四库》有辑本《茶山集》八卷。考其诗学渊源,《西塘耆旧续闻》:"曾文清公三孔出也,少从诸舅游。"三孔诗固似学老杜者,《诗人玉屑》:"茶山之学,亦出于韩子苍。"陆游撰《曾公墓志》:"公以治经学道之余,发为文章,雅正纯粹,而诗尤工,以杜甫、黄庭坚为宗,初与徐俯、韩驹、吕本中游。"徐、韩皆初期作家,吕本中子大器乃公之婿,公与本中原相识而为唱和友者也。而公又有诗呈韩子苍:"一时翰墨颇横流,谁以斯文坐镇浮?后学不虚称吏部,此生曾是识荆州。相逢未改旧青眼,自笑无成今白头。闻道少林新得髓,离言语处许参不?"其推崇子苍,可谓备至。参观《玉屑》《墓志》诸说,则公诗由韩驹而得老杜、江西之法,无疑矣。论诗与吕本中相类,《寄本中》诗:"学诗如参禅,慎勿参死句。纵横无不可,乃在欢喜处。又如学仙子,辛苦终不遇。忽然毛骨换,政用口诀故。"亦主活法与顿悟也。《江西诗话》曰:"曾几为诗,古雅赡丽。"《瀛奎律髓》曰:"清劲雅洁者,曾茶山也。"二家之论,虽不无溢美,亦正得其佳处。纪昀曰:"茶山诗则一味生硬。"贺裳曰:"茶山天性粗劣,又崇豫章粗率,备得诸公之恶境。"二公之论,虽不无过訾,亦正得其劣处也。如《壬戌岁除》诗:"禅榻萧然丈室空,薰销火冷闭门中。光阴大似烛见跋,学问只如船逆风。一岁临分惊老大,五更相守笑儿童。休言四十明朝过,看取霜髯六十翁。"

(三)陈与义,字去非,号简斋,洛阳人。登政和三年上舍甲科,官太学博士,谪监陈留酒税,南渡后辗转荆、湘,南逾岭峤，寻召为兵部员外郎，累至参知政事。有《简斋集》行世。卒年四十九（元祐五年一〇九〇—绍兴八年一一三八）。公诗迥出流俗，晚年愈工，旗亭传舍，摘句题写殆遍，时称"新体"，其享盛名如此。故方回立"一祖三宗"说，以老杜为一祖，而山谷、后山与简斋为三宗焉。初学诗于崔德符。《泊宅编》："陈去非少学诗于崔鶠德符，尝请问作诗之要，崔曰：'凡作诗，工拙所未论，大要忌俗而已。天下书不可不读，然慎不可有意于用事。'"崔乃北宋遗贤，简斋既秉承其教，因之简斋诗不特无鄙俗之病，又无掉书袋之病。简斋自言曰："诗至老杜极矣，苏、黄复振之。东坡才大，解纵绳墨之外，而用之不穷。山谷措意深，游泳玩味之余，而索之益远。要必识苏、黄之所不为，然后可以涉老杜之匡滨。"可知简斋之意，欲上祖老杜，下宗苏、黄。然《泊宅编》又曰："去非尝语人：'本朝诗人之诗，有慎不可读者，梅圣俞也；有不可不读者，陈无己也。'"无己固亦祖杜宗黄者，而简斋推尊之如此，可知其诗之所得力矣。吴澄序《震翁诗》曰："简斋古体自东坡氏，近体自后山氏，而神化之妙，简斋自简斋也。"《沧浪诗话》亦曰："陈简斋诗亦江西诗派而小异。"皆其证也。简斋律诗尤精，古诗尚未尽善。《诗法萃编》："简斋学杜，师意不师辞。古体清迥绝俗，而不及山谷之雄厚。律体则锐出锐入，游刃有余，而专尚洗炼。"《诗薮》："南宋近体无出陈去非右者。"大氐简斋诗精苦高洁，清远纡徐，扫繁缛、去典涩，出入杜、陈、陶、韦之间，而卓然独为一宗。

其古诗如《江南春》："雨后江上绿，客悲随眼新。桃花十里影，摇荡一江春。朝风逆船波浪恶，暮风送船无处泊。江南虽好不如归，老荠绕墙人得肥。"其律诗如《怀天经智老因访之》："今年二月冻初融，睡起苕溪绿向东。客子光阴诗卷里，杏花消息雨声中。西庵禅伯还多病，北栅儒先只固穷。忽忆轻舟寻二子，纶巾鹤氅试春风。"或谓简斋诗高于后山，仅次于山谷，如此之类，岂庶几乎？

三公相较，当以简斋诗格为最高，茶山传授为最盛，紫薇交游为最广。简斋之诗以工取胜，茶山之诗以气取胜，紫薇之诗以意取胜。而三公之貌似老杜者，则紫薇为最，茶山次之，简斋又次之。三公之神似老杜者，则简斋为最，茶山次之，紫薇又次之也。三公诗较初期，渐欲趋向活动圆转之途，虽亦有奇峭拗硬之作，而不专以奇峭拗硬见长，故紫薇之倡活法，茶山之言不参死句，简斋所闻之多读勿使，皆所以矫正初期之失，然意能及而力不足，虽可称霸一时，尚未可平揖大家也。三公时代较迟，未得亲见山谷，而尝与初期诸家游往，曾、陈二公又皆与吕居仁相唱和，岂以此而三公诗体之趋向致相类耶？

三　期

此期诗人承二期诸家遗绪，扩大而融化之，变通而神明之，自成其体格,成绩超异,几掩山谷者,常人称曰"南宋四大家",而几不知其亦原出自江西也。四大家者谁?方回《跋尤袤诗》:"自中兴以来,言诗者必称尤、杨、范、陆。"尤、杨、范、陆即四大家也。然杨诚斋尝言:"范、陆、尤、萧,皆其所畏。"尤梁溪尝言:'范、杨、萧、陆,亶有可观。"杨、尤皆评人诗,故不论己,而以萧氏入之。方回又有诗曰:"尤萧范陆杨,复振乾淳声。"则萧氏固亦当时名家,足与尤、杨、范、陆相颉颃者。今于四家外,增一萧东夫,以为此期作家代表,虽曰"南宋五大家"可也。

【小传】

(一)杨万里,字廷秀,吉州吉水人。绍兴二十四年进士,张浚尝勉以"正心诚意",遂自名其室曰诚斋,因以为号。平生通经学,重名节。历官国学太常、秘书监,出知赣州,乞祠。愤韩侂胄专国,成疾而卒,年八十三(宣和六年一一二四—开禧二年一二〇六),谥文节。有《诚斋集》百三十三卷传世,内计《江湖集》《荆溪集》《西归集》《南海集》《朝天集》《江西道院集》《朝天续集》《江东集》《退休集》九种,皆诗也。诚斋尝学于王庭珪,又学于胡澹庵。王、胡二公虽不专以诗鸣,而其人固江西籍,其诗亦江西体,则诚斋初年学诗路径可知。观诚斋自序其诸诗集之言,则其平生诗体之变迁,亦以明矣。《江湖集序》："予少作有诗千余篇，至绍兴壬午，皆焚之，大概江西体也。今所存曰《江湖集》者，盖学后山、半山及唐人者也。"《荆溪集序》："予之诗，始学江西诸君子，既又学后山五字律，既又学半山老人七字绝句，晚乃学绝句于唐人。戊戌作诗，忽若有悟，于是辞谢唐人及王、陈、江西诸君子，皆不敢学，而后欣如也。口占数首，则浏浏焉无复前日之轧轧矣。"《南海集序》："予初好为诗，既而厌之。至绍兴壬午，予诗始变，予乃喜，既乃又厌之。至乾道庚寅，予诗又变。至淳熙丁酉，予诗又变。后三年，自庚子至壬寅，有诗四百首，每举示友人尤延之，延之必以为有刘梦得之味。"《朝天续集序》："昔岁自江西道院召归册府，而有[1]廷劳使客之命，于是始得观涛江，历淮楚，尽见东南之奇观。如《渡扬子江》二诗，举示范石湖、尤梁溪二公，皆以为予诗又变，予亦不自知也。"综之，诚斋诗凡经三大变、两大期，今列表如下：

---

[1] 有 底本脱，据《杨万里诗文集》（P.1267）补。

两期	模仿期			创造期		
三变	江西体		唐体	诚斋体		
杨诚斋生	从王庭珪学	学江西诸君子	学后山五律半山七绝	学唐绝	自成诚斋体	杨诚斋卒
宣和六年甲辰	绍兴十年庚申	绍兴三十二年壬午前	乾道六年庚寅前	淳熙四年丁酉前	淳熙五年戊戌后	开禧二年丙寅
西历一一二四	一一四〇	一一六二	一一七〇	一一七七	一一七八	一二〇六
一岁	十七岁	三十九岁前	四十七岁前	五十四岁前	五十五岁后	八十三岁
时期	二十二年		八年	七年	二十八年	

大氐轧轧焉者，模仿期之作；浏浏焉者，创造期之作；然戊戌悟后之诚斋体，自庚子至壬寅间所作《南海集》，尤延之以为有刘梦得之味，亦可觇所谓诚斋体之大略。其后《朝天续集》时，虽有小变，总未脱诚斋体[1]原格也。计模仿期内学江西者三十年，学唐人者七年，凡三十七年，而创造期仅二十八年，盖受江西之影响重，受唐人之影响轻。而所谓创造者，亦惟因学江西、学唐人之学力而创造耳，故诚斋诗终不能脱去江西气息。《江西诗派小序》曰："诚斋真得所谓活法，所谓'流转圆美如弹丸'者，恨紫薇不及见耳。"即以江西派论诚斋也。《江西诗话》曰："由后村言考之，则诚斋诗亦江西派可知，故诚斋以曾氏父子续诗派之后，余又欲以诚斋续曾氏父子之后。"亦以诚斋为江西派也。至其诗格，有短有长。《载酒园诗话》："诚斋论诗最多妙语，自作则入粗豪一路。"《石洲诗话》："诚斋以轻亵佻巧之音，作剑拔弩张之态，阅至十首之外，辄令人厌不欲观，此真诗家之魔障。"皆诋其短者也。曾燠于诚斋，则称其圆清，曰："圆如珠走盘，清若水鸣濑。能教老妪知，可向鸡林卖[2]。"尤袤则称其痛快，曰："近时诗人痛快，有如杨廷秀者乎？"方回则称其飞动驰掷，《南湖集序》曰："诚斋之飞动驰掷，以擅其长。"皆美其长者也。《四库提要》曰："诚斋虽沿江西诗派之末流，不免有粗俚颓唐之处，而才思健拔，包孕富有，

---

[1] 体 底本误作"此"，据文意酌改。
[2] 卖 底本误作"买"，据文意酌改。

自是南宋一作手。"《随园诗话》曰："杨诚斋一代作手，后人嫌其太雕刻，往往轻之，不知其天才清妙，绝类太白，瑕瑜不掩，正是此公真处。"陈衍《宋诗选》曰："杨诚斋矫矫拔俗，魄力又足以胜之，雄杰排奡，有笼挫万象之概，然未免过于摆脱，不但洗净铅华，且粗服乱头。"皆褒贬兼施者也。总之，诚斋五、七古、律，无体不备，其志在谐俗，而其特色则在状物写情，曲尽妙极，明易流畅，其弊端则在拖泥带水，至于冗俚也。诚斋常以太白自比，后人亦间有以太白誉之者，实则诚斋最与香山为近，或名之曰白话诗人，甚宜。

（二）陆游，字务观，山阴人。陆佃之孙。才气超迈，幼即能诗。以荫补登仕郎，锁厅荐第一，试礼部，为秦桧所黜。桧死，始赴宁德簿，孝宗初迁枢密院编修，赐进士出身。范石湖帅蜀，为参政官，以文字交，不拘礼法，人讥其放，因自号放翁。累迁至宝章阁待制，致仕，封渭南伯。赋性忠鲠，发之于诗，有杜甫每饭不忘君国之风，故或称之曰爱国诗人。有《剑南诗稿》八十五卷，《渭南文集》五十二卷，卒年八十六（宣和七年一一二五—嘉定三年一二一〇）。

为诗初私淑吕本中，继师事曾吉甫。公序《吕居仁诗集》："某自童子廾，读公诗文，愿学焉。稍长，未能远游，而公捐馆舍。晚见曾文清公，谓某之诗，渊源殆自吕紫薇。"又《跋曾文清诗稿》："文清公一世龙门，顾未尝轻许可，某独辱知，无与比者。"曾、吕二公皆二期之健将，则公诗渊源之正可知也。

公有《赠应秀才》诗："我得茶山一转语，文章切忌参死句。"不参死句亦即活法，此则公所得于其师之诗法矣。江西派本以老杜为止归，故公亦称道老杜不已，而其诗格，亦极似老杜。《复堂日记》："放翁诗广大精微，声备官商，去杜一间。"老杜外，有岑参，亦公所嗜尚，《跋岑嘉州诗集》："予自少时，绝好岑嘉州诗，尝以为太白、子美后，一人而已。"盖岑之气格与杜侔也。杜与岑影响于公诗者深矣，然公诗气力豪放雄宏，固未尝为诸家所囿，实自有其体格。《瓯北诗话》曰："放翁诗凡三变宗派，本出于杜，中年以后，则益自出机杼，尽其才而后止。"所谓"三变"者，即公平生为诗之三历程，初年拘泥法度，模仿前人；中年始事开扩，自创己体；晚年则从心所欲，落尽皮毛。公《示子》诗曰："我初学诗日，但欲工藻绘。中年始稍悟，渐欲窥宏大。数仞李杜墙，常恨欠领会。"此公自述初年、中年学诗事也。《瓯北诗话》曰："放翁晚年则又造平淡，并从前求工见好之意，亦尽消除。此又诗之一变也。"此公晚年为诗事也。

公诗无体不备，而特以律见长，古实次之，此乃时代为祟，非公力所不能。陈衍《宋诗选》："放翁一生精力尽于七律，故全集所载最多最佳。古诗稍有松处，然至其精采发处，自斑剥可爱。"《宋诗啜醨集》："放翁七律，无一字效颦四唐，而独开蹊径，别有一天。"《瓯北诗话》："放翁以律诗见长，名章俊句，叠见层出，使事必切，属对必工，无意不搜而不落纤巧，无语不新而不事涂择，实古来诗家所未见也。抑知其古体诗才气豪健，议论开辟，意在笔先，力透纸背，看似华藻，实则雅洁，看似奔放，实则谨严。"诸家皆盛称其七律，而瓯北之言为最详最审。综其各体而论之，则诚斋尝嘉其敷腴，梁溪尝嘉其俊逸，方虚谷许其富豪悲壮，吴之振许其浩瀚崒嵂。诸家之论，各得其长。朱竹垞《书剑南集后》："予尝嫌务观太熟。"序《豫村诗集》："陆务观吾见其太缛。"《越缦堂诗话》："放翁律句太平切近人，又往往句法相似，与全篇气多不贯。"《说诗晬语》："剑南古体近粗，今体近滑。"诸家之论，各得其短。要之，清润圆新是放翁诗之高者，粗直冗滑是放翁诗之下者，而格力恢宏，瑕瑜不掩，不害为南宋大宗。《直斋书录解题》称游诗为中兴之冠，《唐宋诗醇》于宋止取剑南以配东坡者，盖有由矣！

（三）范成大，字致能，吴郡人，自号石湖居士。绍兴二十四年进士，官著作佐郎，出使金国，归历帅西广、成都、四明、金陵，拜参知政事、加大学士，卒年六十八（靖康元年——二六—绍熙四年——一九三）。著述甚富，今惟存《石湖诗集》三十四卷。石湖虽官至极品，而秉性高洁，绰然有隐士风。其《田园杂兴》诗最有名，故或称之曰田园诗人。其诗学渊源不甚可考，然观其所作，于律则时有拗格，于古则每用奇字，诚山谷之遗绪，特气象不似，盖融通山谷之法而阴用之。《四库提要》曰："石湖追溯苏、黄遗法，而约以婉峭，自为一家。"追苏虽未必，溯黄则实然也。公与杨诚斋友善，诚斋序公集曰："至于诗，大篇决流，短章敛芒，缛而不酿，缩而不窘，清新妍丽，奄有鲍、谢，奔逸隽伟，穷追太白，求其一字之陈陈，一倡之呜呜，而不可得也。"虽推许太过，亦自有当。而诚斋又尝许其清新，梁溪亦曾称其温润。方回序《功父集》曰："石湖之典雅标致。"及《提要》所谓之"约以婉峭"。诸论皆平允，得其长矣。至于其短，亦略可述。朱竹垞序《豫村诗》："范致能吾见其太弱。"《石洲诗话》："范、陆皆趋熟，而范尤平迤，究未为高格。"《越缦堂诗话》："石湖律诗枒杈拗涩，五、七古亦多率尔。"《贞一斋诗说》："石湖较放翁则更滑薄少味。"诸论皆是也。如《感怀》："望见家山意欲飞，古来燕晋一沾衣。回思客路岂非梦，乍听乡音真是归。新事略从年少问，故人差觉坐中稀。不须更说桑榆暖，霜后鲈鱼也自肥。"此类直可媲美香山，故敖陶孙《上石湖》诗曰："直从长庆成编日，便到先生晚岁诗。"

（四）尤袤，字延之，无锡人。绍兴十八年进士，官礼部尚书。光宗即位，言者以为周必大党，遂与祠。绍熙初起知婺州，除给事中。卒年六十八（靖康二年——一一二七—绍熙五年——一一九四），谥文简。有遂初堂，藏书冠当时。所著《遂初堂书目》一卷，《遂初小稿》六十卷，《内外制》三十卷，《梁溪集》五十卷，今惟《书目》尚存，余皆亡佚。清康熙时，袤裔尤侗裒辑公诗，得《梁溪遗稿》一卷，仅百分之一耳。袤少，尝从汪应辰游，应辰少又尝从吕本中游，袤之诗学渊源如此。袤诗如"萧条门巷经过少，老病腰肢拜起难"，是学老杜而用山谷之换骨法者；如"长恨古人少，斯人今古人"，是用山谷之拗字格者，袤之诗法渊源如此。至于其诗品，诚斋序《千岩摘稿》曰："尤梁溪之平淡。"方回序《南湖集》曰："梁溪之娇淡细润。"《瀛奎律髓》曰："袤诗多淡。"又曰："尤遂初诗初看似弱，久看却自圆熟，无一斧一斤痕迹。"纪昀则评之曰："佳处病处皆在此也。"诗本不嫌淡，要在体淡而味醇，然其弊驯至味寡体弱。袤诗娇淡者固有之，惜间失于味寡体弱也。如《落梅》诗："清溪匜畔小桥东，落月纷纷水昄空。五夜客愁花片里，一年春事角声中。歌残玉树人何在，舞破山香曲未终。却忆孤山醉归路，马蹄香雪衬东风。"

（五）萧德藻，字东夫，闽三山人。绍兴二十一年进士，历官龙川丞、乌程令、知峡州，至福建帅参使，徙家乌程，自号千岩老人。所著《千岩摘稿》七卷，《外编》三卷，《续编》四卷，皆佚。尤、杨、范三公与之甚善。师事曾几，《石洲诗话》："千岩学于曾吉父。"故千岩诗亦未能脱出江西风格。诚斋序《千岩摘稿》："萧千岩之工致，余之所畏。"《瀛奎律髓》："东夫诗苦硬顿挫而极工。"《诗法萃编》："东夫诗戛戛独造，骨硬味苦，绝无甜熟软媚语。"尤延之又称其诗高古，全祖望又称其诗瘦硬，是皆千岩诗之长也。朱竹垞《书剑南集后》："予尝嫌鲁直太生，生者流为萧东夫。"《说诗晬语》："萧东夫意子子求新，而入于涩体。"是皆千岩诗之短也。千岩之论诗曰："诗不读书不可为，然以书为诗不可也。"（《对床夜语》引）上句所以警空浮者，下句所以告逞博者。盖千岩欲适乎中庸，可谓得体，使不早死，必有大足观焉。如《次韵傅惟肖》："竹根蟋蟀太多事，唤得秋来篱落间。又过暑天如许久，未偿诗债若为颜？肝肠与世苦相反，岩壑嗔人不早还。八月放船飞样去，芦花丛外数青山。"

五家虽出自江西体，反同趋明畅平熟之径，乃时代使然也。自山谷倡拗健，其弊流于粗杂，及吕、曾、陈三公渐转向圆活。降至此时，譬如顺流直下，无意中而同趋明畅平熟之径矣。《石洲诗话》曰："杨、范、陆极酣肆处，正是平熟中出耳。"是也。明畅平熟，乃唐元和间元、白、刘梦得之体，故《诗薮》曰："尤、杨四子，元和体也。"东夫诗存者不过数首，如"湘妃危立冻蛟背，海日冷挂珊瑚枝"之类，虽以苦硬为体，然如"眼冷寒梢明数点，知他是雪是梅花"之类，则亦间作明畅平熟格，与尤、杨四子无异。所不同者，尤、杨四子以明畅平熟之境为主，而萧氏以苦涩瘦硬之境为主耳。

若将五家诗比较观之，就其风格言，则范之格调不及杨之健，而无杨之粗豪；杨之锻炼不及陆之工，而无陆之死板；陆之气象阔于范，而范无窠臼；范之新婉超于杨，而杨实明远。若尤则可与范相依附。方回《跋尤袤诗》："公与石湖冠冕佩玉，端庄婉雅。"若萧则可与杨相攀比。《后村诗话》："萧千岩机杼与诚斋同，但才悭于诚斋，而思加苦，亦一生屯蹇之验，真诚斋敌手也。"惜尤、萧二公诗传世者寡，无由断定方、刘二氏之论是抑非也。就其守江西遗法言,则萧东夫固持最甚,陆放翁次之,范、杨、尤又次之。就其所作篇数言,则杨、陆为首。《说诗晬语》:"杨诚斋诗积至二万余。"又:"放翁年八十余,六十年间万首诗,又添四千余首,诗篇太多。"范、尤次之,萧又次之。就其品次言,则陆最高,范、杨次之,尤、萧又次之。就其诗当时之传布言,则杨氏为首。《沧浪诗话》曾立诚斋体之名,欧阳元序《罗舜美集》亦曰:"杨廷秀好为新体诗,学者宗之。"范、陆次之,尤、萧又次之。就其诗名于后世言,则陆为首,杨次之,范又次之,尤更次之,萧最次之。盖陆氏弟子颇多,江湖诗人每经其指授,又处处不在诸家下,故当时虽少屈于杨,而后世自有公论。至清人编《唐宋诗醇》,遂独取陆氏与李、杜、白、韩、苏五家并尊,而杨氏迥不如矣。

四 期

方回序《罗寿可诗集》曰:"乾淳以来,尤、杨、范、陆、萧其尤也。嘉定而降,稍厌江西,永嘉四灵复为九僧旧晚唐体,然尚有余杭二赵,复为上饶二泉,典型未泯。"然则二赵、二泉皆上继尤、杨五子业者也。二赵即汝谠、汝谈兄弟。汝谠,字蹈中,号懒庵,宋宗室,嘉定元年进士。工诗,自中年后不为近律,专攻《选》体,或谓其有三谢、韦、柳之风,而刘后村序《瓜圃集》又曰:"赵蹈中能为韦体。"盖蹈中得山谷晚年学陶之意，惜其诗今不传也。汝谈，字履常，号南塘，蹈中之兄，淳熙十一年进士。古文、四六俱工，有《杜诗注》，已佚。其诗当亦先学杜而后学陶，尝作诗云："闽士工雕篆，陶翁暇讨论。"《诗人玉屑》曰："'暇'之一字，盖他人不能到处，惟用工于诗者知之。"谓惟用工于陶诗者知之也，惜其诗亦不传。《宋史》有《二赵传》，仅述其忠鲠，并未云其能诗，姑存其姓氏如此。至于二泉，尚有篇什流传可见，诚足代表江西派之第四期。

【小传】

（一）赵蕃，字昌父，号章泉。先世郑州人，南渡徙居信州，因家焉。以荫补官，至承议郎、直秘阁。卒年八十七（绍兴十三年——一一四三—绍定二年—一二二九）。有《乾道稿》《淳熙稿》《章泉稿》传世。初受道学于刘清江，年五十又问学于朱子，然其诗实出自江西派，知之者颇鲜。《诗人玉屑》载蕃论诗，以陈后山《寄外舅》诗为全篇之似杜者，戴式之用陈韵诗又全篇之似陈者。《提要》引此云："观其持论，可见其诗学渊源。"盖江西派本以老杜为祖，而后山乃江西初期人物也。蕃曾受知于杨万里，万里乃江西三期人物也。蕃论诗又遵用曾吉父、吕本中之意，曰："若欲波澜阔，规模须放弘。端由吾气养，匪自历阶升。勿漫二夫觅，况于治律能？斯言谁语汝，吕昔告于曾。"《载酒园诗话》曰："赵昌父论诗，专祖曾、吕。"曾、吕乃江西二期人物也。而徐照《题赵昌父林居》曰:"谱接江西派,声名过浙闻。"则蕃之为江西派无疑矣。蕃之诗法,不出"拗健"二字,尝有诗云:"欲从鄙律恐坐缚,力若不加还病弱。"故其诗剥落华藻,独存劲古。《瀛奎律髓》谓:"公诗惟有骨,全无肉。"实不诬也。五古稍似渊明,刘后村《跋昌父诗》:"近岁诗人,惟赵章泉五言有陶、阮意。"《越缦堂诗话》:"赵昌父五古颇渊源陶诗。"至于近体,《瀛奎律髓》曰:"昌父诗参透江西,而近后山。"足以尽之。然拗健之弊,流于鄙恶,故《越缦堂诗话》又曰:"昌父诗惟根柢太浅,语多杈枒,时堕江湖、击壤两派。"如《送王子遵》:"王郎妙人物,独步向江东。昔尉既不醉,今丞宁肯聋? 相依唇齿国,忽去马牛风。清绝官曹外,何年看我同?"在昌父以此类为善,在平心而论之读者,则以为枯槁矣。

(二)韩淲,字仲止,号涧泉。韩维之玄孙,韩无咎之子也。其先世开封人,无咎时南渡流寓信州,因隶籍上饶。涧泉才气甚敏,仕不得志,退隐于家,毕力攻诗,与赵章泉齐名,共主诗盟,时称"章泉涧泉二先生"。卒年六十四(绍兴三十一年一一六一[1]— 嘉定十七年一二二四)。诗集四十余卷,清四库有辑本《涧泉集》。其诗渊源家学。父无咎,名元吉,号南涧,常与曾几、陆游相唱和。曾、陆皆江西派之健者,故无咎

[1] 一一六一 底本脱,据文意酌补。

诗亦江西体也。而淲著《涧泉日记》又曰："渡江南来吕舍人居仁议论文章，字字皆是中原诸老一二百年酝酿相传者，不可不讽味。"极推重吕本中，本中固亦江西派之健者，可知淲诗法得自江西无疑。其诗刊落浮华，以瘦硬见长，与章泉大同小异。涧泉于瘦淡中，自有温粹，章泉则多老干枯枝，无复余味。平心论之，涧泉诗似在章泉上也。其五古亦有陶、韦之风，近体具体陆游，而力量尚不及尔！如《风雨中诵潘邠老诗》："满城风雨近重阳，独上吴山看大江。老眼昏花忘远近，壮心轩豁任行藏。从来野色供吟兴，是处秋光合断肠。今古骚人乃如许，暮潮声卷入苍茫。"

　　二泉上继尤、杨五子而为当时江西派盟主。刘后村《寄赵昌父》诗云："一生官职兼南岳，四海诗盟主玉山。"《寄韩仲止》诗云："诸家争欲推盟主，丞相差教作散人。"考曾几尝侨居上饶茶山寺，而二泉皆隶籍上饶，然则二泉诗之为江西体，斯亦其由欤？二泉诗篇数皆不少，刘后村序《韩隐君诗》："赵章泉诗逾万首，韩仲止几半之。"盖江西体自尤、杨五子以来，已成以多为胜之风，二泉虽欲革五子畅达平熟之习，稍反江西峭健初规，而以多为胜之风犹未歇也。

余　响

　　韩、赵之时，四灵已兴，其后江湖诗风行天下，江西派几绝。及宋社颓倾之际，乃有二人出而继江西之断绪者，即刘辰翁与方虚谷也。宋亡，二公皆入元甚久始卒，其影响于元诗者，颇不谓尠。虽未足以言复兴，然称曰宋江西诗派之余响，尚可尔。

【小传】

（一）刘辰翁，字会孟，号须溪，庐陵人。幼登陆象山之门，补太学生，景定三年廷试登第，为濂溪书院山长。宋亡不仕，以忠鲠名，卒年六十六（绍定五年一二三二—元大德元年一二九七）。诗文兼工，所著《须溪集》二百卷，诗可万余首，清四库有辑本十卷。其诗虽以老杜为宗，而又好陆游之作，有《评点杜诗》二十卷，及《放翁诗选后集》八卷，专究杜、陆诗法结构，精极微隐。论诗主文人兼诗说，序《赵仲仁诗》曰："吾尝谓诗至建安，五、七言始生，而长篇反复终有未达，则政以其不足于文耳。文人兼诗，诗不兼文也。杜虽诗翁，散语可见，惟韩、苏倾竭变化，如雷霆河汉，可惊可快，必无复可憾者，盖以其文人之诗也。"此乃针砭四灵、江湖而与江西相应和者也。其诗亦奇崛新健，而不免流于险怪生苦，缺乏兴调。《四库提要》："须溪所作诗文，专以奇怪磊落为宗，务在艰涩其词。"《蠡堂诗话》："观须溪所作，则堆叠饾饤，殊乏兴调。"须溪弟子众多，其诗颇盛行一时。欧阳玄序《罗舜美诗集》，述江西诗之三大变，而以须溪当其一，曰："江西诗在宋东都时,宗黄太史;南渡后杨廷秀好为新体,学者亦宗之,诗亦小变;宋末刘须溪点校诸家甚精,而自作多奇崛,众翕然宗之,于是诗又一变。"如《余兴》:"江国迟归二十年,十年两系峡江船。身如梅子半晴雨,路入柳花相后先。堠短堠长春系马,江南江北夜闻鹃。人生老大空无用,寄语群儿早着鞭。"此类诚山谷之拗格,故《诗薮》曰:"刘会孟甚尊李、杜而格仅黄、陈。"

(二)方回,字万里,号虚谷,又号紫阳居士,歙县人。景定三年,别省登第,官知严州,入元为建德路总管,致仕。卒年七十六(宝庆三年一二二七—元大德六年一三〇二)。所著《桐江集》《桐江续集》《瀛奎律髓》《续古今考》诸书,今存。或称其学博才敏,论述分明,堪为史才。其文章议说,一以朱子为宗,至于诗,则尊老杜而主江西,倡"一祖三宗"之说。晚年又慕陆游,门人戴表元序《桐江集》曰:"紫阳方使君平生于诗,无所不学,而尝自说欲慕陆放翁,岂其暮年安贫守约,忘怀出处,姑引之以自托耶?抑放翁为诗亦亲经东莱、茶山诸先生指授,遂为虚心倾思,如不可几及也!"陆游亦江西派而学老杜之甚似者,虚谷慕之也宜矣。论诗标新硬奇古之旨,又谓诗之精华为律体,诗之工妙在字眼。《四库提要》评其诗曰:"平生宗旨,虽不免以粗率生硬为老境,而当其合作,实在宋末诸家上。"粗率生硬,即虚谷之病,亦江西之通病也。戴表元又序《方使君诗》曰:"大篇清新散朗,小篇沉鸷峻整。"清新峻整即虚谷诗之长,亦江西之通长也。《癸辛杂识》又曰:"方回喜作诗，以放肆为高。"然则放肆亦虚谷诗之一境界也。如《读张功父诗》："生长勋门富贵中，粃糠将相以诗雄。端能活法参诚叟，更觉豪才类放翁。举似今人谁肯信，元来妙处不全工。登金组绣同时客，合向南湖立下风。"

二公诗相较，学力博当推须溪，工夫到当推虚谷；虚谷专于律，须溪兼夫古；影响于元诗，须溪为最重，而虚谷次之；惟其笃守江西初始遗规，趋于奇硬，则一也。

综　论

综观江西派诸家之宗主，大氐不外杜甫、陶潜。高者或由山谷直探少陵，如后山、叔用、简斋辈是；或兼模彭泽，如子苍、东湖、章泉辈是。次者则专学山谷，而其实亦不外杜、陶之格，如方回、三洪、千岩辈是也。要之，皆不离山谷之法或格。

故山谷有模拟法，诸家恒乐道而运用之。如东湖言脱胎换骨，后山言脱胎换骨（并见《艇斋诗话》），诚斋亦言脱胎换骨（见《诚斋诗话》）。老杜云："中原鼓角悲。"后山云："风连鼓角悲。"老杜云："幽栖地僻经过少，老病人扶再拜难。"梁溪云："萧条门巷经过少，老病腰肢拜起难。"老杜云："时危关百虑，盗贼尔犹存。"吕居仁云："乾坤盛德大，盗贼尔犹存。"老杜云："烽火连三月，家书抵万金。"曾茶山曰："两岸俸千里，扁舟抵万金。"简斋云："孤臣霜发三千丈，每岁烟花一万重。"太白云："白发三千丈。"老杜云："烟花一万重。"东湖云："一日因王造，千年与客游。"老杜云："浩劫因王造，平台访古游。"此类不胜枚举。善于运用者固有之，不善于运用者，往往嫌于剽窃沿袭也。山谷有拗律法，诸家亦无不能之。《瀛奎律髓》论拗体曰："自山谷续老杜之脉，凡江西派皆得为此奇调，吕居仁、曾茶山皆得传授，茶山之嗣有陆放翁，同时尤、杨、范皆能之。"不特虚谷所举此数家，即初期诸人至须溪、虚谷，皆尝为拗格。诗篇具在，可以案考也！山谷又好用事，诸家亦然。《古文辞通义》曰："诗好用事自庾信始，其后流为昆体，又为江西派，至宋末极矣！"盖江西不甚喜点缀景物，每以事、意相高，所谓摆脱浮华，故不得不用事也。此三种习尚，自山谷降及方、刘皆有之，惟好奇与尚硬二者不然。

　　山谷以来，吕、曾、陈三公始有圆活之论，尤、杨五家遂造明畅平熟之径，韩、赵、方、刘复反归奇硬，此其小异者也。然五家诗未尝不新，非欲其陈腐也，奇者新之进；未尝不健，非欲其无力也，硬者健之进，亦程度深浅之不同耳。山谷诗古、律并重，无所轩轾，而自初期以迄方、刘，则愈降愈好为律体，虽不弃古体，然不甚着力为之，故朱竹垞《成周卜诗集序》曰："唐人惟杜陵、香山多作七律，然集中所存终不及诸体之半，逮陆务观、杨廷秀多以斯体见长。"至方虚谷乃出《律髓》之说，与西昆、晚唐、四灵、江湖之旨合矣。山谷诗词、意并重，无所轩轾，而自初期以迄方、刘，亦愈降而愈工修辞，诗意虽所必立，然亦不甚着力为之已，故曾吉父、陈去非、陆务观辈诗，渐出警句，求其意之浑全不甚可得。《载酒园诗话》所谓："选声宋诗，务取短中之长，一联一句亦收之，首尾求全，几无诗矣。'即兼江西派而言，至于方、刘，遂极力讲求作法，并一字之虚实响哑，一句之安排承接，而斟酌之矣。

江西诸家虽各有专长，而共具一病，其病维何？分而言之，曰粗犷，曰槎枒，合而言之曰野。《诗法萃编》："野者，江西派中槎枒粗犷之诗皆是。"《雨村诗话》："西江派余素不喜，以其空硬生凑，寒酸气太重也。"夫空硬，焉得不为粗犷？生凑，焉得不为槎枒？是病诸人皆未能尽免。依山谷意旨，得之者自然为瘦硬浑老，失之者遂似浑老而实粗犷，似瘦硬而实槎枒，其失之尤甚者，或竟由粗犷而复流之直俗，由槎枒而复流之拗涩。《庚溪诗话》："山谷之诗，清新奇峭，然近时学其诗者，必使声韵拗捩，词语艰涩，曰江西格也，此何为哉？"游默斋序《张晋彦诗》："近世以来学江西诗，不善其学，往往音节聱牙，意象迫切，且论议太多，失古诗吟咏性情之本意。"惟三期尤、杨五子所作，则多由粗犷而流之直俗，而拗涩之病较寡。

考宋诗各派势力之久长者，莫迄江西，计自元祐黄、陈以迄宋末方、刘二百年间，皆为江西派之势力。虽中经四灵、江湖之侵扰，然四灵时，杨、陆犹存，韩、赵复盛，江西之线未绝也。至于江湖，乃四灵、江西之严儿，而未几方、刘崛起，江西之势力竟由宋入元。若西昆派、四灵派，若东坡体、荆公体等，无一能逾百年者也。

考各派势力之盛大者，亦莫过江西。在派中之堪称名家者，不下数十人，而在中国诗史上之堪称大家者，亦不下数人，如山谷、后山、子苍、吉父、简斋、务观、致能、诚斋皆是。若在其他各派中，求其堪称名家者，本不过数人，若求堪称大家者，则愈寥寥矣。朱竹垞序《裘司直集》："宋自汴梁南渡，学者多以黄鲁直为宗，吕居仁集二十五人之作曰江西诗派。杨廷秀于诗尤推尤、萧、范、陆，豫章居其一焉。继萧东夫起者，姜尧章其尤也，余子多见录于《江湖集》。盖终宋之世，诗集流传于今，惟江西最盛。"藉此亦可为江西盛大之证也。

江西派自二期以迄方、刘诸人，其立身之学，皆出自理家。如吕本中家世精理，而其本出于杨时，此外曾几出于胡文定，而陆务观、萧东夫又出自曾几，杨诚斋出自萧楚，尤梁溪出自喻樗，赵蕃、韩淲并出自刘清江，而蕃又曾问学于朱子，刘辰翁出自陆象山，而方回亦独尊朱晦翁。此事于江西诗，虽无显著关系，然其诗中亦有理学思想也。

九　四灵派

江西诗自五大家后，其势遂衰，其法亦趋可厌，于是四灵诗派乃排烟突雾而出，与宋初之晚唐诗派遥相应和。物极必反，理之然也。以其创始者号四灵，故谓之四灵诗派。四灵皆永嘉人，故亦可谓之永嘉诗派。四灵素以唐诗为号召，实则纯遵守晚唐之格，而效者纷纷，一时有"八俊"之目，余响及于江湖。

【小传】

（一）徐照，四灵之首也，字道晖，一字灵晖，又自号山民，终于布衣。有《芳兰轩集》，又名《山民集》。叶水心为作墓志曰："照有诗数百，斫思尤奇，皆横绝欻起，冰悬雪跨，使读者变悼憭栗，肯首吟叹，不能自已，然无异语，皆人所知也，人不能道耳。"嘉定四年（一二一一）卒。

（二）徐玑，四灵之二也，字文渊，一字致中，号灵渊。历官建安主簿、永州掾、龙溪丞、武当、长泰令。有《二薇亭集》，今存;《泉山集》，已佚。叶水心为作墓志曰："君每为余评诗及他文字，高者迥出，深者寂入，郁流瓒中，神洞形外，余辄俯仰终日，不知所言，然则所谓专陋而狭固者，殆未足以讥唐人也。"卒年五十三（绍兴三十二年一一六二 — 嘉定七年一二一四）。

（三）翁卷，四灵之三也，字续古，一字灵舒。登淳祐癸卯（一二四三）乡荐，终于布衣。有《西岩集》及《苇碧轩集》，《四库提要》云："二集盖互相出入。"今《西岩集》已佚。刘后村《赠翁卷》诗曰："非止擅唐风，尤于选体工。有时千载事，只在一联中。世自轻前辈，天尤活此翁。江湖不相见，才见又西东。"享年八十余。紫芝卒时，灵舒才逾六秩。

（四）赵师秀，四灵之四也，字紫芝，号灵秀，又号天乐，太祖八世孙。绍熙元年（一一九〇）进士，为江东从事，终于高安推官。有《清苑斋集》，今存；又有《天乐堂集》，已佚。赵希意《题适安藏拙稿后》曰："余季父天乐与天台戴石屏讲明句法，而晚年益工，信乎作诗者非穷思甚习不可也。"卒葬于西湖之上，其年月史无载者。然考《刘后村集》有《悼紫芝》及《哭紫芝》二诗，皆在己卯（嘉定十二年一二一九）奉南岳祠后所作稿内；更据薛师石《寄题紫芝墓》曰："辛未联诗别，九年成恍惚。大星坠地旋无光，君身入土名不没。"辛未乃嘉定四年（一二一一），逾九岁，恰为嘉定十二年（一二一九），可知紫芝卒于此岁。

四灵皆出水心门下。《木笔杂钞》："水心之门，赵师秀紫芝、徐照道晖、徐玑致中、翁卷灵舒，工为唐律。"水心尝刊行其诗，赵希意《题适安藏拙稿后》："四灵诗，江湖杰作也，水心先生尝印刻之。"初，四君目击当时诗弊，始立意学唐人以矫正之。水心《徐玑墓志》："初，唐诗久废，君与其友徐照、翁卷、赵师秀议曰：'昔人以浮声切响、单字只句计巧拙，盖风骚之至精也；近世乃连篇累牍[1]，汗曼而无禁，岂能名家哉？'四人之语遂极其工，而唐诗由此复行矣。"继而以水心为当代伟人，乃往依傍。水心亦以谊属同里，颇合己嗜，故曲加提携，为之游扬，有"近岁学者稍复于唐而有获焉"之褒辞。袁桷《书汤西楼诗后》："永嘉叶正则始取徐、翁、赵氏为四灵，而唐风渐复。"世之学诗者亦以水心为当代伟人，而所取若此，不约而同趋四灵之体。《吹剑外录》："盖自水心喜晚唐体，世遂靡然从之，凡典雅之诗，皆不合时听。"其后四灵诗体披靡太甚，流弊杂出，水心虽有"参雅颂，轶风骚，何必四灵"之抑语，而势竟莫遏矣。

四灵诗，紫芝虽名列末位，而实居上品。《对床夜语》："四灵倡唐诗者也，就而求其工者，赵紫芝也。"紫芝不特在四灵中当居首领，《宋诗啜醨集》曰："仆于南、北两宋诗，五律则以紫芝为独步。"称许虽过，然其五律在南宋实属罕匹，要自有其不拔之位置。《载酒园诗话》曰："永嘉四灵，赵紫芝为胜，翁差逊紫芝，二徐最劣，灵晖不及灵渊。则四灵当首赵紫芝，

---

[1] 牍 底本误作"椟"，据《叶适集》（P.410）改。

次翁灵舒，又次徐致中，末徐道晖。惟徐文渊诗律之细，徐、赵、翁三人并不如也。"

至于四灵诗派占有之时间，大氐自绍熙元年（一一九〇）至淳祐三年（一二四三）约五十三年。四灵既殁，江湖派中固亦有作四灵体者，然不仅有四灵体，且有江西体，混自称派，故不以之计入四灵诗体占有时间之中。

【宗主】

四灵派之号召曰唐诗，而其宗主实晚唐时最流行之姚贾体。姚，姚合也；贾，贾岛也。姚亦学贾者，而四灵尤阴重姚合。观赵师秀《二妙集》内选姚诗凡百二十一首，贾诗凡八十一首，故方万里云："姚诗四灵所深嗜者也。"姚合，唐元和进士，陕人，尝游两浙。官武功主簿，有诗名，人称武功体。专为律格诗，意平语诡，多有伧气，主清切，镂小景，刻画太甚，间流纤仄，其体本于贾岛，而流行于晚唐。四灵学之，以贾为祖，以姚为宗，以晚唐效姚、贾者为亲族。《木笔杂抄》："师秀、道晖、致中、灵舒工为唐律，专以贾岛、姚合、刘得仁为法，其徒尊为四灵。"《瀛奎律髓》："永嘉四灵学晚唐，宗贾岛、姚合，凡岛、合同时渐染者，皆阴挦取摘用，骤名于时。"

【习尚】

晚唐与四灵二派宗主同属姚、贾，惟四灵偏于姚，晚唐偏于贾。姚贾之体一也，所异者，搜求雕琢之程度姚深于贾，故四灵习尚，虽与晚唐派同，而其程度固较为深矣。

（一）重近体，轻古体。《四灵诗集》可以为证，而赵师秀《众妙集》所选皆唐人律诗，《二妙集》所选皆姚、贾律诗，亦可以为证。（二）重五律，轻七律。此亦可于《四灵诗集》及四灵所选唐诗集证之。《二妙集》已佚，无可稽考；而《众妙集》中固五律十之九、七律十之一。且当时人士既以工五律称之，四灵亦极以五律自矜。刘后村《野谷集序》："赵紫芝诸人尤尚五律，紫芝之言云：'一篇幸止四十字，更增一字，吾末如之何矣！'"徐玑《书翁卷集》："五字极难精。"故四灵七律甚寡，有之亦格弱而无高致。（三）重腹联，轻首尾。《瀛奎律髓》："四灵诗大氐中四句锻炼、磨莹为工，以题考之，首尾略如题意，而中四句者亦可他入，不必切题。"故四灵警句皆在中四句也。如翁卷《冬日登富览亭》诗："未委海潮水，来往何不闲？轻烟分近郭，积雪盖遥山。渔舸汀鸿外，僧廊岛树间。晚寒难独立，吟竟小诗还。"又如徐照《贫居》诗："既与世不合，当令人事疏。引泉鱼走石，扫径叶平蔬。谁念交情浅，难如识面初。荣途多宠辱，未敢怨贫居。"（四）重景联，轻意联。换言之，即好模写风景也。四灵前江西派重意轻景,流弊至于枯槁[1]。四灵反之,乃重景轻意,故四灵诗加工之处,全在模写风景,而述意者轻轻带过而已。如赵师秀《冷泉夜坐》诗:"众境碧沉沉,前峰月正岑。楼钟清听响,池水夜观深。清静非人世,虚空见佛心。却寻来处宿,风起古松林。"又如徐玑《秋夕怀赵师秀》诗:"冷落生愁思,衰怀得句稀。如何秋夜雨,不念故人归?蛩响砌尤静,云疏月尚微。惟怜篱下菊,渐渐可相依。"(五)重炼句与字而不重炼意。《瀛奎律髓》所云"四灵诗中四句亦可他入,不必切题",即因炼句与字而伤全意,使之然也。考其炼句之法,不过炼字与对偶,而尤重在炼字。炼字之法,不过响与切,而尤重在响。四灵诗法之偏僻,于此可见。(六)忌用事而贵白描。四灵体惟恃眼前景、心头事,以绝大工力雕镂之,务使作者胸臆所涵蕴,毕貌尽形,暴诸言外,俾读者胸臆所领会,与之无异,故全用白描之笔,绝无使事之句。盖一使事,则读者、作者间隔矣。然所谓白描而以绝大工力雕镂之,亦即苦吟之意。换言之,亦忌用事而贵苦吟也。四灵好苦吟,于其诗句之构成既可为证,而其诗所尝言者亦可以为证。如翁卷《送徐灵困》曰:"从来苦吟思,归赋若多篇。"《呈赵端行》曰:"病多怜骨瘦,吟苦笑身穷。"《赠孙季蕃》曰:"醉酣花落月,吟苦竹摇风。"《宿寺》曰:"独怜吟思苦,妨却梦西东。"徐照《访观

---

[1] 槁 底本误作"稿",据文意酌改。

公》曰:"昨来曾寄茗,应念苦吟心。"《山中》曰:"吟有好怀忘瘦苦。"赵紫芝《后哀徐山民》曰:"寄言苦吟者,勿弃摄生诀。"《十日》曰:"苦吟无爱者,写在户庭间。"皆是。凡此所述,乃四灵诗法之习尚也。

至于四灵诗格之习尚,亦与其他各派不同。一曰清。如赵紫芝《简翁灵舒》曰:"必有新成句,溪流合让清。"徐照《酬翁常之》曰:"好把清诗慰此心。"《宿翁卷书斋》曰:"君爱苦吟吾喜听,世人谁肯重清才?"徐玑《赠徐照》诗曰:"诗清都为饮茶多。"可见四灵之好清。二曰圆。如赵紫芝《辞薛景石》曰:"家务贫多钜,诗篇老渐圆。"徐照《赠从善上人》曰:"诗因圆解堪呈佛。"又徐玑《赠赵师秀》:"亦知曾见高人了,近作文章气力匀。""气力匀"即圆也,又可见四灵之好圆。三曰秀。如徐照《寄翁灵舒》曰:"筠州当半道,长得秀诗篇。"《和灵舒》曰:"秀句比穷饿,从人笑我清。"四曰远。如徐玑《送徐照》曰:"欲知诗思远,曾共楚乡游。"五曰和。如赵师秀《送徐玑》曰:"莫因饶楚思,词体失和平。"六曰精。徐玑《书翁卷集后》曰:"五字极难精,知君合有名。"故四灵诗篇数俱不逾数百,许棐所谓"以贪多务速为戒"也。

【批评】

历来论四灵者,褒贬不一。褒之者,如赵东阁序《薛师石集》曰:"永嘉四灵,乃始以开元、元和自期,冶择淬炼,字字玉响,杂之姚、贾中,不能辨也!"以为极肖于姚、贾。贬之者,如刘后村《瓜圃集序》曰:"永嘉诗人,极力驰骤,才望见贾岛、姚合之藩而已,去韦、柳尚争等级!"以为尚未及姚、贾。平心论之,四灵诗固极肖姚、贾,惟力量不足,故不及姚、贾耳。

宋曹豳《跋薛瓜庐集》:"予读四灵诗,爱其清而不枯,淡而有味。"戴表元序《洪潜甫诗》:"永嘉叶正则倡四灵之目,一变而为清圆,清圆之至者,亦可唐也。"《宋诗啜醨集》:"四灵之作,大都烹炼工苦,警秀绝伦。"三家皆褒其诗者。宋濂序《林伯恭诗集》:"永嘉四灵诗识趣凡近,而音调卑促,或以为清新,竞摹效之,濂每谓误江南学子者,此诗也。"《石洲诗话》:"四灵之下,皆模拟姚合、贾岛之流,皆纤薄可厌!"《四库提要》:"四灵之诗,虽镂心钬肾,刻意雕琢,而径太狭,终不免破碎尖酸之病!"三家皆贬其诗者。

要之,四灵与晚唐无异,其长曰工,其短曰狭。工之中又不外两种,一自然清妥,是其意境宽绰者;一奇诡刻苦,是其功夫精彩者。而狭之中亦不外两种:一意狭,是尖薄碎近者;一篇狭,则窘促寡少者也。

一〇 江湖派

江湖乃隐士、布衣栖游之地,江湖诗人非隐士、布衣即不得志之末宦,登显禄者极少。其诗体本不尽同,惟以家国不宁、进退无据,乃结友招群,游谒江湖,推盟首,主宗主,唱和酬咏,消磨岁月,无形中成为一种风气。当时有陈起与江湖诸人相友善,于是刊售《江湖诗集》《续集》《后集》等书,后人以《江湖集》内诗气味皆相似,故称之曰江湖诗派。

【小传】

陈起,字宗之,钱塘人。业书肆于睦亲坊,号陈道人。能诗,有《芸居稿》。所刻《江湖》者集,散佚颇多,且以随得随刻,而凌杂复乱,经清四库馆人之整理,为《江湖小集》九十五卷,《后集》二十四卷,乃有可观。计:

洪迈,(江西)乐平人。吴渊,(安徽)宣城人。危稹,(江西)临川人。李涛,(江西)临川人。邹登龙,(江西)临江人。邓林,(江西)临江人。章采,(江西)临江人。章粲,(江西)

临江人。萧元之,(江西)临江人。邓允瑞,(江西)临江人。刘仙纶,(江西)庐陵人。绍嵩,(江西)庐陵人。罗椅,(江西)庐陵人。高吉,(江西)庐陵人。利登,(江西)盱江人。余观复,(江西)盱江人。黄文雷,(江西)盱江人。李自中,(江西)盱江人。吴汝式,(江西)盱江人。黄大受,(江西)南丰人。赵崇鉘,(江西)南丰人。赵崇嶓,(江西)南丰人。刘过,(江西)泰和人。刘子澄,(江西)泰和人。赵汝镪,(江西)袁州人。萧澥,(江西)赣江人。黄敏求,(江西)修水人。姜夔,(江西)鄱阳人。董杞,(江西)鄱阳人。

  王同祖,(浙江)金华人。杜旃,(浙江)金华人。薛嵎,(浙江)永嘉人。薛景石,(浙江)永嘉人。盛烈,(浙江)永嘉人。刘植,(浙江)永嘉人。陈允平,(浙江)四明人。高似孙,(浙江)四明人。张良臣,(浙江)四明人。何应龙,(浙江)钱塘人。俞桂,(浙江)钱塘人。陈起,(浙江)钱塘人。史卫卿,(浙江)鄞人。郑清之,(浙江)鄞人。葛天民,(浙江)山阴人。姚镛,(浙江)剡溪人。宋伯仁,(浙江)苕川人。戴复古,(浙江)天台人。吴仲孚,(浙江)雪川人。毛珝,(浙江)三衢人。高翥,(浙江)余姚人。施枢,(浙江)吴兴人。林昉,(浙江)台州人。沈说,(浙江)龙泉人。许棐,(浙江)海盐人。姚宽,(浙江)嵊人。巩丰,(浙江)婺州人。王谌,(浙江)阳羡人。王志道,(浙江)阳羡人。〔阳羡即义兴,今名宜兴,宋时属两浙。〕张绍文,〔浙江〕南徐人。张榘,(浙江)南徐人〔南徐,即今之丹徒,宋时属两浙〕。葛起耕,(浙江)丹阳人。葛起文,(浙江)丹阳人〔宋时属两浙〕。储泳,(浙江)云间人〔即今之松江,宋时属两浙〕。叶茵,(浙江)笠泽人〔宋时属两浙〕。王琮,(浙江)古栝人。徐从善,(浙江)古栝人。

徐集孙,(福建)建安人。叶绍翁,(福建)建安人。朱复之,(福建)建安人。张至龙,(福建)建安人。林希逸,(福建)福清人。材同,(福建)福清人。陈鉴之,(福建)三山人。曾由基,(福建)三山人。林尚仁,(福建)长乐人。敖陶孙,(福建)长乐人。陈必复,(福建)闽人。圆悟,(福建)闽人。严粲,(福建)邵武人。刘翼,(福建)福唐人。赵庚夫,(福建)兴化人。程垓,(福建)龙右人。周端臣,(江苏)建业人。张蕴,(江苏)扬州人。朱南杰,(江苏)古徐人。武衍,(河南)汴人。张弋,(河南)河阳人。赵希橚,(河南)汴人。赵汝绩,(河南)浚仪人。胡仲参,(山西)清源人。胡仲弓,(山西)清源人。盛世宗,(山西)清源人。刘翰,(湖南)长沙人。乐雷发,(湖南)舂陵人。李龏,(山东)菏泽人。周文璞,(山东)阳谷人。林逢吉,(山东)东鲁人。周弼,(山东)汶阳人。程炎子,(安徽)宣城人。罗与之,螺川北厓人。斯植,(南岳寺僧)。永颐,(唐栖寺僧)杭人。万俟绍之,未详。陈宗远,未详。戴埴,未详。李时可,未详。赵汝回,(浙江)永嘉人。张炜,未详。朱继芳,(福建)建安人。

凡百〇九人,《瀛奎律髓》曰:"刘潜夫《南岳稿》亦与焉。"

今不在内，盖已亡佚。然此百〇九人，如洪迈、吴渊，爵位既皆通显，诗体又复不类：洪之《野处类稿》，其诗与《朱韦斋集》无异；吴之《退庵遗稿》，本与其兄潜集合刻，名《衮绣堂集》，为宋刻所无，并属书贾伪作编增，非陈道人原书所有，实不当列入江湖诗派。诸家诗亦非个个精粹，其最足述者[1]，惟姜夔、戴石屏、刘过、高翥与刘潜夫五人。

（一）姜夔，字尧章，号白石道人，鄱阳人。精诗词，晓音律，终身布衣。有《白石诗集》二卷，《诗说》一卷，《白石道人歌曲》四卷，《集外诗》一卷，《歌曲别集》一卷，行世。初从萧千岩学诗，萧固江西派也，颇喜白石，以其子妻之，故《白石诗集自序》曰："三薰三沐学黄太史。"其后憬悟，乃以精思独造为宗，《自序》曰："居数年，始大悟学即病，顾不若无所学之为得，虽黄诗亦偃然高阁矣。"尝与范石湖、杨万里、尤延之相酬咏，诸家皆甚称许之。其诗情韵颇高，尤长于七绝。《藏一话腴》曰："姜尧章奇声逸响，多天然，自成一家，不随近体。"《香石诗话》曰："宋人七绝，每少风韵，惟姜白石能以韵胜。"《越缦堂诗话》曰："南渡中叶后，姜尧章最清峭绝俗。"《乡诗摭谭》曰："白石诗用黄之神韵意致而变化其面貌，人自不觉耳。"诸家之论，俱得其实。如《雪后夜过垂虹》诗："笠泽茫茫雁影微，玉峰重叠护云衣。长桥寂寞春寒夜，只有诗人一

---

[1] 者　底本误作"著"，据文意酌改。

舸归。"享年约六十余岁,大氐生于绍兴二十五年(一一五五),辛于嘉定元年(一二〇八)之际,为江湖诗人前辈之一。

(二)戴石屏,名复古,字式之,天台黄岩人。居南塘石屏山,自号石屏。幼孤,父戴敏才,精诗,穷死。石屏承遗稿,奉遗志,从林景思、徐渊子、赵师秀讲明句法,又从陆游学。其诗警秀俊爽,间伤率直。方回《跋石屏诗》:"清健轻快,自成一家。"《居易录》:"复古以诗名而多率直,然气骨终胜。"《四库提要》:"复古诗笔俊爽,极为作者所推,要其精思研刻,实能独辟町畦。"皆是也。游谒江湖凡五十年,有《石屏集》六卷,自云:"诗不可计迟速,每一得句,或经年始成篇。"锻炼精苦,可以概见。如《舣舟登滕王阁》:"散步登城郭,维舟古树傍。澄江浮野色,虚阁贮秋光。却酒淋衣湿,搓橙满袖香。西风吹白发,犹逐少年狂。"颇有清趣。与林逢吉、刘克庄、高九万辈相友善。生于乾道三年(一一六七),寿至八十余,大约卒于淳祐八年(一二四八),为江湖前辈之一。

(三)刘过,字改之,庐陵人,号龙洲道人。有《龙洲集》十四卷。赋性崛强,与周必大、辛弃疾、陆游、姜夔、杨诚斋辈常相投赠。光宗、宁宗时(一一九〇——一二二四)游谒江湖间。其诗豪侠亢厉,类其为人,又能词,宗辛、陆,而诗体亦近务观。一生不得志,竟以穷老死。《江西诗话》称其"思致赡逸",《四库提要》称其诗"多粗豪抗厉,不甚协于雅音,特以跌宕纵横,才气坌溢,要非龌龊者所及",皆是也。如《夜思中原》诗："中原邈邈路何长，文物衣冠天一方。独有孤臣挥血泪，更无奇杰叫天阍。关河[1]月夜冰霜重，宫殿春风草木荒。犹耿孤忠思报主，插天剑气夜光芒。"江山故国之思，北进恢复之志，溢诸字句，亦可哀矣！与姜、戴同时，亦江湖前辈之一。

（四）高翥，字九万，号菊涧，余姚人。孝宗时（一一六三——一一八九）游士，所著《菊涧集》久佚，清人钩稽之，得《信天巢遗稿》一卷。《后村诗话》称："菊涧诗能参诚斋活法。"其论诗目标颇高，《报友人书》曰："古以汉魏为至，律必开元以前。材有不逮，可勉而至。志之所画，终然而已。匠心虽工，学步滋丑。时崇杜贤，句紬[2]字绎，神理索然。窃欲法其弘深，涤彼拙率，推之汉魏，莫不皆然。天宝以还，五代而上，但堪代烛云尔。"观菊涧之意，岂非革正江西、卑弃四灵而丑学他人之步者乎？惜其造诣尚未能脱出江湖习气，而独立一帜。如《送方岩先生以谏去国》："忠言历历未曾行，尽载图书出帝城。余子但知才可忌，先生当以去为荣。门阑竹石关心久，部曲溪山照眼明。长啸归欤莫惆怅，浙江风定自潮平。"冗率之气未除，可与刘过相伯仲而已，未有以过人也。与戴式之、刘克庄尝互投赠，年代大氐在戴、刘之间，为江湖派之健将。

（五）刘克庄，字潜夫，号后村，莆田人。以荫入仕，至焕

---

[1] 河　底本为方框，据《全宋诗》（P.31836）改。
[2] 紬　底本作"细"，据《慈溪文献集成·余姚六仓志》"高翥"传（P.513）改。

章阁学士，致仕卒，谥文定。能诗，幼年见知于叶水心，水心《题南岳诗稿》曰："四灵时，刘潜夫年甚少，刻琢精丽，语特惊俗，不甘为雁行比也。今四灵丧其三矣，而潜夫思愈新，句愈工，历涉老练，布置阔远，建大旗鼓非子孰当！"继而师事真德秀，于是精四六之文。其诗辞质意浅，体近诚斋又好用当时事，《陔余丛考》《池北偶谈》《瀛奎律髓》并论之以为病症，而当时言诗者宗焉，言文者宗焉，言四六者宗焉。著有《全集》百九十六卷，《宋诗钞》曰："论者谓江西苦于丽而冗，莆阳得其法，而能瘦能淡，能不拘对，又能变化而活动，盖虽汇众作，而自为一宗者也。"颇得其实矣。如《送真西山再镇温陵》"父老香花夹路催，朱幡那忍更徘徊？弓张至此尤宜弛，珠去安知不复回？海上有艘堪致粟，洛中无箧胜生财。泉人毕竟修何福，消得西山两度来？"享年八十三（淳熙十四年一一八七—咸淳五年一二六九），卒后八年，宋亡。

五人中，潜夫名最高，位最显，而姜、戴、刘过皆江湖前辈，高菊涧位又不及潜夫，潜夫乃江湖派领袖也。潜夫《送谢昉序》："余少嗜章句，格调卑下，故不能高。既老，遂废而不为，然江湖社友犹以畴昔虚名相推让，虽屏居田里，载贽而来者，常堆案盈几，不能遍阅。"故江湖诗派，除姜、戴、龙洲、菊涧四公外，虽以潜夫一人代表之可也。

【宗主】

克庄初学诗，正当四灵盛行之际，且克庄又与赵灵秀、翁灵舒相友善，乃不自意坠入四灵境界。《瓜圃集序》曰："永嘉诗人极力驰骋，才望见贾岛、姚合之藩而已，余诗亦然。十年前始厌之，欲息唐律，专攻古体。赵南塘不谓然，余感其言而止。"则克庄初年致力四灵，似终身未能脱出，然晚年学力增益，见解弥高，遂浸润于三唐两宋诸大家。《刻楮集序》曰："初余由放翁入，后喜诚斋，又兼取东都、南渡江西诸老，上及于唐人大小家数，手钞口诵。"《瀛奎律髓》亦曰："刘潜夫初亦学四灵，后乃稍变，务为放翁体，用近人事，组织太巧，亦伤太冗。"放翁、诚斋皆出自江西派，潜夫又自言兼取东都、南渡江西诸老，则潜夫初年宗四灵、晚年宗江西，是四灵与江西合并之产儿矣。

江湖领袖之宗主如此，则江湖诗派之宗主可知也。考派中隶籍江西者二十七人，浙江者三十九人，福建者十七人，其他各处者又十七人，未详者六人。凡江西者多半出自江西派，浙江者多半出自四灵派，如薛嵎、薛师石等皆四灵之友也，姜夔、刘改之等皆江西之裔也。福建与其他各处者，亦非四灵即江西，如林希逸、敖陶孙、乐雷发等，皆出自江西，武衍、张弋、林尚仁等，皆出自四灵。故江湖派亦是四灵与江西合并之产儿矣。

《四库提要》曰："宋之末年，江西一派与四灵一派合并为江湖派，猥杂细碎，如出一辙，诗以大敝也。"

惟出自江西之江湖诗家，莫不受四灵之沾染，或与四灵为友，或与四灵之友为友而常相酬和投赠者，故《四库提要》又曰："江湖末派以赵紫芝为矩矱，以高翥等为羽翼，以陈起为声气之连络，以刘克庄为领袖，终南宋之世，不出此派。"克庄《跋满传卫诗》亦曰："今江湖诗人竞为四灵体。"

【习尚】

江湖派之习尚，与四灵无异，虽有演化，亦莫能离其宗也。此外，则可以刘克庄之言当之。克庄《跋真仁夫诗》曰："古诗远矣，汉魏以来，音调体制屡变，作者虽不必同，然其佳者必同，繁浓不如简淡，直肆不如微婉，重而浊不如轻而清，实而晦不如虚而明，不易之论也。"克庄既以此为必然之理，故克庄作诗之遵此律也；克庄之遵此律，故江湖诗人之皆遵此律也。若是，则江湖诗派之所好，为简淡，为微婉，为轻清，为虚明，所恶为繁浓，为直肆，为重浊，为实晦。夫实晦、重浊、直肆、繁浓，乃江西末流之弊。江湖诗派既承四灵而为江西诗派反动，自然转为虚明、轻清、微婉、简淡，势之所趋，虽出自江西之姜白石、戴石屏、刘改之辈，亦不得不弃繁浓、直肆、重浊、实晦而为简淡、微婉、轻清、虚明之体也。

【批评】

总观江湖诸家，大氐近体之作多而高，古体之作寡而劣，窘于篇幅，浅于情意，其高者风辞警隽、音调浏亮，其下者骨趣猥俚、气象屠弱，甚至于有蔬笋气，有衰飒气，为山林枯槁之调，为纤琐粗犷之习，千人一篇，千篇一律，诗道至此，可谓一劫！袁桷《书汤西楼诗后》："徐、翁、赵氏为四灵，而唐风渐复。至于末造，号为诗人者，极凄切于风云花鸟之摹写，力屠气消，规规晚唐之音调。"《对床夜语》："四灵倡唐诗者也，学者闯其堂奥，辟而广之，犹惧其失，乃尖纤浅易，相扇成风，万喙一声，牢不可破，曰此四灵体也，日就衰坏，不复振。呼！宗之者反所以累之也。"《四库提要》："武功体至南宋四灵始奉以为宗，其末流写景于琐屑，寄情于偏僻，遂为论者所排，然由摹仿者滞于一家，趋而愈下，要不必追咎作始、邍惩羹而吹齑也。"袁氏所谓"末造"，范氏所谓"学者"，《提要》所谓"末流"，皆谓江湖诗派也。

【恶习】

江湖诗派另有一恶习，不系于诗，而系于诗人，即干谒公卿之风是也。虽非江湖诗人尽然，而染之者固比比皆是。此风唐已有之，然止请求品鉴、借以获名位而已。若江湖诗人，则毁谤要挟、乞金求玉矣。方回生当其世，耳闻目睹，所知最详。《瀛奎律髓》："江湖游士，多以星命相卜，挟中朝尺书，奔走闽台郡县糊口耳。庆元（宁宗年号，西历一一九五）、嘉定（亦宁宗年号，西历一二〇八）以来，乃有诗人为谒客，龙洲刘过改之徒，不一其人，石屏亦其一也。相率成风，至不务举子业，干求一二要路之书为介，谓之阃匦，副以诗篇，动获数千缗以至万缗。如壶山宋谦父自逊，一谒贾似道，获楮币二十万缗，以造华居是也。钱塘湖山，此辈什佰为群，阮梅峰秀实、林可山洪、孙花翁季蕃、高菊涧九万，往往雌黄士大夫，口吻可畏，至于望门倒屣。"夫以诗人而竟为要挟贵人之资，诗道乌得不衰靡乎？钱牧斋序《王德操诗集》："诗道之衰靡，莫甚于宋南渡以后，而其所谓江湖诗者，尤为尘俗可厌！盖自庆元、嘉定之间，刘改之、戴石屏之徒，以诗人启干谒之风，所谓处士者，其风流习尚如此！彼其尘容侉状，填塞于肠胃，而发作于语言文字之间，欲其为清新高雅之诗，如鹤鸣而鸾啸也，其可几乎？"盖诗道于是乃不得不衰靡矣。夫以诗章而竟能要挟贵人之资，诗人乌得不愈众乎？刘克庄《跋何谦诗》："自四灵以后，天下皆诗人也！"盖诗人于是而愈众矣。

至江湖诗派流行年代，可自姜白石算起，至宋亡为止，约八十年。宋亡而此辈亦亡。

一一　理学派

宋代学术，于文化史中最占要位者，非文词，亦非诗赋，而惟道学。道学亦名理学，起自周濂溪、邵康节，盛于程明道、程伊川，集大成于朱晦翁。晦翁以降，理学弥漫天下，举凡文学、政治，无不有理学思想为其背影，而成理学之政治、理学之文学。夫诗乃文学之一偏，故宋理学家亦独有其理学诗体，虽非诗学正统，然自具其习尚，未可便尽芟而不述也。若追溯理学诗体之起始，固亦当推周、邵、二程诸公焉。

（一）邵雍，字尧夫，河南人。屡举不仕，尝师事北海李之才，受河图先天象数之学，颇多心得，为理学别派之始祖。享年六十七（祥符四年一〇一一—熙宁十年一〇七七），赐谥康节。著有《观物篇》《渔樵问答》《先天图》《皇极经世》等理学书，《伊川击壤集》则其诗也。《四库提要》曰："班固咏史，始兆论宗，方朔戒子，始涉理路，沿及北宋，鄙唐人之不知道，于是以论理为本，以修辞为末，而诗格于是乎大变，此集其尤著者也。"所论颇为允当。至谓邵子之诗，原于香山，虽说本焦竑，恐未必然。如《有客吟》："伊嵩有客欲无言，进退由来僩似天。好乐未能忘水石，乐闲非为学神仙。休嗟紫陌难为客，且喜清风不用钱。枉尺直寻何必较，此心都不大求全。"

（二）周敦颐，字茂叔，道州营道人。官至知南康郡，因家于庐山莲花峰下，以营道故居濂溪名之。尝受学于陈抟，著有《太极图》《通书》《文集》等行世。二程子师事之，为正统理学之始祖。闲居乐道，间以吟咏自遣。卒年五十七（天禧元年一〇一七—熙宁六年一〇七三）。如《同石守游》："朝市谁知市外游，杉松声里入吟幽。争名逐利千绳缚，度水登山万事休。野鸟不惊如得伴，白云无语似相留。傍人莫笑凭栏久，为恋休居作退谋。"

（三）张载，字子厚，世居大梁，徙凤翔横渠镇。嘉祐中进士，官至知太常礼院。少喜谈兵，范文正授以《中庸》，始翻然志道。与二程子相友善，为理学一大家。享年五十八（天禧四年一〇二〇—熙宁十年一〇七七）。著有《正蒙》《经学理窟》《易说》《语录》《东铭》《西铭》等书。间事吟咏，亦颇可观。如《燕歌行》："小雅废兮，东山不作。哀我人斯，皇心不乐。烝哉斯人，胡然而天兮，王师于铄。"是模《诗经》句法者也。

（四）程颢，字伯淳，河南人。幼与弟颐学于濂溪，独得颜、孔要旨。官至监汝州酒税。享年五十四（明道元年一〇三二—元丰八年一〇八五），谥明道先生。为人温实和粹，平生无忿厉容，有《文集》《语录》传世。所作诗歌，亦极雅正。如《晚春》："人生百年永，光景我逾半。中间几悲欢，况复多聚散！

青阳变晚春,弱条成老干。不为时节惊,把酒欲谁劝?"

(五)程颐,字正叔,号伊川,明道之弟。性严正,哲宗时官崇正殿说书。其学甚盛,直继濂溪之传,下开晦翁之绪。徽宗时,佞者目为邪说,逐其徒众,遂隶党籍。卒年七十五(明道二年一〇三三—大观元年一一〇七)。有《易传》《语录》行世。反对作诗甚烈,然亦间事吟咏。如《谢佺期寄丹》:"至诚通圣药通神,远寄衰翁济病身。我亦有丹君信否,用时还解寿斯民。"

(六)朱熹,字元晦,号晦庵,又号晦翁。其先婺源人,生于尤溪,晚迁建阳之考亭。绍兴中进士,官至焕章阁待制。学于李延平,延平之学出自罗豫章,豫章出自杨龟山,龟山乃伊川之高足,故考亭之学,实渊源程氏。主格物致知,居敬穷理。屡被劾为伪学,犹讲习不辍。卒年七十一(建炎四年一一三〇—庆元六年一二〇〇),赐谥曰文。著述甚多,如《四书集注》《近思录》《易本义》《诗集传》《文集》《语录》等。所作诗歌极佳,才力之大,足与名家媲美。自汉魏体、六朝体、唐体以及理学体,无不能之,而尤精古诗。张伯行《濂洛风雅》曰:"朱子诗冲融高朗,几于陶、杜。"《诗薮》曰:"大氐南宋古体,当推朱元晦。"《怀麓堂诗话》曰:"晦翁深于古诗,其效汉魏,至字字句句平侧高下,亦相依仿,命意托兴,则得之《三百篇》者为多。"《雪桥诗话》曰:"谢枚如云:'朱子五言醇穆有古意。'"皆盛称其古体也。如《读道书作》:"四山起秋云,白日照长道。西风何萧萧,极目但烟草。不学飞仙术,日日成丑老。空瞻王子乔,吹笙碧天杪。"至其理学体,亦能修谨雅正,不杂俚亵之言,典厚恢宏,刊落诙谐之调。如《斋居感兴》:"元亨播群品,利贞固灵根。非诚谅无有,五性实斯存。世人逞私见,凿智道弥昏。岂若林君子,幽探万化原?"

(七)陆九渊,字子静,号存斋,抚州金溪人。乾道八年进士,官至知荆门军。学由自悟,以尊德性为主。与朱子论不合,自成一派,结茅象山,学徒颇众。卒年五十四(绍兴九年一一三九—绍熙三年一一九二),赐谥文安。所著《文集》内有诗二十三首。录其《和鹅湖教授韵》:"墟墓兴哀宗庙钦,斯人千古不磨心。涓流积至沧溟水,拳石崇成太华岑。易简工夫终久大,支离事业竟浮沉。欲知自下升高处,真伪先须辨只今。"尝论江西诗派,颇有允当语,不似他家之一味厌斥,岂以公亦江西人故耶?

(八)吕祖谦,字伯恭,号东莱,金华人。举隆兴进士,复中博学宏词,官至国史院编修。与朱子、张栻称"东南三贤"。其学亦本周、程,而特精史献,兼理文章,朱子尝病其杂。卒年四十五(绍兴七年一一三七—淳熙八年一一八一),谥成。著有《宋文鉴》《东莱集》《诗律武库》《东莱博议》等,有诗一卷,颇雅驯。如《和御制秋月幸秘省》:"麟阁龙旗日月章,中兴再见赭袍光。仰观焜耀人文盛,始识扶持德意长。功利从今卑管晏,浮华自昔陋卢王。愿将实学酬天造,敢效明河织女襄?"

（九）真德秀，字景元，号西山，浦城人。庆元进士，官翰林，至参知政事。其学宗朱子，文精四六。韩侂胄尝设伪学之禁，而西山扶持其间，正学赖以不泯。卒年五十八（淳熙五年一一七八—端平二年一二三五），谥文忠。著有《文章正宗》《大学衍义》《西山文集》等。如《长沙会十二宰》："从来守令与斯民，都是同胞一样亲。岂有脂膏供尔禄，不思痛痒切吾身？此邦只似唐时古，我辈当如汉吏循。今夕湘春一卮酒，直烦散作十分春。"

（一〇）金履祥，字吉父，婺州兰溪人。年十八补太学生，有能文名，继而自悔，折节读书。笃志濂、洛，受学于王柏，柏乃何基弟子，基又黄干弟子，干则朱子之弟子也，故吉父之学实源于朱子。中年后，讲学仁山下，元之文家许谦、柳贯辈，皆尝执弟子礼。卒年七十三（绍定五年一二三二—元大德七年一三〇三）。著有《通鉴前编》《濂洛风雅》《仁山集》等。其诗颇安和，如《代简汪名卿》："闻道君居向紫岩，为渠征役未遑安。从来古语贫为累，岂谓今时富亦难？六十里间无一字，几多心事付三叹！秋来好着[1]新鞭策，要把规模远大看。"

以上所举十家，而理学诗体之源流尽矣。邵康节始为纯理学之击壤体，周、张、二程北宋时诸理家似之，朱晦翁始兼取《诗》学正法，吕、陆、真、金南宋时诸理家似之。《雪桥诗话》

---

[1]着 底本误作"看"，据《全宋诗》(P. 42584)改。

曰:"吴云称:'朱子不堕理障为正宗,若邵子击壤体,流弊至《太极圈》,变为恶道矣。'"故论其品格,则近晦翁者为高;论其势力,亦近击壤者为小。大氐朱子前理学诗体仅限于理家为之,朱子后理家遍天下,咸以理家规准,选为诗文总集,如《宋文鉴》《文章正宗》《濂洛风雅》等,相继以出,于是诗人而从理家说者愈众,理学诗体之势力遂不可侮。《四库提要》曰:"自真德秀《文章正宗》出,始别为谈理之诗。自金履祥《濂洛风雅》出,而道学之诗、诗人之诗,千秋楚越。"

然则理学诗体之长短如何?曰:其长在不作无病呻吟,而去拘涩之习;其失则在无格调,寡性灵,刊落诗之情趣,而移殖以理道。故理学势力在宋虽无可当之者,而理学诗体则不过诗之别派,终未能超越正统诗体也。

至其何以如此长,何以如此短?观理家于诗之持论,可以知矣。彼诽诋诗人之诗,曰无用、曰末事、曰害道、曰污行、曰溺情、曰丧志,然则理家之诗必非无用、非末事、非害道、非污行、非溺情、非丧志者也。故特建立理学所谓诗之规准:一曰去声律,即随口发音之意。《文章正宗·诗赋门序》:"以文公之言为准,律诗虽工,亦不得与。"伊川《击壤集序》:"所作不限声律。"二曰屏情好,即应理言道之意。《后村诗话》:"《文章正宗》初萌芽,西山以诗歌一门属余编类,且约以世教民彝为主,如仙释、闺情、宫怨之类,皆勿取。"三曰因言成诗,即不加雕琢之意。伊川《击壤集序》:"其或经道之余,因静照物,因时起志,因物寓言,因志发咏,因言成诗,因咏成声,因诗成音。"四曰有补于世,即正养人心之意。《文章正宗序》:"今之所辑,以明礼义、切时用为主,其体本乎古,其指近乎经,然后取焉。"戴锜《濂洛风雅序》述金氏当日编选之意曰:"每读遗编,见其中韵语可以正人心,可以敦风俗,可以考古论世者,撮而录之,使人洗心涤虑,非劝则惩,扶道之功何大也!"

理家论诗惟其如此,故虽忠君爱国、每饭不忘之杜甫,犹蒙讥诮,而视为无益于事。《伊川语录》:"某素不作诗,亦非是禁止不作,但不欲为此闲言语。且如今言能诗,无如杜甫,如云'穿花蛱蝶深深见,点水蜻蜓款款飞',如此闲言语,道作甚!"《朱子语录》:"刘子澄言:'杜诗亦何用?是无意思,大部小部无万数,益得人甚事!'"于杜如此,遑论其他,若太白、浩然之流哉?

观金氏《濂洛风雅》一书,以赋、铭、赞、箴、诫、祭文之押韵者入诗选,唐良瑞序之曰:"断取诗、铭、箴、诫、赞、咏四言者,为《风雅》之正体。其《楚辞》《歌操》《乐府》韵语,则《风雅》之变体。其五、七言古风,则《风雅》之再变。其绝句、律诗,则又《风雅》之三变也。"可知理家所谓诗之体制,亦与诗人所谓迥不相侔。盖理家所谓诗,凡有韵之文而有益于事理者,皆是。比兴、音节、体格,非所重矣。袁桷《书周衡之诗后》:"宋世诸儒一切直致,谓理即诗也,取乎平近者为贵,禅人偈语似之矣。"《题闵思齐诗卷》:"唐诗有三变,至宋则变不可胜言矣。诗以比兴为主,理固未尝不具,今一以理言,遗其音节,矢其体制,其得谓之诗欤?"即攻理学诗也。

总计理学诗体占有时间,自周、邵至宋亡,约二百二十年,蝉联不断,其兴盛沿革,一以理学兴盛沿革为转移。

一二　晚宋派

江湖诸人既没，继者为晚宋诗体。晚宋诸人，皆生当宋季，卒于元初，目睹邦家倾危，君后北迁，生民涂炭，将吏死节，而兴怀忠耿之情，惨恫悲愤之意，交错胸中，发以为声，笔以为诗。其韵调风格，乃不约而同趋一体，所谓"乱世之音怨以怒，亡国之音哀以思"也。观《天地间集》《宋遗民录》《月泉吟社》《谷音》诸书，可觇其概。今举文、谢、林、方、郑、汪、许、真八人为此体代表。

（一）文天祥，名云孙，又字宋瑞，号文山，庐陵人。举进士第一，官知赣州。元人渡江，奉诏起兵，屡职军权，除右丞相兼枢密。出使北军，为所留，未几遁归福州，奉益王登祚。事败，虏系至燕，囚于兵马司者四年，而志愈坚贞，狱中犹作兴复计，遂被杀，年四十七（端平三年一二三六—元至元十九年一二八二）。有《诗集》二卷；又有《指南录》，乃奉使脱难兴复记事诗；又有《吟啸集》，则囚燕所作诗；又有《狱中集杜诗》二百首。大氐《指南录》以前之作，气息近江湖，《指南录》以后之作，则气壮而志愤，言忠而声正，不屑雕镂，不违格律，与老杜为不远。《乡诗摭谈》曰:"文山诗为南宋江西之后劲,山谷学杜、文山亦学山谷之所学,但比山谷少变化耳,然而英挺不群之概,咄咄逼人也!"如《走阙》:"楚月穿春袖,吴霜透晓鞯。壮心欲填海,苦胆为忧天!役役惭金注,悠悠叹瓦全。丈夫竟何事,一日定千年。"

(二)谢翱,字皋羽,一字皋父,号晞发子,闽长溪人,后徙浦城。咸淳初试进士不第,乃慨然专意古作。尝赋《宋祖铙歌》《鼓吹曲》《骑吹曲》,上太常,乐工皆习之。元兵破宋,翱倾赀率乡兵投文天祥,为咨议参军。天祥被执,乃往依浦阳方凤,与永康吴思齐俱客吴渭里中,共感亡国之苦,吟讽不已,以遣怀。渭作月泉吟社,命题四方诗客,定期征卷,使三子为之较赏,而婺、睦人士,翕然宗皋羽之学,称睦州诗派。至元甲午,去家走林。卒年四十七(淳祐九年一二四九—元元贞元年一二九五)。生平好游,足迹遍两浙,所至辄感哭。尝登子陵钓台,设文天祥主,再拜恸哭,著《西台恸哭记》。得唐方干旧隐白云村,曰"死必葬此",以骨托方凤,卒如其志。有会友之地名汐社,意取晚而信也。所著《晞发集》。论诗主冥搜苦索,每吾人曰:"用志不分,鬼神将避之!"当执笔时,瞑目遐想,身与天地俱忘,故其诗不同凡作。任士林所作《谢翱传》曰:"所作歌诗,其称小,其指大,其辞隐,其义显,有风人之余,类唐人之卓卓者,尤善叙事云。"《丹铅录》曰:"《晞发集》诗皆精致奇峭,有唐人之风。"储欆《晞发集引》曰:"翱之乐府、古体似李贺、张籍，近体在郊、岛间。"如《西台哭所思》："残年哭知己，白日下荒台。泪落吴江水，随潮到海回。故衣犹染碧，后土不怜才！未老山中客，唯应赋八哀。"

（三）林景熙，一名景曦，字德旸，号霁山，温州人。咸淳七年太学释褐，授泉州教授，官至从政郎。宋亡不仕，往依会稽王英孙，肆意游咏。会杨琏真伽发宋陵，英孙使客收遗骨，景熙从之，与唐珏合所收，葬于兰亭，树以冬青，记以诗咏。卒年六十九（淳祐二年一二四二—元至大三年一三一〇）。有《白石樵唱集》。论诗主诗文一归说。《仇仁近诗序》："近世剽窃声响，穷蚓争喧，自谓能诗，而不本于吾文，以文其所不能，至裂诗文为二途，而不知其归一也。岂有拙于文而工于诗哉？"此与同时刘会孟之说无异也。又主诗须有义说。《王修竹诗集序》："掇拾风烟，组缀花鸟，自谓工且丽，索其义蔑如。古者闾巷小夫，闺门贱妾，往往根性情而作，后之士大夫反异焉，何也？"此则攻击江湖派之失也。至其所为诗，章祖程《题白石樵唱》曰："其诗大氐皆托物比兴，而所以明出处、系人伦、感世变而怀旧俗者，至矣！至于造语之妙，用字之精，法度之整而严，格力之清而健，又未易明言。"方逢辰《白石樵唱序》曰："其诗凄惋，而悠以博，微以章，宛然六艺之遗音，非湖海吟啸风月而已！"《宋诗钞》曰："《白石樵唱》大概凄怆故旧之作，与谢翱相表里。翱诗奇崛，熙诗幽婉。"《越缦堂诗话》曰："霁山所作，高淡深秀，前跻石湖，后蹴梧溪。"皆颇得其实。

如《冬青花》："冬青花，花时一日肠九折。隔江风雨晴影空，五月深山护微雪。石根云气龙所藏，寻常蝼蚁不敢穴。移来此种非人间，曾识万年觞底月。蜀魂飞绕百鸟臣，夜半一声山竹裂。"

（四）方凤，字韶卿，一名景山，婺州人。本姓陈，为方氏养子，方氏乃唐方干之裔。举礼部不第，以特恩官容州文学，通毛、郑二家《诗》。宋亡，遁归仙华山，同里吴渭辟塾敬事之，与谢翱、吴思齐吟咏无虚日，其酬答诗，名《风雨集》。性好游，一时名士，如牟巘、方回、龚开、戴表元、胡穆仲、仇仁近、刘声之、陈无逸辈，皆与联文字交。弟子甚众，柳贯为其魁。临没属子题其旌曰"宋容州"，以示不忘。卒年八十二（嘉熙四年一二四〇—元至治元年一三二一）。有《存雅堂稿》行世。论诗谓当有所主。《仇仁近诗序》曰："余谓作诗当知所主，久则自成一家。唐人之诗以诗为文，故寄兴深，裁语婉。本朝之诗以文为诗，故气浑雄，事精实。四灵而后，以诗为诗，故月露之清浮，烟云之鲜丽。今君留情雅道，其孰之从？"观凤所作，则似初由江湖派之径而竟主乎唐人者也。柳贯《方凤墓铭》曰："束其兴观群怨之旨，而一发于咏歌，体裁纯密，声节娴婉，不缘凿镂，而神气浩然，自成一家！"黄潜序《方凤诗集》曰："发为声歌，无不有以寓其意，至于得失废兴之迹，皆可概见，故其语多诡苦激切，不暇为他文人藻饰秾丽以为工也。"皆得其实。如《仙华山招隐》："轩后悲苍剑，神娥下玉霄。

攀髯初失梦，遗蜕尚陵敲。碧堕升棺木，青分产桂苗。山精依鹿竹，天雨湿鸡翘。有约成孤愤，无人重久要。豢龙因姓氏，使鹤误轩轺。冉冉将终老，冥冥不可招。无书寄青雀，有恨在中条。"

（五）郑思肖，宋亡始改名思肖，字忆翁，号所南，以示不忘故国：所南者，以南为宋也；忆翁者，忆乎宋也；思肖者，思乎赵也。本福州连江人。宋末太学生，博学多技。元兵初南下，叩阙上疏，词旨切直，当路不报，遂客吴下，寄食报国寺。宋亡，坐卧不北向。终身不仕。卒年七十八（淳祐元年一二四一——元延祐五年一三一八）。其为人如此。其诗多寓意于宋，著有《所南集》《一百二十图诗集》。论诗主诗为最灵说。序汤西楼《壮游集》曰："天地之灵气为人，人之灵气为心，心之灵气为文，文之灵气为诗。盖诗者，古今天地间之灵物也。"与晚唐、四灵诗派之见无异矣。如《醉乡》："破得愁肠了，仍还太古风。浑然无事国，不与世相通。地迈华胥外，天归混沌中。蠢哉蛮触氏，苦死角英雄。"此类之作，虽似平浅，实有难言之意寓于其中。或谓："思肖诗颇似钱仲文，高古独妍，肝胆皆冰雪也。"

（六）汪元量，字大有，号水云，钱塘人。度宗时以善琴事谢后、王昭仪。宋亡，随三宫，留燕甚久。南归为黄冠，游荡彭蠡、匡庐间，若飘风行云，莫测其迹。享年颇永，元延祐二年（一三一五）犹存。有《水云集》《湖山类稿》。其诗慷慨忧悲,存黍离麦秀之感,凄怆宛恻,多国亡北徙之思。文天祥《书水云诗后》曰:"读之如风樯阵马,快逸奔放!"论水云诗气也。赵文《书水云诗后》曰:"国亡能写为诗,幽忧沉痛,殆不可读。"论水云诗意也。李珏《书水云诗后》曰:"纪其亡国之戚,去国之苦,间关愁叹之状,尽见于诗,微而显,隐而章,哀而不怨。唐之事纪于草堂,后人以诗足目之。水云之诗,亦宋亡之诗史也。"论水云诗善于纪事也。如《潼关》:"蔽日乌云拨不开,昏昏羸马度关来。绿芜径路人三里,黄叶邮亭酒一杯。事去空垂悲匡泪,愁来莫上望乡台。桃林塞外愁烟起,大漠天寒鬼哭哀。"

(七)芹月卿,字太空,婺源人。宋亡改字宋士,号山屋先生。尝师事朱子门人董介轩,又入学于魏鹤山。入江淮幕,以军功补校尉。廷对,赐进士及第,授司户参军。以事讼权相,理宗目为狂士。贾似道当国,试馆职。言不合,归故里闭户读书,自号泉田子,从游甚众。元兵渡江,乃深居一室,十年不言而卒。年七十(嘉定六年一二一三—元至元十九年一二八二)。有《先天集》行世。据其自云,其诗似出自李、杜、昌谷。《次韵程愿》:"二李歌行醉里歌,君溪雨棹我烟蓑。凤凰台上我山墅,虹马轩高君月坡。晓径焰间追李杜,夜窗灰里拨阴何。长哦岁晚成二老,诗社往来君肯么?"实则气息近江湖,去李、杜体格过远。或又谓其"幽秀之色,微似唐刘长卿"。如《挽李左藏》:"少年谓子气横秋,壮已边城汗漫游。筮仕弗如归亦好，读书未了死方休。半生懒意琴三叠，千古诗情土一丘。月落锡林烟露冷，松风无籁自飕飕。"

（八）真山民，不知何许人，但自呼曰山民，或谓乃真西山之孙，本名桂芳，栝苍人。宋末进士，入元，痛家倾邦亡，深自涸翳，有陶元亮风。所著《山民集》，皆近体，无古体，多五言，少七言，而气象萧散，意调幽忧，参悟之机与刻镂之力并具。《四库提要》曰："山民黍离麦秀，抱痛至深，诗格出于晚唐，长短皆复相似，有晚唐纤佻粗犷之习，亦有颇得晚唐佳处者。"殊不诬也。如《兰溪舟中》："一舸下中流，西风两岸秋。橹声摇客梦，帆影挂离愁。落日鱼虾市，长烟芦荻洲。篙人夜相语，明发又严州。"

诸公诗格相同，而尤以方、谢之名为最重，品亦最高。景熙风格未遒，文山遒而未化，郑、真、汪、许又其次者也。大氐诸公初年牵入江湖，溯洄晚唐，及宋亡，山河变色，天地震动，于是忧悲移人，丧乱警目，而发口搦笔，默思动怀，皆与江湖异矣，然其余习犹未脱尽。读诸公诗集，其元时、宋时之作，着目可知：元时之作多隐晦，多奇矫，多言情；宋时之作多清浅，多卑缓，多述景也。

元诗受诸公影响不愍，如方凤一传为柳贯，贯固元之诗文家，再传为宋濂，濂又明之诗文家。如谢翱在浦阳主月泉吟社，两浙之士多宗之，故《小草斋诗话》曰："元诗之所以[1]一变乎宋者，谢皋羽之功也。"若文、汪、林、真、许、郑六公，节风正气，化人岂浅！

后世尤称诸家纪事诗，盖纪事诗历四灵、江湖之劫，至此始复也。钱牧斋序《胡致果诗》曰："至于少陵，而诗中之史大备，天下称之曰诗史。唐之诗，入宋而衰，宋之亡也，其诗称盛：皋羽之《恸西台》，玉泉之《悲竺国》，水云之《苕歌》，谷音之《越音》，古今之诗莫变于此时，亦莫盛于此时。至今新史盛行，空坑、崖山之故事，与遗民、旧老灰飞烟灭。考诸当日之诗，则其人犹存，其事犹在，残篇啮翰，与金匮石室之书并悬日月。"

---

[1] 以 底本脱，据《明诗话全编》（P.6678）补。

一三　各派之源流表

综观上述，知香山体出自白乐天，晚唐体出自贾阆仙，西昆派出自李义山，昌黎体出自韩退之，荆公体出自杜工部，东坡体出自白乐天、韩退之、杜工部、陶渊明，江西派出自西昆、昌黎、荆公、东坡诸体，四灵派出自晚唐体，江湖派出自江西、四灵二派，而晚宋体又出自江湖派，惟理学体乃自创者，无所依傍。今列表于下，以明源流：

一三 各派之源流表

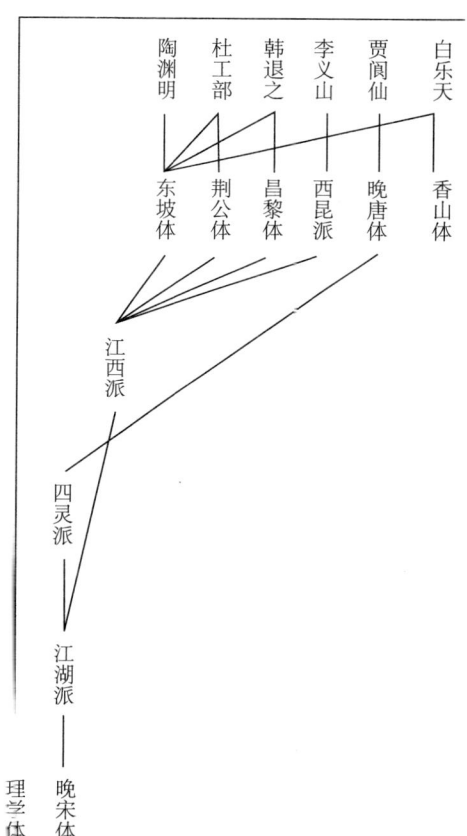

附 录

宋诗之派别

陈延杰　著
陈斐　整理

目录

（北宋）

第一期　西昆体｜172

第二期　王禹偁、徐铉等｜173

第三期　苏、梅、欧阳｜178

第四期　理学诗｜184

第五期　王安石、苏轼｜186

第六期　江西诗派｜196

（南宋）

第一期　叶梦得、陈与义｜202

第二期　尤、杨、范、陆｜208

第三期　永嘉四灵｜215

第四期　江湖派｜217

第五期　隐逸诗｜220

顾亭林曰："《三百篇》之不能不降而《楚辞》，《楚辞》之不能不降而汉、魏，汉、魏之不能不降而六朝，六朝之不能不降而唐也，势也。"余以为唐之不能不降而宋者，亦势也。宋诗不若《三百篇》风人之旨，又不若《楚辞》之幽怨，汉、魏之凄远，六朝之绮丽，唐人之清逸，而能独创一境界，羌无故实，而意趣幽奇，诚非前代所可及也。谁谓宋诗腐哉！虽有模拟晋、唐者，然神貌尽变，不相沿袭，非皆道前代语也。此宋诗所以独称一代也欤！

宋诗凡叙事，皆据事直书，不假辞藻雕饰，俗字俚语，信笔写出，而朴茂之气，亦自不可没。故胸中妙趣，无不以诗句达之。即写眼前之景，亦宛然如画，且生动不可捉摸。余以为宋人真能造意境者也！曹学佺序宋诗曰："取材广而命意新，不剿袭前人一字。"吴之振序《宋诗钞》曰："宋人之诗，变化于唐，而出其所自得，皮毛尽落，精神独存。"观二子之说，宋诗之真面目，遂得尽暴露于天下，而人始以为神奇矣！

窃尝观之，宋诗派别纷歧，有模仿唐调者，有以诗悟道者，有自出机杼而能造言创意者，有作江湖语者。暇辄抽理全诗，得其一绪焉。大概北宋诗分六派，南宋诗分五派，为一一演绎之如下[1]。宋诗[2]派别，尽于此矣。

第一期　西昆体

宋初，诗家皆染五代芜鄙习气。祥符间，杨亿、钱惟演、刘筠，为诗皆宗李商隐，一以细润清丽为贵，竞相模仿，号"西昆体"。其属而和者，十有七人。

杨亿，字大年，诗清新纤艳。如《禁中庭树》云："累珠晨露重，嘒管夜蝉清。"《夕阳》云："绿芜平度鸟，红树远连霞。"石介作《怪说》刺之曰："杨亿穷妍[3]极态，缀风月，弄花草，淫巧侈丽，浮华篆组。"其疾之深矣。

刘筠作诗务故实，能侔揣情状，而语意轻浅。欧公云："刘子仪句有'雨势宫城阔，秋声禁树多'，亦不可诬也。"然虽不可诬，终伤卑弱。

钱惟演与杨、刘鼎立，称"江东三虎"，以诗相倡和，极一时之丽。

他若李宗谔、陈越、李维、刘隲、丁谓、刁衎、任随、张咏、钱惟济、舒雅、晁迥、崔遵度、薛映、刘秉，一时互相酬

---

[1] 如下　底本作"如左"，据此次整理版式改。下文径改，不再出校记。
[2] 诗　底本误作"时"，据文意酌改。
[3] 妍　底本作"研"，据《徂徕石先生文集》(P.63)改。

唱，皆尚纤巧，重对偶，无复空灵神韵矣。惟张乖崖清逸，甚有气骨。今录一二首作例：

　　寒幕萧萧竹院深，客怀孤寂伴灯吟。无端一夜空阶雨，滴破思乡万里心。(《雨夜》)
　　当年失脚下渔矶，苦为明朝未得归。寄语巢由莫相笑，此心不是爱轻肥。(《寄傅逸人》)

虽似常语，无雕琢之态，亦有一种妙趣，非活剥义山句也。故列名《西昆酬唱集》中，颇不类云。

第二期　王禹偁、徐铉等

　　当西昆体盛时，王禹偁、徐铉、寇准、魏野、林逋、潘阆、赵湘、韩琦、范仲淹、石介，或学白体，或学晚唐体，咸能独辟蹊径，一扫西昆雕镂之习，开后来宗派。此期诗人，其功不在禹下！
　　王禹偁，字元之，巨野人。官至知制诰。诗学少陵，无其沉郁，而能造意趣。兹录一二首例之：

　　孟郊尝贫苦，忽吟不贫句。为喜玉川子，书船归洛浦。乃知君子心，所乐在稽古。汉公得高科，不足惟坟索。二

> 年佐棠阴，眼黑怕文簿。跃身入三馆，烂目阅四库。盂贫昔不贫，孙贫今暴富。暴富亦须防，文高被人妒。(《暴富送孙何入史馆》)
>
> 　　宦途日日与心违，人事纷纷任是非。却为游山置行李，渔家船舫道家衣。(《言怀》)

观此诗，觉生趣盎然，西昆芜鄙之气洗尽矣!《宋诗钞》："元之独开有宋风气，于是欧阳文忠得以承流接响。文忠之诗，雄深过于元之，然元之固其滥觞矣。"非过论也。

徐铉初仕南唐，后归宋。诗学白乐天，得其一体，遒丽而不深警。

> 　　清商一曲远人行，桃叶津头月正明。此是开元太平曲，莫教偏作别离声。(《又听霓裳羽衣曲送陈君》)

此首亦颇具元和风格云。

潘阆以诗知名，风律孤峭，间有粗犷之习。与王禹偁、寇准、林逋诸人交好最密，皆与赠答。

> 　　此地绝炎薰，深疑到不能。夜凉如有雨，院静若无僧。枕润连云石，窗明照佛灯。浮生多骨贱，时日恐难胜。(《夏日宿西禅》)

苏子瞻少时过山院，见壁上有"夜凉"之句，盛称之。

久客见华发，孤棹桐庐归。新月无朗照，落日有余晖。渔浦风水急，龙山烟火微。时惊沙上雁，一一背南飞。(《岁莫自桐庐归钱塘晚泊渔浦》)

刘攽《中山诗话》称："此诗不减刘长卿。"宋人之重潘逍遥诗，于此可见。

寇准，太平兴国进士，凡三入相，封莱国公，谥忠愍。长诗什，多得警句。《四库提要》："准以风节著于时，其诗乃含思凄婉，有晚唐之致，然骨韵特高，终非凡艳所可比。"得忠愍之旨矣！

暮天寥落冻云垂，一望危亭欲下迟。临水数村谁画得，浅山寒雪未销时。(《书河上亭壁》)

岁暮峡中村，维舟古树根。群峰初落月，夜后独闻猿。流水自无尽，客愁那可论？平明离楚岸，迢递指吴门。(《夜泊江上》)

观此数篇，俊迈不羁，直声樊川云。

林逋结庐西湖孤山，不娶，无子。所居多植梅蓄鹤，因谓"梅妻鹤子"云。诗澄澹高远，如其为人。且搴王、孟之幽，挹刘、韦之逸，意趣远矣。

> 晚来山北景，图画亦应非。村路飘黄叶，人家湿翠微。樵当云外见，僧向水边归。一曲谁横笛，蒹葭白鸟飞。(《北山写望》)

> 苍茫沙嘴鹭鸥眠，片水无痕浸碧天。最爱芦花经雨后，一篷烟火饭渔船。(《秋江写望》)

处士写景亦复绝妙，而风味澹逸，自可玩赏。又善咏梅，欧阳文忠极赏其"疏影横斜"二句；而山谷则云，"雪后园林才半树，水边篱落忽横枝"似胜前句，然皆孤峭幽远矣。

魏野志清逸，以吟咏自怡，隐于陕州东郊。手植竹木，绕以流泉。为诗甚清苦，与逋同时。虽同具隐逸之趣，而风律平易，究逊逋一筹。举一首证之：

> 无才动圣君，养拙住山村。临事知闲贵，澄心觉道尊。成家书满屋，添口鹤生孙。仍喜多时雨，经春免灌园。(《闲居书事》)

韩琦诗直抒胸臆，不尚雕琢，而意趣自然流露，风格亦峭炼。

皇祐辛卯夏，六月朔伏暑。始伏之七日，大热极炎苦。赫日浇扶桑，焰焰指亭午。阳乌自焦铄，垂翅不西举。炙翻四海波，天地入烹煮。蛟龙窜潭穴，汗喘不敢雨。雷神抱桴逃，不顾车裂鼓。岂无堂室深，气郁如炊釜。岂无高台榭，风毒如遭蛊。直疑万类熸，尽欲变修脯。尝闻昆阆间，别有迥仙宇。霣散涤烦襟，玉浆清浊腑。吾欲飞而往，于义不独处。安得世上人，同日生毛羽？（《苦热》）

石介诗倔强劲质，挺立不阿。近体甚有温厚之旨，信可以排杨亿矣。

潮阳障烟黑，去京路八千。吏部有大功，得罪斥守藩。朝冲江雾行，夜枕江涛眠。蛟鼍作怪变，时时攀船舷。鱼龙吐火焰，往往出波间。故为相恐怖，倏忽千万端。道在安可劫，处之自晏然。我乏尺寸效，月食二万钱。自请西北来，此行非窜迁。蜀山险可升，蜀路高可缘。上无岚气蒸，下无波涛翻。步觉阁道稳，身履剑门安。惟怀吏部节，不知蜀道难。（《蜀道自勉》）

不知有冻死，一室心恬如。腊尽妻未褐，天寒子读书。浇风与世薄，古道于时疏。事事皆同我，忆君春草初。（《寄雷泽张从道》）

第三期　苏、梅、欧阳

　　宋初，杨、刘倡和，多用故事，语僻难晓，学者争效之，谓之"昆体"。故优人有挦扯义山之诮，诗体一变。其后王、徐、林、魏等辈出，多仿效白乐天，或规规晚唐格调，于是诗体再变。及苏、梅二子，始自出机杼，变以平淡豪俊。至欧阳永叔，巍然大成，则苏、梅殆所谓"荜路蓝缕，以启山林"者欤！

　　苏舜钦，废居苏州，买水石，作沧浪亭，益读书，发其愤懑于歌诗。其体豪放，往往惊人。与梅尧臣齐名，时号"苏梅"。刘后村谓其歌行雄放于圣俞，轩昂不羁，如其为人。兹举数首例之：

　　　　不谓花草稀，实爱菊色好。先时自封植，坐待秋气老。类妆翠羽枝，已喜金屑小。严霜发层英，益见化匠巧。摇疑光艳落，折恐丛薄少。一日三四吟，一吟三四绕。赏专情自迷，美极语难了。得君所赋诗，烂漫惬怀抱。朗咏偿此心，清樽为之倒。（《和圣俞庭菊》）

此首风骨横绝，是能状难写之景，含不尽之意，非专以粗豪擅场也。子美绝句，则古淡可味，后村所谓"蟠屈为吴体，则极平夷妥帖"者是矣。

> 副院深深夏簟清，石榴开遍透帘明。树阴满地日当午，梦觉流莺时一声。(《夏意》)
>
> 春阴垂野草青青，时有幽花一树明。晚泊孤舟古祠下，满川风雨看潮生。(《淮中晚泊犊头》)

此绝句极以韦苏州，山谷甚爱之。

梅尧臣，字圣俞，人称宛陵先生。诗古淡深远，自成一家。河南王曙谓："其诗有晋、宋遗风，自杜子美没后二百年，不见此作矣！"与苏子美并称。欧阳文忠云："子美气尤雄，万窍号一噫。梅翁事清切，石齿漱寒濑。"可谓善譬喻矣。圣俞闲远似韦、柳，而状物写景，各极其[1]妙。举几首证之：

> 君谟善书能别书，宣献家藏天下无。宣献既没二子立，漆匣甲乙收盈厨。钟王真迹尚可睹，欧褚遗墨非因模。开元大历名流夥，一一手泽存有余。行草楷正大小异，点画劲窕精神殊。坐中邻几素近视，最辨纤悉时惊呼。逡巡蔡侯得所得，索研铺纸才须臾。一扫一幅太快健，檀溪跃过瘦的卢。观书已毕复观画，蟹轴江吴种稻图。稻苗秧秧水拍拍，群鹭矫翼人荷锄。陂塍高下石笕密，竹树参倚荆篱疏。大车立轮转流急，小犊欺顾稚子驱。令人频有故乡念，春

---

[1] 极其　底本"极"后衍一"一"字，据文意酌删。

事况及蚕桑初。虎头将军画列女,二十余子拖裙裾。许穆夫人尤窈窕,因诵载驰诚起予。予无书性无田区,美人虽见身老癯。举头事事不称意,不如倒尽君酒壶。(《同蔡君谟江邻几观宋中道书画》)

生男众所喜,生女众所丑。生男走四邻,生女各张口。男大守诗书,女大逐鸡狗。何时某氏郎,堂上拜媪叟?(《戏寄师厚生女》)

圣俞诗古体涵演深妙,真如"朱弦疏越,一唱三叹"者矣。近体亦淡而有味。此刘后村所以谓为"宋诗之开山祖师"也!

晴云嗅鹤几千只,隔水野梅三四株。欲问陆机当日宅,而今何处不荒芜?(《过华亭》)

适与野情惬,千山高复低。好峰随处改,幽径独行迷。霜落熊升树,林空鹿饮溪。人家在何许,云外一声鸡。(《鲁山山行》)

欧阳修诗原出昌黎,痛绮靡之作,始矫昆体,以气格为主。故其诗敷腴,宋诗风气为之一变。最长七言古体,幽咽豪迈,不可一世。

无为道士三尺琴,中有万古无穷音。音如石上泻流水,

泻之不竭由源深。弹虽在指声在意，听不以耳而以心。心意既得形骸忘，不觉天地白日愁云阴。(《赠无为军李道士》)

　　四十未为老，醉翁偶题篇。醉中遗万物，岂复记吾年？但爱亭下水，来从乱峰间。声如自空落，泻向两檐前。流入岩下溪，幽泉助涓涓。响不乱人语，其清非管弦。岂不美丝竹，丝竹不胜繁。所以屡携酒，远步就潺湲。野鸟窥我醉，溪云留我眠。山花徒能笑，不解与我言。惟有岩风来，吹我还醒然。(《题滁州醉翁亭》)

欧公又有《鬼车》一首，是效玉川子《月蚀诗》，独能另辟一奇。《苕溪渔隐丛话》："欧公作诗，盖欲自出胸臆，不肯蹈袭前人，亦其才高不见牵强之迹。"得欧公之意矣。

第三期欧公诗，固以削浮华而履革新之运者也。然佐修以变体者，苏舜钦、梅圣俞也。世比之元结、独孤及之于昌黎，颇不虚云。宋诗风气，既由欧公所转，而一时之士，如余靖、黄庶、赵抃、李觏、文同、韩维等，莫不揣摩风尚，追步后尘，以力复古格者矣。

余武溪诗有艰涩之累，然颇具法度。《宋诗钞》："时欧阳变体复古，靖与交厚，故亦弃华取质，为有本之学。"是知靖颇受欧公之影响焉。

　　昔年曾泛马当湾，团饭唤鸡篙楫间。今日江头飞不下，

应知人世足机关。(《马当呼鸥不至偶成呈同行诸官》)

黄庶,庭坚之父。诗生新拔俗,颇能造境。《四库提要》:"江西诗派,咸奉庭坚为初祖,而庭坚之学韩愈,实自庶倡之。其和柳子玉《十咏》中《怪石》一首,最为世所传诵。古体诸诗,并戛戛自造,不蹈陈因。"斯言甚平允。

山鬼水怪着薜荔,天禄辟邪眠莓苔。钩帘坐对心语口,曾见汉唐池馆来。(《怪石》)

赵抃,景祐中进士,为殿中侍御史,京师号"铁面御史"。诗具清苍之气,而和婉有味,不复类其为人。

自顾愚无堪,老大何所用?得郡江湖来,一意云泉纵。惊此西南身,连夕东北梦。乃知故人念,许与明月共。荆书一纸贤,季诺千金重。寄我琼瑶篇,使得长讽诵。寒松有唳鹤,高梧有鸣凤。何日谢知音,为鼓商弦弄?(《寄酬蔡州王陶正言》)

舍车弭盖争寻胜,坐石携泉旋煮茶。可惜湖山天下好,十分风景属僧家。(《次韵范师道龙图》)

观此数首，信不复如[1]铁面者所作也。

李觏在北宋不以诗名。古体尚雄劲有气焰，惟近体颇似义山。

他人工字书，美好若妇女。猗嗟颜太师，赳赳丈夫武。麻姑有遗碑，岁月亦已古。硬笔可破石，镌者疑虚语。惊龙索雷斗，口唾天下雨。怒虎突围出，不畏千强弩。有海珠易求，有山玉易取。惟恐此碑坏，此书难再睹。安得同宝镇，收藏在天府？自非大祭时，莫教凡眼觑。（《鲁公碑》）

文同，字与可，操韵高绝，工画竹。诗有萧洒出尘之想，伫兴而就，出于自然，且奇峭生动，信可声襄阳、乐天矣。与东坡中表，故苏门颇重之。

当年读书处，古寺拥群峰。不改岁寒色，可怜门外松。有僧耆老大，待客转从容。又下白云去，楼头敲莫钟。（《重过旧学山寺》）

有客来山中，云附泸南信。开门得君书，欢喜失鄙吝。筠笼包荔子，四角俱封印。童稚瞥闻之，群来立如阵。竞言此佳果，生眼不识认。相煎求拆观，颗颗红且润。众手

---

[1] 如 底本误作"知"，据文意酌改。

攫之去，争夺递追趁。贪多乃为得，廉耻曾不论。喧闹俄顷间，咀嚼一时尽。空余皮与核，狼藉入煨烬。(《谢任泸州师中寄荔支》)

司马温公称其为人"襟韵潇洒，如晴云秋月，尘埃不到"。吾于诗亦云。荔支之作，信笔直写，而当时情景，活跃纸上，诗具有画工矣！

韩维诗学白乐天，平淡无奇，而萧然意远。《宋诗钞》："维同时唱和者，为圣俞、永叔。其深远不及圣俞，温润不及永叔，然古淡疏畅，故足为两家之鼓吹也。"亦可想见其诗矣。

西园日修整，竹树相缀属。春华虽未敷，气象郁函蓄。密雨昏远林，轻寒旁修竹。于此隐几坐，物我同一目。弟妹四五人，时来问幽独。我云忧与乐，在志所追逐。无厌万钟慊，有道一箪足。置是不须议，春醪满罇渌。(《西园》)

第四期　理学诗

《四库提要》云："自班固作《咏史诗》，始兆论宗。东方朔作《诫子诗》，始涉理路。沿及北宋，鄙唐之不知道，于是以论理为本，以修词为末，而诗格于是乎大变。"此即所谓理学诗者近是。虽有似悟道，然已与风雅隔绝矣。理学诗倡自邵雍，而周敦颐、张载、程颢相继而作，亦宋诗之一厄也。

邵尧夫居洛四十年，安贫乐道，自云未尝皱眉，称所居寝息处为"安乐窝"，自号安乐先生。诗原出于白乐天，但悟理多而意味转少。举一二首例之：

得处亦多矣，风前任鬓班。年过半百外，天与一生闲。莹静云间月，分明雨后山。中心无所愧，对此敢开颜。(《晚凉闲步》)

春半花开百万般，东风近日恶摧残。可怜桃李性温厚，吹尽都无一句言。(《禁烟留题锦幪山下》)

张载诗学尧夫，惟意所欲言，偏于执拗，无复声律矣。

圣心难用浅心求，圣学须亏礼法修。千五百年无孔子，尽因通变老优游。(《圣心》)

土床烟足紬衾暖，瓦釜泉干豆粥新。万事不思温饱外，漫然清世一闲人。(《土床》)

周敦颐只寻孔颜乐处，故诗能自辟哲理一境界，饶有逸趣。

三月山方暖，林花互照明。路盘层顶上，人在半空行。水色云含白，禽声谷应清。天风拂巾袂，缥缈觉身轻。(《同

宋复古游大林寺》）

程颢诗亦颇涉理致，殊欠涵养。

晓日都门飐旆旌，晚风铙吹入三城。知公再为苍生起，不是寻常刺史行。（《送吕晦叔赴河阳》）

第五期　王安石、苏轼

宋诗至嘉祐间，人才辈出，风骨奇迈。譬之众垤环立，则苏、王称岱、华矣。其余三孔、二晁、王、米、张、秦之流，并皆天才横逸，笙竽同音，极天下之大观也！然受第三期之影响，实不少焉。

王介甫居金陵，亦号半山。诗原出于老杜，造意甚峻刻。少时所作，颇以意气自许，不复有所涵蓄。晚更取唐人诗集观之，乃始悟深婉不迫之趣。《宋诗钞》：“论者谓其有工致，无悲壮，余以为不然。安石遣情世外，其悲壮即寓闲澹之中，独是议论过多，亦是一病尔。”得其旨矣。

画史纷纷何足数，惠崇晚出吾最许。早云六月涨林莽，移我倏然堕洲渚。黄芦低摧雪翳土，凫雁静立将侣伴。往时所历今在眼，沙平水澹西江浦。莫气沉舟暗鱼罟，欹眠呕轧如闻橹[1]。颇疑道人三昧刀，异域山川能断取。方诸承水调幻药，洒落生绡变寒暑。金坡巨然山数堵，粉墨空多真漫与。大梁崔白亦善画，曾见桃花净初吐。酒酣弄笔起春风，便恐飘零作红雨。鹦流探枝婉欲语，蜜蜂摄蕊随翅股。一时二子皆绝艺，裘马穿羸久羁旅。华堂岂惜万黄金，苦道今人不如古。(《纯甫出释惠崇画要予作诗》)

荒哉我中园，珍果所不产。朝莫惟有鸟，自呼车载板。楚人闻此声，莫有笑而莞。而我更歌呼，与之相往返。视遇若拚[2]黍，好音而睍睆[3]。壤襄生死梦，久知无[4]所拣。物弊则归土，吾归其不晚。归欤汝随我，可相蒿里挽。

鸟有车载板，朝莫尝一至。世传鹏似鸦，而此与鸦似。惟能预人死，以此有名字。疑即贾长沙，当时所遭值。洛阳多少年，扰扰经世意。粗闻方外语，便释形骸累。吾衰久捐书，放浪无复事。尚自不见我，安知汝为异？怜汝好毛羽，言音亦清丽。胡为太多知，不默而见忌？楚人既憎汝，弹射将汝利。且长随我游，吾不汝羹胾。(《车载板二首》)

---

[1] 橹　底本误作"掳"，据《全宋诗》(P.6475)改。
[2] 拚　底本误作"搏"，据《全宋诗》(P.6495)改。
[3] 睍睆　底本误作"睍睆"，据《全宋诗》(P.6495)改。按："睍睆"，双声、叠韵联绵字，美好的样子。《毛诗正义·邶风·凯风》："睍睆黄鸟，载好其音。"(P.302)安石当用此典。
[4] 知无　底本误作"无知"，据《全宋诗》(P.6495)改。

诗境幽而奇，纯是步骤老杜所得，谁谓荆公诗不悲壮哉！《车载板》亦为诗中绝调矣！

> 荒烟凉雨助人悲，泪染衣巾不自知。除却春风沙际绿，一如看汝过江时。(《送和甫至龙安微雨因寄吴氏女子》)
> 有兴提鱼就公煮，此言虽在巳三年。皖灊终负幽人约，空对湖山坐惘然。(《书何氏宅壁》)

叶石林云："荆公晚年诗律尤精严，造语用字，间不容发。然意与言会，言随意遣，浑然天成，殆不见有牵强排比处。"余亦云然。荆公定林后诗意境幽婉，脱去流俗，非少作可比，犹韩文公贬潮州后之作，亦妙绝矣！境遇成就诗人，岂小也哉！

苏轼以诗谤谪黄州，筑室于东坡，自号东坡居士。诗各体皆工，而七古尤擅场。波澜浩阔，变化不测，意境亦豪放不羁，惟五律非所长。《后山诗话》云："东坡始学刘禹锡，故多怨刺。晚学太白，至其得意，则似之矣，然失于粗。"后山亲见东坡，所言当不谬也。

> 我家江水初发源，宦游直送江入海。闻道潮头一丈高，天寒尚有沙痕在。中泠南畔石盘陁，古来出没随涛波。试登绝顶望乡国，江南江北青山多。羁愁畏晚寻归楫，山僧苦留看落日。微风万顷靴文细，断霞半空鱼尾赤。是时江

月初生魄，二更月落天深黑。江心似有炬火明，飞焰照山栖乌惊。怅然归卧心莫识，非鬼非人竟何物？江山如此不归山，江神见怪惊我顽。我谢江神岂得已，有田不归如江水。(《游金山寺》)

暮云收尽溢清寒，银汉无声转玉盘。此生此夜不长好，明月明年何处看？(《中秋月》)

我生天地间，一蚁寄大磨。区区欲右行，不救风轮左。虽云走仁义，未免违寒饿。剑米有危炊，针毡无稳坐。岂无佳山水，借眼风雨过。归田不待老，勇决凡几个？幸兹废弃余，疲马解鞍驮。全家古江驿，绝境天为破。饥贫相乘除，未见可吊贺。澹然无忧乐，苦语不成些。(《迁居临皋亭》)

到处相逢是偶然，梦中相对各华颠。还来一醉西湖雨，不见跳珠十五年。(《与莫同年雨中饮湖上》)

东坡每写景物，情意俱尽，语仍快健。故虽气象洪阔，然实悲凉苍老，读之如清风自外来也。《和陶》之作，风味亦不减陶彭泽矣！

清江三孔，并以文名。诗有刚直之气，而不染流俗。然武伸以幽峭胜；文仲以新奇胜；平仲则夭矫孤警，有二仲之长，取境颇似刘长卿，特奇诡耳。

昔闻鱼可羡,今见鱼可愧。邂逅临池处,潇洒出尘意。秋风八月起江湖,水染绀碧霞绮疏。悠然掉尾波间去,须信人生不及鱼。(《愧鱼亭》)

　　半掩船篷天淡明,飞帆已背岳阳城。飘然一叶乘空度,卧听银潢泻月声。(《五鼓乘风过洞庭日高已至庙下》)

以上孔武仲。

　　孤枕夜何永,破窗秋已寒。雨声冲梦断,霜气袭衣单。利剑摧锋锷,苍鹳缩羽翰。平生冲斗气,变作泪汍澜。(《秋月》)

以上孔文仲。

　　我眠何由安,击鼓中夜起。出门若秉烛,月色照千里。屋瓦微有光,纷纷雪正委。清寒薄驼裘,六合气如水。既归整灯火,危坐阅书史。羸僮拭眼睫,侍我色不喜。问之强应对,固以噤口齿。金壶涩冰澌,城上更屡死。戍兵饱且昏,汗漫睡方美。援桴虽贱事,其实关众耳。奈何司晨夕,倒错一至此。惟有赤帻鸡,嘐嘐鸣不已。(《宵兴》)

　　一醉昏昏万不知,黄昏促席夜深归。明朝唯见家人说,昨夜归时雪满衣。(《集于昌龄之舍》)

以上孔平仲。

平仲叙事，如谈话然，而意趣无穷，已开诚斋奇奥之风矣。

苏辙晚居颍滨，自号颍滨[1]遗老。诗力次于东坡，清逸可诵，颇具柳州澹泊之趣。多与东坡相倡和者，观《和子瞻焦山》诗、《和子瞻雪浪斋》诗、《书郭熙横卷》诗，以苍莽胜矣！张文潜诗云："长公波涛万顷海，少公峭拔千寻麓[2]。"二苏之所长，于此可见。

宋人喜栾城诗，谓其"温雅高妙，如佳人独立，姿态易见"。此盖谓秀杰之气，终不可没也。

郑侠罢仕还乡，所存惟一拂，故号一拂居士。一拂襟抱冰雪，故诗如其为人，而叙事极琐细，疏直可味，颇有元、白之风。

万险千艰六出身，如今也得避嚣尘。须知从此寒原上，有个行歌拾穗人。(《出御史台》)

王令，广陵人。王安石甚奇其才，妻以其夫人之女弟，年二十八而卒。《四库提要》："令才思奇轶，所为诗磅礴奥衍，大率以韩愈为宗，而出入于卢仝、李贺、孟郊之间。"今视其

---

[1] 颍滨　底本误作"颖滨"，据上文改。
[2] 麓　底本误作"農"，按，《全宋诗》张耒《赠李德载二首·其二》此句作"长翁波涛万顷陂，少翁巉秀千寻麓"(P.13116)，据改。

诗，信多瑰奇矣。

  清风无力屠得热，落日着翅飞上山。人固已惧江海竭，天岂不惜河汉干？昆仑之高有积雪，蓬莱之远常遗寒。不能手提天下往，何忍身去游其间？（《暑旱苦热》）

刘克庄尝称此诗"骨力老苍，识度高远"。诚哉！半山亦自以为不及也。

  米芾画山水、人物，自成一家，极江南烟云变灭之态。诗亦清新绝俗，善写景，飘飘然有凌云想矣。

  断云一叶洞庭帆，玉破鲈鱼霜破柑。好作新诗寄桑苎，垂虹秋色满东南。（《垂虹亭》）

  张耒，号柯山，人称宛丘先生。游学于苏辙，其诗矩式乐天，而顾慕东坡，有冲淡之致，意境幽远，无复能窥其涯际也。

  扁舟发孤城，挥手谢送者。山回地势卷，天豁江面泻。中流望赤壁，石脚插水下。昏昏烟雾岭，历历渔樵舍。居夷实三载，邻里通假借。别之岂无情，老泪为一洒。篙工起鸣鼓，轻橹健于马。聊为过江宿，寂寂樊山夜。（《离黄州》）

苍雪清秋水底天，夜帆灯火客高眠。江东可但鲈鱼美，一看溪山直万钱。（《霅溪道至四安镇》）

柯山少与秦少游同学于东坡，东坡以为"秦得吾工，张得吾易"，余以为秦之清丽，究不若张之简古矣。

晁补之诗凌厉奇卓，风骨遒上。盖羽仪昌黎也。与张耒同出苏门，称"晁张"云。东坡屈辈行与之交，故声名藉甚。

与可画竹时，胸中有成竹。经营似春雨，滋长地中绿。兴来雷出土，万籁起崖谷。君今似与可，神会久已熟。吾观古掌葛，王霸在心曲。遭时见豪发，便可惊世俗。文章亦技尔，讵可枝叶续？穿杨有先中，未发猿拥木。词林君张舅，此理妙观烛。君从问轮扁，何用知圣读？（《赠文潜甥杨克一学文与可画竹求诗》）

茅檐明月夜萧萧，残雪晶荧在柳条。独约城隅闲李令，一杯且校离骚。（《约李令》）

秦观为人慷慨豪俊，溢于文词。古体率用复笔，颇伤繁缛。王临川谓其"清新婉丽，有似鲍、谢"，最为近之。惟后能化复为单，亦自高古焉。

天史抱孤韵，畅怀在登临。别乘惭邹枚，佳辰事幽寻。

参差水石瘦，窅窕房栊深。清磬[1]发疏箔，加香横素襟。复登翠堵坡，环回瞩欹崟。双溪贯城郭，暝[2]色带孤禽。凉飙动爽籁，薄雨生微阴。尘想澹清涟，牢愁洗芳斟。挥篸订往古，援毫示来今。悔无刻烛敏，续此金玉音。(《同子瞻端午日游诸寺》)

儒官饱闲散，室若僧房静。北窗腹便便，支枕看斗柄。或时得名酒，傍午犹中圣。醒来复何事，秉笔赋秋兴。焉知懒是真，但觉贫非病。茫茫流水意，会有知音听。钟鼎与山林，人生各天性。(《次韵夏侯太冲秀才》)

少游近体诗虽婉弱，而颇有幽境。盖少游以词著，故亦以词境化绝句矣。

渺渺孤城白水环，舳舻人语夕霏间。林梢一抹青如画，应是淮流转处山。(《泗洲东城晚望》)

沈辽诗境颇生硬，清厉不俗，是学韦应物而化皮日休者。

湘源初甚微，屡挹不满缸。比至台步虚，泛泛为长江。

---

[1] 磬 底本误作"磐"，据《全宋诗》(P.12073)改。
[2] 暝 底本作"瞑"，据《全宋诗》(P.12073)改。

虚头市初集，鱼豆皆成桩。夷獠不识人，笑鹢蠡与厖[1]。绿荷竭苞苴，人散谁复撞？鸥鸟亦来下，酒旆停空杠。我来憩桑厂，竹户映蓬窗。夜寝那可寐，江流正淙淙。(《湘中宿台步寺》)

徐积少孤，从安定学，立身坚苦卓绝，故为诗奇谲恣肆。东坡称其"怪而放，如玉川子"。今观其《和杨掾月蚀篇》，是效卢仝者，信不可绳以格律矣。

我向桃花下，立饮一杯酒。杯酒先濡须，花香随入口。花为酒家媪，春作诗翁友。此时酒量开，酒量添一斗。君看陌上春，令人笑拍手。半青篙畔草，半绿畦中韭。闲鸟下牛背，奔豚穿狗窦。潜身猫柎雀，引喙禽呼偶。包麻邻乞火，穿桑儿饷糗。物类虽各殊，所乐亦同有。谁知花下情，犹能忆杨柳。中心卒无累，外物任相揉。余方寓之乐，自号闲人叟。(《花下饮》)

僧道潜，号参寥子，为苏眉山门客，时相唱和。诗洒脱有酝藉，颇似太白，《庐山杂兴》不减太白《游泰山》矣。近体清远，惟少含蓄耳。

---

[1] 厖 底本误作"龐"，据《全宋诗》(P.8301)改。

赤叶枫林落酒旗，白沙洲渚夕阳微。数声柔橹苍茫外，何处江村人夜归？（《秋江》）

众峰势连环，万叠不可穷。香炉独秀拔，佳气常葱葱。长风卷游雾，晓壁开瞳眬。招提出其下，楼观排青红。回眸盼五老，刻削金芙蓉。宜哉谪仙子，爱此巢云松。（《庐山杂兴》之一）

僧惠洪诗，出入苏、黄之间，意境颇幽峭，能写胸臆。《宋诗钞》："洪诗雄健振踔，为宋僧之冠。"洵不虚也。

西湖漠漠生烟雨，浦浦圆沙凫雁聚。今日高堂素壁间，忽见西湖最西浦。翩翩两雁方欲下，数只飘然掠波去。独余一只方稳眠，有梦不成亦惊顾。萧梢碧芦秋叶赤，青沙白石纷无数。我本江湖不系舟，尔辈况亦江湖侣。令人便欲寻睿郎，呼船深入龙山坞。（《汪履道家观所蓄烟雨芦鸿图》）

第六期　江西诗派

吕居仁以诗得名，自言传衣江西。尝作《宗派图》，自豫章以降，列陈师道、潘大临、谢无逸、洪刍、饶节、僧祖可、徐俯、洪朋[1]、林敏修、洪炎、汪革、李錞、韩驹、李彭、晁冲之、江端本、杨符[2]、谢薖[3]、夏倪[4]、林敏功、潘大观、何顗、王直方、僧善权、高荷，合二十五人以为法嗣，谓其源流皆出豫章也。内何人表颙、潘仲达大观，有姓名而无诗，诗存者亦绝少，无可采。派中如陈后山，彭城人。韩子苍，陵阳人。潘邠老，黄州人。夏均父、二林，蕲人。晁叔用、江子之，开封人。李商老，南康人。祖可，京口人。高子勉，京西人。非皆江西人也。（以上见《苕溪渔隐丛话》及刘后村《总序》）以此观之，《宗派图》虽议论不公，选择弗精，然可窥见山谷诗影响及于四方。其于宋诗，可谓一大宗矣。

黄庭坚尝游灊皖山谷寺石牛洞，乐其胜，自号山谷老人。过涪，又号涪翁。诗原出于杜甫，然实得其父黄庶及其外舅谢师厚。盖庶及师厚，皆学杜者也。山谷诗风骨高骞，独出机杼，不蹈袭前人一字一句，牢笼众长，自成一家。江西诗派，皆师承之。史称其"自黔州以后，句法尤高，实天下之奇作。自宋兴以来，一人而已"。其推尊至矣。

　　黄州逐客未赐环，江南江北饱看山。玉堂卧对郭熙画，

---

[1] 洪朋　底本误作"洪明"，据《苕溪渔隐丛话·前集》（P.327）改。
[2] 杨符　底本误作"杨苻"，据《苕溪渔隐丛话·前集》（P.327）改。
[3] 谢薖　底本误作"谢迈"，据《苕溪渔隐丛话·前集》（P.327）改。
[4] 夏倪　底本误作"夏隗"，据《中国文学家大辞典·宋代卷》（P.710）"夏倪"条改。

发兴已在青林间。郭熙官画但荒远，短纸曲折开秋晚。江村烟外雨脚明，归雁行边余叠巘。坐思黄柑[1]洞庭霜，恨身不如雁随阳。熙今头白有眼力，尚能弄笔映窗光。画取江南好风日，慰此将老镜中发。但熙肯画宽作程，五日十日一水石。（《次韵子瞻题郭熙画秋山》）

少游醉卧古藤下，谁与愁眉唱一杯？解作江南断肠句，只今惟有贺方回。（《寄贺方回》）

络纬声转急，田车寒不运。儿时手种柳，上与云雨近。舍傍旧佣保，少换老欲尽。宰木郁苍苍，田园变畦畛。招延屈父党，劳问走婚亲。归来翻作客，顾影良自哂。一生萍托水，万事雪侵鬓。夜阑风陨霜，干叶落成阵。灯花何故喜，大是报书信。亲年当喜惧，儿齿欲毁龀。系船三百里，去梦无一寸。（《过家》）

乔木幽人三亩宅，生刍一束向谁论？藤萝得意干云日，箫鼓何心进酒樽？白屋可能无孺子，黄堂不是欠陈蕃。古人冷淡今人笑，湖水年年到旧痕。（《徐孺子祠堂》）

山谷五、七言古、律皆工，惟绝句少欠风韵。东坡论："黄鲁直诗如蝤蛑江瑶柱，格韵高绝，盘餐尽废，然不可多食，多食则发风动气。"又曰："读鲁直诗，如见鲁仲连、李太白，不

---

[1] 柑　底本误作"甘"，据《全宋诗》（P.11366）改。

敢复论鄙事。虽若不入用，不无补于世。"（以上并见《仇池笔记》）盖前者赏其天姿之高，后者玩其笔力之健矣。

陈师道，号后山，学诗于黄庭坚，吟诗至苦。叶石林曰："世言陈无己每登览得句，即急归卧一榻，以被蒙之，谓之'吟榻'。家人知之，即猫犬皆逐去，婴儿稚子，亦皆抱持寄邻家。"盖其意专矣。后山虽师山谷，而实远祖少陵，山谷亦叹以为深得于老杜也。古体颇严劲，渺思奥诘，难寻归趣焉。近体沉郁似杜，然不能曲尽其变。

青奴白牯静相宜，老罢形骸不自持。一枕西窗深闭阁，卧听丛竹雨来时。（《斋居》）

学诗如学仙，时至骨自换。漂缈鸿鹄上，众目焉能玩？子从淮海来，一喙当百难。师儒有韩孟，拭目互惊惋。老生时在傍，缩手愧颜汗。黄公金华伯，莞尔回一眄。彼方试子难，疾前不应懦。要当攻石坚，勿作抟沙散。植璧虽具美，砻错加瑾瓘。我老不足畏，后生何可慢？（《次韵答秦少章》）

韩驹尝左许下，从苏辙学，称其诗似储光羲。今观其数篇，意境幽淡，颇近之。刘后村曰："子苍，蜀人，学出苏氏，与豫章不相接。吕公强之入派，子苍殊不乐。"诗成，终身改窜不已，有已写寄人数年，而追取更易一两字者，亦可谓苦吟坐卧不忘者矣。

呼舟越洪涛，笑识江南山。此行为子来，政拟一笑欢。相逢不忍别，丘壑同跻攀。如何舍我去，使我心悁悁？子实名家后，翰墨素所便。老农虽自谓，念子安知田？世故亦已足，扰扰徒自怜。天寒岁且尽，趣驾扁舟还。(《送松陵老农》)

白发前朝旧史官，风炉煮茗莫江寒。苍龙不复从天下，拭泪看君小凤团。(《谢人送凤团及建茶》)

晁冲之，栖遁具茨之下，号具茨先生。诗亦专学杜，吕紫微位之江西派中。遇事写物，意味闲远，颇具柳州一体云。

秋风吹畦蔬，农事亦已阑。黄黄杞下菊，佳色尸冢间。我生复何如，憔悴尝照颜。清晨戴星出，薄莫及日还。肮脏二十载，老发着儒冠。天末有佳人，秀擢如芝兰。怃然念夙昔，风流得余欢。缅想蒲柳姿，与君同岁寒。一别事瓦裂，令人气如山。(《书怀寄李相如》)

月落鸡声寒，晓色静茅屋。开门惊不知，夜雪压修竹。槎牙生新冰，鳞甲刻溪谷。晶晶洲渚明，冽冽川原肃。孤蹲雀不动，沉酣客犹宿。呼童晨汲归，独漱寒泉玉。(《雪效柳子厚》)

刘后村称其"意度宏阔，气力宽余，一洗诗人穷饿酸辛之态，南渡放翁可以继之"，亦一定评矣。

吕本中所校江西诗派，凡二十五人。其间知名之士，有诗卷传于后世者，仅陈无己、韩子苍、晁叔用数人而已，其余别无闻焉，佥是以不著录云。

以上北宋。

第一期　叶梦得、陈与义

靖康以后，诗人零落殆尽，惟叶石林、陈简斋尚存其人。延及南渡后，遂衍一脉，卓然成家。虽大体不越江西之习，然能变化，非专尚模拟者，亦可谓南宋诗之首创矣。

叶梦得诗平淡有意趣，南渡以后，萧散不俗，颇多感慨之辞，与简斋肩随矣。

千年石头城，突兀真虎踞。苍茫劫火余，尚复留故处。大江转洪涛，腾踏不可御。空城寂寞潮，日莫独东去。登临欲吊古，俯视极千虑。吾儿勇过我，蓐食穿沮洳。谓言抚中原，未暇论割据。功名亦何人，我老聊自恕。它年报国心，或可借前箸。无为笑颓然，已饱安用饫。（《雨夜与模论中原旦起模与徐敦宗游清凉览观形势嘉其有志因以勉之》）

陈简斋诗原出豫章，清遒闲远，又具韦、柳风格。盖由天才横逸，故能自辟蹊径。黄、陈以后，固当为一宗也。

清池不受暑，幽讨起予病。长安车辙边，有此荷万柄。是身惟可懒，共寄无尽兴。鱼游水底凉，鸟语林间静。谈余日亭午，树影一时正。清风不负客，意重百金赠。聊将两鬓蓬,起照千丈镜。微波喜摇人,小立待其定。梁王今何许,柳色几衰盛。人生行乐耳,诗律已其剩。邂逅一尊酒,他年王君咏。重期踏月来,夜半啸烟艇。(《夏日集葆真池上》)

一杯节酒莫留残,坐看新年上鬓端。只恐梅花明日老,夜瓶相对不知寒。(《除夜次大光韵大光是夕婚》)

简斋自建炎以后,看中原板荡,流落湖南,感时抚事,寄托深矣! 故诗简严,不尚繁缛云。

王庭珪诗原出老杜,亦自豪迈。惟多用陈言,是一小疵尔。

老崇学画如学禅,中年悟入理或然。长江未落兔雁下,舒卷忽若无丹铅。定自维摩三昧里,半幅生绢开万里。不用并州快剪刀,断取铁围山下水。(《题惠崇画秋江兔雁》)

沈与求诗尚警拔,颇似岑嘉州。

艇子掠岸行,水瘦不濡尾。狂飙振疏篷[1],猎猎鸣两耳。十篙八九退,逆势何乃尔? 野芡伺吾间,回梢哆利嘴。亦有芰孚鱼,一一肆轻鄙。初欲事幽寻,解缆出疏苇。乘流

---

[1] 篷 底本误作"蓬",据《全宋诗》(P.18758)改。

觅清浅,濯缨助深喜。事有大不然,移顷未离咫。安得望蓬莱,巨舰破潮起?征[1]帆驾长风,一日三万里。(《泛舟村落阻风不能少进而菱梢芡嘴缭舷上下篙人病之》)

汪藻诗学白乐天,意兴澹远,而无秾纤之习。

小雨静林麓,鹁鸪相应鸣。移舟漾清深,薄晚荷气生。归鸟尽双去,潜鱼时一惊。菰蒲若无人,渺渺炊烟横。艇子楫迎我,携鱼荐南烹。月出殊未高,疏林隐微明。依没会有处,斗挂天边城。(《次高邮军》)

孙觌诗原出刘长卿,清才高骞,颇凌浮俗,意境亦神妙。

数间茅屋水边村,杨柳依依绿映门。渡口唤船人独立,一蓑烟雨湿黄昏。(《吴门道中》)
孤烟抱水村,落日满云树。乱山如连环,杨柳是门处。青缭竹溪湾,翠点苔石路。钟鱼寂无声,白日掩僧户。茗碗酌云腴,香篆撋烟缕。坐稳不知夕,炯炯山月吐。(《妙光庵》)

---

[1] 征 底本误作"证",据《全宋诗》(P.18758)改。

张元干诗逸其太半，止近体可传，颇近司空表圣。隽不伤炼，巧不伤纤，故《宋诗钞》谓其"清新而有法度，蔚然出尘已"。

真成风雨夜，精舍对床眠。去住非无数，行藏莫问天。十年濒瘴海，一棹破春烟。君自足归兴，不妨啼杜鹃。（《申伯有行色会宿东禅》）

张九成诗高淡有意境，颇具东坡一体。《宋诗钞》谓"多禅悦空悟习气"，斯不然矣。

我登超然台，积雨久不止。台下柳成行，柳下满塘水。环塘率乔木，照影弄清沚。恍如在故乡，西湖古寺里。气象极幽深，景物尽苍翠。十年劳梦想，一夕居眼底。独坐不能去，颓然起深思。钟鸣主人归，烛光何烨炜。笑语复移时，夜久余当起。归路夫如何，江声寒玉碎。（《三月晦到大庾》）

刘子翚尝与曾茶山、韩子苍、吕居仁游，造诣清远，殊似刘长卿。

青青槠树林，下荫苍藓石。幽人宴坐时，怀抱忘其适。

不见莫樵归,寒山雨中碧。(《宴坐岩》)

  聊为溪上游,一步一回顾。悠悠出山水,浩浩无停注。惟有旧溪声,万古流不去。(《南溪》)

  江上潮来浪薄天,隔江寒树晚生烟。北风三日无人渡,寂寞沙头一簇船。(《江上》)

朱松,文公之父。建炎、绍兴间,诗名藉甚。颇豪迈幽劲,是学东坡而能得其神骨者,固不仅以形貌胜也。

  嗟予身百忧,佳节过侄偬。客愁随线增,归思与灰动。当年从子日,未觉百虑重。高堂绕床呼,一掷有余勇。那知客天涯,相对寒骨竦?岁月增几何,鬓丝今种种。忍饥山药煮,附暖地炉拥。深藏断还往,衰病脱拜拱。兴言望卿关,云物方郁瀹。空余相属意,杯酒久不捧。(《至节日建州会詹士元》)

  天涯投老鬓惊秋,梦想长江碧玉流。忽对画图揩病眼,失声便欲唤归舟。(《题范才元湘江唤舟图》)

程俱为诗,兼得韦、白之趣,澹泊而有至味,《宋诗钞》所谓"标致之最高"者也。

  秋容澹青山,爽秀雨皆足。清溪照千仞,空翠疑可掬。

何年颐兔窟，桂子堕山腹。老香散深林，屑玉缀黄粟。朝来客衣动，一叶下空谷。客心如棼丝，日月共烦促。胸中尚磊块，陶写赖新渌。要当酒千钟，浇我愁万斛。顾有独醒人，翛然倚枯木。(《山中对酒》)

云霞堕西山，飞帆拂天镜。谁开一窗明，纳此千顷静？寒蟾发澹白，一雨破孤迥。时邀竹林交，或尽剡溪兴。扁舟还北城，隐隐闻钟磬。(《豁然阁》)

云里琤淙十九泉，茅茨深寄白云边。何年断取仇池境，掷过荆吴万里天？(《即事》)

吴儆，学者称为竹洲先生。诗甚有气骨，纯古清拔，似得之山谷云。

负耒得老穷，扫轨事幽屏。阒然罗雀门，有客顾而整。悲欢十年别，樽酒清夜永。妙句时惊人，盈轴肯倾廪。三日语未休，霜寒梦归省。临流分别袂，波光照孤影。重念吾故人，雪屋清灯冷。刘子抱遗经，深井汲修绠。曹子中庸学，天理穷性命。老骥鼓不作，骞旗望公等。天晴风日佳，何时过鲑径？石鼎燃豆萁，冰菹煮汤饼。(《汪叔耕见访不数日别去恶语为赠兼简子用子美二友》)

王庭珪以下十人诗，并皆清空拔俗，与叶、陈响应。亦如空中之音，言有尽而意无穷，信一时风会矣。

第二期　尤、杨、范、陆

方回尝作《尤袤诗跋》，称："中兴以来，言诗必曰尤、杨、范、陆。诚斋时出奇峭，放翁善为悲壮，公与石湖冠冕佩玉，端庄婉雅。"是诸人诗并称当时矣。虽皆影写豫章，然能自出机轴，亶有可观者。《四库提要》云："今三家之集，皆有完本，而袤集独湮没不存。"可知袤集久佚矣。清尤侗辑《梁溪遗稿》一卷，亦等丛残也。（若朱熹、叶适、楼钥等，伏采潜发，皆此期之隐秀也。）

杨万里，号诚斋，以诗擅名。自序其诗："始学江西诸君子，又学后山五字律，既又学半山老人七字绝句，晚乃学绝句于唐人，后官荆溪，忽若有悟，遂谢去唐人及王、陈、江西诸君子，而后欣然自得，时目为诚斋体。"亦可知其渊源有自也。周必大尝跋其诗曰："诚斋大篇短章，七步而成，一字不改，皆扫千军、倒三峡、穿天心、出月胁之语。至于状物姿态，写人情意，则铺叙纤悉，曲尽其妙，笔端有口，句中有眼。"方回《瀛奎律髓》称其"一官一集，每集必变一格。虽沿江西派之末流，不免有颓唐、粗俚之处，而才思健拔，包孕宏富[1]，自[2]为南宋一

---

[1] 宏富　底本误作"寓有"，据《钦定四库全书总目》（P.2142）改。
[2] 自　底本误作"目"，据《钦定四库全书总目》（P.2142）改。

作手,非后来四灵、江湖诸派可得而并称"。其推尊如此。余观诚斋诗,凡几变而始成,卓然名家,意兴颇富健、痛快。虽时杂俚语,而意境幽峭,反以之雅。若入今之俗目,则皆嗤为俚嗲,相与大笑矣。嗟夫!诚斋之诗,只可为智者道也!

雨来细细复疏疏,纵不能多不肯无。似妒诗人山入眼,千峰改隔一帘珠。(《小雨》)

雾外江山看不真,只凭鸡犬认前村。渡船满板霜如雪,印我青鞋第一痕。(《庚子正月五日晓过大皋渡》)

溪边小立苦待月,月知人意偏迟出。归来闭户闷不看,忽然飞上千峰端。却登钓雪聊一望,冰轮正挂松梢上。诗人爱月爱中秋,有人问侬侬掉头。一年月色只腊里,雪汁揩磨廪水洗。八荒万里一青天,碧潭浮出白玉盘。更约梅花作渠伴,中秋不是欠此段。(《钓雪舟中霜夜望月》)

郡城至值夏,两日非宽程。奔走岂吾愿,诏书促南征。出郭星未已,归棹月已生。问人水深浅,舟子喧未应。水石代之对,淙然落滩声。危峰起夕苍,暗潭生夜清。江转风飒至,病肩难隐棱。添衣初懒寻,忍寒良不能。近城一二里,远岸三四灯。望关恐早闭,驱舟只迟行。多情半环月,久矣将西倾。欲落且小留,知我要入城。月细光未多,火星助之明。至舍心未稳,严譙才一更。(《晓出郡城往值夏谒胡端明泛舟夜归》)

范成大居石湖，在太湖之滨。其诗初学中唐，晚乃追步苏、黄。清新温润，得拗峭之境，好用复笔。杨诚斋称其诗"缛而不酿，缩而不窘，清新媚妩，奄有鲍、谢，奔逸俊伟[1]，穷追太白"。此诚斋所以独敛衽也。

> 松杉晨气清，桑柘暑阴薄。稻穗黄欲卧，槿花红未落。秋莺尚娇姹，晚蝶成飘泊。犬骇逐车马，鸡惊扑篱落。道逢行商问，平生几芒屩。赪肩走四方，为口不计脚。劣能濡箪瓢，何敢议橐橐？我亦縻斗升，三年去丘壑。二俱亡羊耳，未用苦商略。(《竹下》)

> 英雄转眼逐东流，百战工夫土一抔[2]。荞麦茫茫花似雪，牧童吹笛上高丘。(《长沙王墓在阊门外》)

陆游不拘礼法，人讥其放，因自号放翁。诗原出江西，弥敷腴，弥俊逸。尝自谓初学诗，但工藻绘，中年始悟窥宏大，晚乃间出怪奇，如石漱湍濑，盖李、杜、元、白颇多领会。南渡而下，固当为一大宗也。唯近体诸什，颇伤纤巧，亦是一疵矣。

> 庭中下午鹊，门外传远书。小印红屈蟠，两端黄蜡涂。

---

[1] 奔逸俊伟 底本误作"奔俊逸伟"，《杨万里诗文集·石湖先生大资参政范公文集序》(P.1278) 作"奔逸隽伟"，"隽"通"俊"，据改。

[2] 抔 底本误作"坏"，据《全宋诗》(P.25837) 改。

开缄展矮纸，滑细疑卵肤。首言劳良苦，后问逮妻孥。中间勉以仕，语意极勤渠。字如老瘠竹，墨淡行疏疏。诗如古鼎篆，可爱不可摹。快读醒人意，垢痒逢爬梳。细读味益长，炙毂出膏腴。行吟坐卧看，废食至日晡。想见落笔时，万象听指呼。亦知题诗处，绿井石发粗。公闲计有客，煎茶置风炉。倘公无客时，濯缨亦足娱。井名本季疵，思人理岂无？居然及贱子，愧谢恩意殊。几时得从公，旧学锄荒芜。古文讲声形，误字辨鲁鱼。时时酌井泉，露芽奉瓢芋。不知公许否，因风报何如？（《寄酬曾学士学宛陵先生体》）

死去元知万事空，但悲不见九州同。王师北定中原日，家祭无忘告乃翁。（《示儿》）

陈造亦高邮人，诗卓杰似老杜，寓妩媚于幽炼之中，不事浮响。故范石湖曰："使遇欧、苏，名不在少游下也。"

楚山屹两姑，我见乃其稚。闻名诗卷间，识面客舟[1]次。玉刻极端丽，簪植瞑苍翠。娟月上天角，相与诧妩媚。怒风将夜息，未愁卜晚憩。山足舟可叙，山木缆可系。山外正风涛，独此佳食寐。断知有神物，主此胜绝地。明朝捐行橐，可无答神赐。白鹅雪为肪，绿蚁香馥鼻。舟稳风又熟，

---

[1] 舟　底本作"州"，据《全宋诗》（P.27982）改。

无乃契神意。未暇访彭郎，辞费辨非是。(《泊小姑山》)

安石榴花猩血鲜，凉荷高叶碧田田。鲥鱼入市河豚罢，已破江南打麦天。(《早夏》)

周必大，自号平园叟。诗简严有古意，寄兴凄婉，《宋诗钞》所谓"诗格澹雅，由白傅而溯源浣花"者也。

君家临川我庐陵，两郡相望宜相亲。长安城中初结绶，石灰桥畔还卜邻。扣门问道日不足，篝灯照夜论心曲。寸筳那[1]许撞洪钟，跛鳖逝[2]将随骥骎。闻君上书苦求归，君今岂是当归时？满朝留君君不顾，我虽叹息何能为？莫攀杨柳涛江岸，莫唱阳关动凄断。行行但祝加餐饭，潮落风生牢系缆。(《送光禄寺丞李德远请春祠》)

朱熹在南宋为一理学家，而诗则自然惊拔，鹤立不群，有岑嘉州风味，此真天纵多才矣！《庐山杂咏》十四篇，殊清绝可诵，兹录其一以为例：

两岸苍壁对，直下成斗绝。一水从中来，涌潏知几折。石梁据其会，迎望远明灭。倏至走长蛇，捷来翻素雪。声

---

[1] 那　底本误作"邪"，据《全宋诗》(P.26689)改。
[2] 逝　底本误作"近"，据《全宋诗》(P.26689)改。

雄万霹雳，势倒千嵂崒。足掉不自持，魂惊讵堪说？老仙有妙句，千古擅奇崛。尚想化鹤来，乘流弄明月。（《栖贤院三峡桥》）

昔诵离骚夜扣舷，江湖满地水浮天。只今拥鼻寒窗底，烂却沙头月一船。（《戏答杨廷秀问讯离骚之句》）

陈傅良罢官，杜门居一室，曰"止斋"。为诗密栗坚峭，无腐陋之习。《宋诗钞》谓其"得少陵一体"云。

耆客盈门饩不足，有书千卷儿懒读。王公劳问炀争灶，樵牧相忘盗骑犊。古来堪笑如彧少，生无一事能恰好。独有居贞可引年，我又不然华发蚤。（《述怀》）

薛季宣诗高疏有味，且纵横怪放，直声玉川子矣。

渔家在何许，蹯驳岩下石。花树几株芳，湖山数峰碧。寏樽[1]亭遂古，双阙天自辟。锦绣入茨舍，藤萝封笙栅。吾为江上游，形苦世间役。心驰定沙步，身行过檐隙。浪翁底镌铭，太尉此居宅。岂若斯人徒，风云相主客？（《石门渔舍》）

---

[1] 樽 底本误作"撙"，据《全宋诗》（P.28616）改。

叶适诗造境颇生，脱去町畦，有冷艳之趣。尝自言："譬如人家觞客，虽或金银器照座，然不免出于假借。唯自家罗列者，即仅瓷缶瓦杯，然都是自家物色。"此可以言创造矣。

一株当三春，名花不易得。百年等寻丈，不博千乘国。野人三十本，强卖青铜百。应怜跗蕚具，苦为薪米迫。移栽向明阳，妃媛俨行列。土膏合根性，功用成夙昔。除香出浅紫，泣露轻脉脉。含愁欲谁诉，折去情更惜。方求蔽芾阴，未受搔擢厄。嗟余自羁旅，何以慰新客？殷勤深夜来，少待山月白。（《新移瑞香旧曾作文忘之因今追忆云》）

楼钥，鄞人，自号攻愧主人。诗风骨幽劲，英华发外，初不减梦得、东野也。

谁欤住前溪，夜深以琴鸣？天高显气肃，月斜映疏星。橡林助萧瑟，泉声激琮琤。弹者人定佳，能使东野听。束带不立朝，遥夜甘空庭。龙眠发妙思，神交穷杳冥。不见弹琴人，画出琴外声。郊寒凛如对，作诗太瘦生。恨不从之游，抚卷空含情。（《题孟东野听琴图》）

黄公度诗效杜甫，颇沉郁，然拘于格律，似未能窥其藩篱也。

黎明呼羸僮，挂策渡野水。轻岚翳初日，古道步平砥。麦陇黄四出，松竹翠相倚。人间春告尽，岩色秀未已。眼入故乡明，语还亲旧喜。印非朱买臣，金无苏季子。窃笑免妻孥，相过动邻里。富贵岂吾谋，薄游聊尔耳。(《还家》)

裘万顷诗简古深远，颇似柳柳州。

我来从西昌，日日困尘土。谁知罗溪桥，净若初过雨？长松列左右，清风奏宫羽。薄莫舍篮舆，扁舟渡溪去。(《罗溪桥》)

吏隐三年楚水头，每随凫雁狎扁舟。归来喜色惊邻里，分得潇湘一片秋(《题老梧画卷》)

第三期　永嘉四灵

南宋中叶以还，杨、陆之外，学江西者，不悟其富健之趣，往往失之于危仄，弥见拘束。于是徐照、徐玑、翁卷、赵师秀，为诗效晚唐姚、贾之体，清新工致，格调便利，以矫江西派粗犷之失，号曰"永嘉四灵"，然终佐纤弱矣。且四灵最工五言律体，纯模仿唐音，不能别开一境界。殆所谓见西施之容，而不自知其貌之丑也。

赵师秀．号灵秀，永嘉四灵之四也。诗学姚武功，颇清瘦。

尚五言律，专炼字句，尝言曰："一篇幸止有四十字，更增一字，吾末如之何矣。"其意虽苦，然其病在于全出模拟也。

  在生贫不害，早丧何嗟吁？天下黄金有，人间好句无。魂应湘水去，名与浪仙俱。平日惟耽茗，坟前种几株。(《徐灵晖挽词》)

翁卷，字灵舒，永嘉四灵之三也。为诗尖新刻画，是得贾长江之一体。叶水心序其诗，谓为"自吐性情，靡所倚傍"也。

  独对晓来晴，天寒景物清。梅花分地落，井气隔帘生。曾是吟招隐，何时遂耦耕？萧疏头上发，已白二三茎。(《晓对》)
  绿遍山原白满川，子规声里雨如烟。乡村四月闲人少，才了蚕桑又插田。(《乡村四月》)

徐照，字灵晖，永嘉人，即四灵之一也。诗发兴清隽，能写眼前物象，亦长江为多。

  客至启幽户，笋鞋行曲廊。潮侵坐禅石，雨润读经香。古砚传人远，新篁过塔长。城中如火热，此地独清凉。(《赠江心寺钦上人》)

徐玑，号灵渊，四灵之二也。寺刻意雕琢，颇近武功一派，然总觉卑靡也。

古木山边寺，深松径底风。独吟侵夜半，清坐杂禅中。殿净灯光小，经残磬[1]韵空。不知清远梦，啼鸟在林东。(《宿寺》)

第四期　江湖派

南宋之衰，江湖游士，每好为吟咏，以诗相驰誉。庸音杂体，人各为容。叫嚣狂诞之风，不胜其敝，于是诗派变为江湖矣。先是临安书贾有陈起者，字宗之，善诗，与江湖诗人相善。因取口兴以来江湖之士以诗著者凡六十二家，号曰《江湖小集》。而刘克庄、戴复古乃亦在其中，信所谓"玉石兰艾，混殽杂遝"者矣。方回《瀛奎律髓》："宝庆初，史弥远废立之际，钱塘书肆陈起能诗，凡江湖诗人，俱与之善，刊《江湖集》以售。刘潜夫《南岳稿》亦与焉。宗之赋诗，有云：'秋雨梧桐皇子府，春风杨柳相公桥。'本改刘屏山句也。或嫁'秋雨''春风'句为敖器之所作。言者并潜夫《梅》诗论列，劈《江湖集》板，皆坐罪。而宗之坐流配，于是诏禁士大夫作诗。绍定癸巳，

---

[1] 磬　底本误作"馨"，据《全宋诗》(P.32871)改。

弥远死，诗禁乃解。"

刘克庄，号后村，其诗派近诚斋，质俚而多意趣，瘦淡而尚变化，有清新独到之处。唯初年颇染四灵刻琢之习，少伤浅露，然较之江湖派，已倜乎远矣。

胜践造物悭，贫交世情弃。昔戒十客来，旦无一人至。惟余暨两君，鼎足坐水次。欢言天气佳，谁谓风土异？高吟杂骚选，序酌逮髫稚。涤厓去恶诗，扪石认缺字。古来几禊饮，传者才一二。兰亭感慨多，未了生死事。杜陵更酸辛，穷眼眩珠翠。旨哉兹日游，超然遗尘累。消摇千载后，尚有浴沂意。岩扉滑如玉，岁月可镌识。(《上巳与二客游水月洞》)

草圣木奴安在哉，荒榛无处认池台。伤心惟有溪头月，曾识仪曹半面来。

青云失脚谪零陵，十载溪边意未平。溪不预人家国事，可能一例受愚名？(《愚溪二首》)

戴复古居南塘石屏山，因自号焉。尝登陆游之门，以诗鸣江湖间五十年。诗清健奥密，无斧凿痕，其真朴处颇似[1]储光羲。尝自云："诗不可计迟速，每一得句，或经年而成。"其工

---

[1] 似 底本误作"以"，据文意酌改。

苦如此。

  垂虹五百步，太湖三万顷。除却岳阳楼，天下无此景。范蠡挟西施，功名付烟艇。(《松江舟中四首》之一)
  独立秋风里，怅然思故乡。街头沽美酒，船上作重阳。篱菊一枝瘦，溪鱼三寸长。客中聊尔耳，亦可慰凄凉。(《舟中小酌》)

  方岳，号秋崖。诗出白乐天，才锋凌厉，风趣盎然。《宋诗钞》云："刻意入妙，逸韵横流，虽少岳渎之观，其光怪足宝矣。"其见许如此。在江湖派盛行之时，有此清音，亦可谓翛然于流俗外矣。

  吾贫自无家，客户寄村疃。槿篱月三间，荒寒天不管。燕亦何所闻，乃于我乎馆。岂以菊未莎，而有竹可款？不叩富儿门，宁为老夫伴。此意殊可人，然亦似吾懒。所须半丸泥，不费一秉秆。云胡及风薰，相宅无乃缓？勉哉尔翁姥，坐席宁暇暖？主人当贺成，落以晴云碗。(《燕来巢》)
  夜落檐花未肯晴，灯寒等不到天明。自怜短发垂垂老，一滴秋霖白一茎。(《祷晴福善》)

第五期　隐逸诗

南宋末年,诗格日下。"四灵一派,撼晚唐清巧之思;江湖一派,多五季衰飒之习。"(见《四库提要》)殆所谓衰世之音者矣!及端宗播迁,宋室沦亡,一二英特之士,感宗社邱墟,往往发为凄厉之调,以写其悲愤,使人读之,辄唏嘘感慨不自已。此又为亡国之音哀以思矣!若谢翱、文天祥、谢枋得、许月卿、林景熙、真山民、汪元量、郑思肖等,皆铮铮其最著者。

谢翱慕屈平托远游,乃号晞发子。以布衣为文丞相咨议参军,天祥卒,亡匿,所至辄感哭。故为诗奇鸷,颇有奇气。每执笔遐思,身与天地俱忘。语人曰:"用志不分,鬼神将避之。"亦云刻苦矣。《宋诗钞》谓:"古诗颇颉颃[1]昌谷,近体则卓炼沉著,非长吉所及也。"余谓晞发尚奇诡,能造生境,颇似李贺,而思苦瘦刻,则又近孟郊云。

垂云起崾崓,衣被松与桂。夜含星斗光,隐若金石气。雨来辄阻之,不得抚苍翠。下有桑门子,饮用陶匏器。盆中蓄海石,左顾如牡砺。疑此碛上来,不知几年岁。桑门[2]却问客,所居何姓氏?回指南海峰,苍茫倘一至。(《雨饮玲珑岩下》)

---

[1]颉　底本误作"顽",据《宋诗钞》(P.2828)改。
[2]门　底本误作"满",据《全宋诗》(P.44305)改。

抱儿来拜月，去日尔初生。已自满三岁，无人问五行。孤灯寒杵石，残梦远钟声。夜夜邻家女，吹箫[1]到二更。(《商人妇》)

山中道士服朝霞，二十修行别故家。留客一杯清苦蜜，蜂[2]房知是近梅花。(《山中道士》)

文天祥，辟文山以居，因号焉。元兵渡江，奉诏起兵。后至燕不屈，遂遇害。诗格力似少陵，具沉郁悲壮之概。读其诗，概想其人矣。

北行近千里，回复迷西东。行行望南华，忽忽如梦中。佛化知几尘，患乃与吾同。有形终归灭，不灭惟真空。笑看曹溪水，门前坐春风。(《南华山》)

谁知真患难，悟此大光明。云散天仍在，风休水自清。功名瓦灭性，忠孝太劳生。此意如能会，神仙亦可成。(《逢有道者》)

许月卿受学魏了翁，有志当世，入江淮幕中。宋亡，深居一室，不言几十年而卒。诗平淡而尚豪放，兼苏、梅之长。

---

[1] 箫 底本误作"萧"，据《全宋诗》(P.44331)改。
[2] 蜂 底本误作"峰"，据《全宋诗》(P.44333)改。

几十万里碧琉璃,中有一圆光照之。更无一物可与对,部勒星宿光陆离。忆昔看月大江头,天地中间风吹衣。凡客无缘相宾主,独携杯酒独吟诗。祗今千门万户闭,良夜京华无人知。似我快活更有谁,故山今宵月更奇,明日懒人真个归。(《京城看月》)

林景熙,号霁山。宋亡,不仕。诗多凄怨,其神妙不减刘长卿,此盖境遇使然耶。《宋诗钞》云:"大概凄怆故旧之作,与谢翱相表里,翱诗奇崛,熙诗幽婉。"此可以评林、谢矣。

海桑变纷纷,秀色见孤屿。山林华发尊,党遂深衣古。独余钧天梦,儵然在岩户。翳翳桂魄灰,沉沉槐梦雨。江涛岂不深,修鳞挂网罟。不知义井船,秋风系何许?(《寄周计院》)

回首咸平梦,清风自满湖。乾坤一士隐,身世此山孤。鹤去空秋影,梅开尚旧株。耳孙今白发,持酒酹寒芜。(《孤山》)

歌扇风流忆旧家,一丘落月几啼鸦。芳魂不肯为黄土,犹幻燕支半树花。(《苏小小墓》)

真山民始末不可考,但自呼山民云。诗刻意晚唐,风骨萧远,无佻巧之习。其篇什多探讨幽胜之作,盖亦有所托焉。

行尽山头路,江空带夕晖。风蝉声不定,水鸟影同飞。萧散乌藤杖,轻鬖白纻衣。试呼垂钓者,分我半苔矶。(《夏晚山行》)

汪元量,号水云。宋亡,为黄冠,往来匡庐、彭蠡间。其诗学杜,多慷慨悲歌,有故宫禾黍之感。所作《湖州歌》九十八首,多记亡国北徙之事、间关愁叹之状。吁,亦哀怨矣!

穹荒六月天,地有一尺雪。孤儿可怜痛,哀哉泪流血。书生不忍啼,尸坐愁欲绝。鼙鼓夜达明,角筯竞於悒。此时入骨寒,指堕肤亦裂。万里不同天,江南正炎热。(《寰州道中》)

谢枋得,号叠山。宋亡,隐于闽。元征聘不就,不食死。诗淡而远,清寒入骨。《武夷山中》之作,真天地间妙文矣。

十年无梦得还家,独立青峰野水涯。天地寂寥山雨歇,几生修得到梅花。(《武夷山中》)

郑思肖。宋亡隐居吴下,坐卧不北向,乃号所南。诗颇似钱仲文,高古独妍,想忆翁"肝胆皆冰雪"也。

清晓清风吹过后，露出青青一罅天。一似推篷偷看见，竹林半抹古苍烟。(《自题推篷图》)

洋洋盈耳间，一派水潺潺。意不随声尽，心应与物闲。宿云穿窦出，飞鸟御风还。却喜无人识，支颐看远山。(《听琴》)

以上南宋。

宋承五代之后，其诗数变。西昆词取妍华，惟工组织，适令昏睡耳目。王禹偁乃另辟蹊径，矫昆体之失，开有宋风气，亦如陈子昂之于"初唐四杰"矣。其后欧阳、苏、梅继作，创造境界，而宋诗乃集大成。斯时邵、张之流，又崇尚论理，或康济自身，或寻孔、颜乐处，一发之于诗，藉以悟道，颇累风骨焉。苏、王迭起，波澜阔大，晁、张辈又相与倡和。宋诗之妙，于兹为盛。黄山谷应运而出，襟怀高远，有越世高谈、自开户牖之概，于是江西派兴焉，而风采耸动天下矣！爰及南宋，斯风未替。陈简斋虽原出老杜，实以江西化之。杨、陆等又以风标相尚，各自成家，极天下之大观矣。泊四灵起，独尚武功体，以新切为宗，而边幅太狭，盖一时风气所趋也。江湖诗人每多效其体，既乏气格，且涉粗鄙焉。南宋之诗，以此两期为最卑下。宋亡，晞发、霁山等，遗世独立，乃愤慨为悲壮之音，凄怆动人，此真隐逸诗人者矣！于是论列两宋之诗，寻其派别著于篇。后有君子，以览观焉。

本次整理征引文献

郑玄笺，孔颖达等正义：《毛诗正义》，阮元校刻，《十三经注疏》，上海古籍出版社1997年版。

脱脱等：《宋史》，中华书局1977年版。

陈振孙撰，徐小蛮、顾美华点校：《直斋书录解题》，上海古籍出版社1987年版。

纪昀等撰，四库全书研究所整理：《钦定四库全书总目》，中华书局1997年版。

王清毅、岑华潮编著：《慈溪文献集成》，杭州出版社2004年版。

曾枣庄主编：《中国文学家大辞典·宋代卷》，中华书局2004年版。

李逸安等点校：《张耒集》，中华书局1990年版。

王琦珍整理：《杨万里诗文集》，江西人民出版社2003年版。

刘公纯等点校：《叶适集》，中华书局1961年版。

纪昀著，孙致中等点校：《纪晓岚文集》，河北教育出版社1995年版。

杨亿编，王仲荦注：《西昆酬唱集注》，中华书局1980年版。

方回选评，李庆甲集评点校：《瀛奎律髓汇评》，上海古籍出版社1986年版。

吴之振、吕留良、吴自牧选，管庭芬、蒋光煦补：《宋诗钞》，中华书局1986年版。

傅璇琮等主编：《全宋诗》，北京大学出版社1991—1998年版。

曾枣庄、刘琳主编：《全宋文》，上海辞书出版社、安徽教育出版社2006年版。

李修生主编：《全元文》，江苏古籍出版社1999年版。

胡仔纂集，廖德明点校：《苕溪渔隐丛话》，人民文学出版社1962年版。

吴沆：《环溪诗话》，《丛书集成初编》本，商务印书馆1936年版。

袁枚著，顾学颉点校：《随园诗话》，人民文学出版社1960年版。

郭绍虞辑：《宋诗话辑佚》，中华书局1980年版。

吴文治主编：《明诗话全编》，江苏古籍出版社1997年版。

石介著，陈植锷点校：《徂徕石先生文集》，中华书局1984年版。